As Cinco Esposas de Nathan

As Cinco Esposas de Nathan

As Guardiãs da História

VOLUME I

CLOVIS NICACIO

1ª Edição

CASA DO
ESCRITOR

São Paulo
2017

As Cinco Esposas de Nathan
As Guardiãs da História – Volume I
de Clovis Nicacio

Editor
Eldes Saullo

Revisão
Margareth Brusarosco, Consultora de Narratologia

Projeto Gráfico e Editorial
Casa do Escritor

Dados Internacionais de Catalogação na Publicação (CIP)
(eDOC BRASIL, Belo Horizonte/MG)

N582c	Nicácio, Clóvis, 1958-
	    As cinco esposas de Nathan / Clóvis Nicácio. – São Paulo (SP): Casa do Escritor, 2018. – (As Guardiãs da História; v. 1)
	
	    ISBN 978-85-922293-7-5
	
	    1. Ficção brasileira. 2. Literatura brasileira – Romance. I. Título.
	CDD B869.3

Elaborado por Maurício Amormino Júnior – CRB6/2422

Sumário

Primeira Parte
Nathan

Sigma Um

ζ1

Naquele momento, tudo o que eu queria era alguém para me dizer o que fazer. A dor era tão intensa que quase nem a sentia mais. Exceto quando os buracos do caminho chacoalhavam o carro e balançavam minha perna. Os motoristas habituados com a Zona Leste de São Paulo nem notam os buracos, pois sabem que se reproduzem como bactérias, principalmente quando chove. E havia sinais de uma chuva se formando. Talvez o Fox Mulder, aquele cara da série Arquivos X, percebesse. Para ele, a proliferação de buracos seria indício de alguma conspiração governamental ou atividade alienígena. Até os menorzinhos me arrancavam caretas, mesmo no carro com suspensão nova e macia. O problema não era os buracos. O Mulder concordaria que se existisse teletransporte nenhum buraco me faria sentir dor. Deixei de pensar na minha série favorita, me concentrando em chegar ao hospital, pois eu precisava de ajuda.

Consegui dirigir até a entrada do Pronto Socorro, quase encostando na porta de vidro, onde um manobrista veio me socorrer. Talvez ele tenha pensado que eu entraria com carro e tudo. Na verdade, a intenção dele era apenas pegar o veículo e leva-lo para alguma vaga subterrânea. Ficou surpreso quando pedi uma cadeira de rodas, das várias que estavam ali. Não devia ser muito comum um motorista solitário fazer aquela troca de veículos.

A dor me deu mais uma fisgada vigorosa, quando usei as mãos para levantar a prótese e puxá-la para fora do carro, junto com a parte da perna que me pertencia. Assim que sentei na cadeira de rodas, levantei a perna da calça folgada que estava usando e tirei a prótese, ali mesmo na presença do manobrista, procurando por algum alívio. Meu carro era adaptado. Consegui me abaixar e subir o pedal basculante do acelerador esquerdo, para que não fosse confundido com uma embreagem. Devo ter feito uma expressão de dor considerável, para fazer o rapaz esquecer do trabalho dele e me levar para dentro. Segui abraçado ao meu pé postiço. Foi o rapaz quem retirou uma senha e me estacionou na porta da sala de espera, antes de retornar para guardar o carro.

Notei uma agradável queda repentina na temperatura, quando começou a chover. Mais uma daquelas tradicionais chuvas paulistanas inesperadas, que alagavam tudo, menos as represas, vazias em 2015.

Uma senhora, sentada na primeira cadeira dentro da sala, ao lado da porta, tentou iniciar uma conversa.

— Foi acidente?

A mesma pergunta que ouvi centenas de vezes, cada vez que alguém não via meu pé. Respondi de forma padrão:

— Não senhora, foi um problema de nascença. Meu pé foi amputado por má formação congênita, quando eu era criança.

Ela tentou me ajudar.

— Coitadinho. Deixe a cadeira no meio da porta, e eles te chamam mais rápido. Faço isso quando trago meu marido.

Nem me atrevi a perguntar o que o marido dela tinha, achando que aquela artimanha não seria vista com bons olhos. O olhar fuzilante de uma das atendentes no balcão, que ouviu a sugestão, me confirmou isso. Melhor seguir as regras.

Não sentia a dor se não me mexesse. Foi rápido. Logo o número da minha senha preferencial acendeu no painel. Não precisei continuar a conversa com a senhorinha. Quando acenei exibindo a senha, um atendente contornou o balcão e veio me buscar. Preenchemos a ficha com meus dados pessoais e do meu plano de saúde. Quando perguntado sobre o que estava sentindo, tentei ser o mais explícito possível.

— Estou com um abcesso subcutâneo no joelho direito, inflamado e com muita dor.

Acho que ele entendeu as duas últimas palavras. Tentei ajudar mais um pouco:

— Se for possível, gostaria de ser atendido por um dermatologista.

— Senhor, aqui é o Pronto Socorro. Não temos dermatologistas. Vou encaminhar o senhor para nosso ortopedista de plantão.

Eu não podia esperar nada diferente numa tarde de sábado. Completada a ficha, fiz menção de pilotar a cadeira de volta para a sala de espera. O atendente não deixou. Pediu que esperasse, enquanto chamava uma enfermeira para me conduzir até o consultório do ortopedista. Gostei dessa eficiência.

Notei que a chuva aumentava do lado de fora da porta de vidro, fazendo barulho na cobertura. São Paulo é assim: tem as quatro estações no mesmo dia. Ninguém mais estranha.

Depois dela empurrar a cadeira, comigo sentado, por dois corredores, chegamos à sala do médico. Um rapaz novo, com pouco mais de 20 anos, cabelos curtos escuros, sentado atrás da tela do computador. Ele só me viu quando a enfermeira já me ajudava a subir na maca. Levantou-se e veio na minha direção, pegando a prancheta oferecida pela moça.

— Senhor Nathanael Maltus Topomonte, o que posso fazer pelo senhor?

Eu pensava que o motivo da minha visita estivesse naquela ficha, mas ele mal a olhou. Repeti o que eu sabia, com mais alguns detalhes técnicos:

— Doutor, é este abcesso no joelho. É o terceiro que tenho em dez anos. Preciso que o senhor faça uma punção e retire a sujeira interna, para que isso desapareça.

— Está mesmo muito inflamado e inchado. A vermelhidão está enorme.

— Sim, Doutor. E dói demais. Está bem no local onde a prótese se apoia. Não consigo andar por causa da dor.

Ele olhava para meu joelho de longe, como se evitasse qualquer contato com minha pele. Resisti à vontade de dizer que abcessos não são contagiosos. Ou que ele podia usar luvas.

— Imagino. Mas não posso mexer nisso sem antes saber a extensão. Essa inflamação não vai pegar anestesia. Vou pedir um ultrassom e um Raio X, para avaliar.

Eu sempre soube que existem 3 tipos de médicos.

O primeiro tipo eu chamo de "Médico de Hollywood". É aquele doutor que vem na casa da gente quando você tem uma dor de barriga, consulta a família toda, conversa sobre o futebol do fim de semana, te receita um vidro de xarope e está sempre disponível, bastando um telefonema. Só existe nos filmes.

O segundo tipo é o "Médico do trabalho". O que zela pela boa saúde do trabalho, não das pessoas. Existe dentro das empresas que são obrigadas por lei a manter um Departamento Médico, onde são feitos os exames periódicos. Uma vez por ano, você é obrigado a comparecer ao consultório, para que o médico confirme que você foi e te dispense, atestando "apto para o trabalho", apenas porque te viu entrar andando.

Aquele médico que estava me atendendo é do terceiro tipo, um "Médico do Plano de Saúde". Deve ter sido a única coisa que ele leu na ficha, além do meu nome. Para este tipo, não importa qual a dor do paciente, desde que tenha um bom plano, para cobrir todos os exames e consultas solicitadas. Ele não quer que você morra, mas também não quer que se cure, pois em ambos os casos terá um cliente a menos. Vai ficar pedindo todos os tipos de exames e retornos, eternamente. Penso que a evolução disso será Cartões de Fidelidade, onde cada 10 consultas pagas darão direito ao Doente Preferencial de ganhar uma grátis, desde que todas ocorram dentro de um ano.

Retruquei que não precisava de Raios X, já que meu abcesso era subcutâneo, não chegando até o osso. E questionei qual a necessidade de um ultrassom mostrar o pus que havia por baixo da pele, se já sabíamos que estava lá. Nas vezes anteriores bastou um pequeno corte com o bisturi para drenar o pus, eliminar a causa da inflamação, fazendo o inchaço regredir e em dois dias o corte estava cicatrizado. Enquanto falava, gesticulei como se estivesse passando o bisturi, espremendo cuidadosamente o caroço, esfregando um cotonete invisível e limpando o sangue que escorria. Longe de mim querer ensinar o médico, mas ele parecia não conhecer o procedimento. Só não havia furado o abcesso por conta própria por não suportar a dor, mesmo tendo uma compleição física normal, nem magro nem gordo, condizente com minha idade e prática regular de exercícios.

O doutor do plano de saúde me ignorou. Voltou para trás do computador, aparentemente para preencher as guias dos exames. Foi neste momento que minha vida mudou drasticamente. Até então não sabia que podia existir um quarto tipo de médico.

A porta do consultório foi aberta bruscamente, permitindo a entrada de uma doutora com curtíssimos cabelos loiro platinados, quase incolores, vestindo um avental branco e segurando algo tipo um tubinho de batom. Parecia ansiosa, como se estivesse atrasada para alguma coisa. Enquanto fechava a porta, ela falou autoritariamente:

— Pode deixar, Doutor. Esse paciente é meu!

O médico parecia tão surpreso quanto eu, mas permaneceu sentado atrás do computador, exercendo a própria autoridade, esperando por alguma explicação.

— Mas quem é a senhora?

— Sou a Cirurgiã Chefe. Eu assumo daqui! – A voz dela expressava comando, de quem não admite ser questionada.

As posições se inverteram, estabelecendo um conflito, por uma fração de segundo. Ela se aproximou do estupefato doutor, como se fosse exibir uma credencial, levantou o braço e borrifou alguma coisa no rosto dele, usando aquilo que parecia um batom. Como se tivesse muita prática nessa operação, segurou o homem antes que desabasse e o pousou delicadamente sobre a mesa, como que segurando um boneco de pano. Depois se virou para mim.

— Agora somos só nós dois, querido. Vim acabar com todas as suas dores. O que está te incomodando? – A voz mudou. O tom autoritário foi substituído por outro, muito mais carinhoso.

— O que fez com ele? – Apontei para o doutor deitado sobre o próprio rosto, sem esconder meu assombro. Quase escorreguei da maca, ao tentar levantar o tronco me apoiando em uma só mão.

— Só o coloquei para dormir. É uma anestesia leve. Vai acordar em meia hora e não se lembrará dos últimos minutos. É importante que ninguém saiba da minha presença. Me garante que não vai comentar sobre isto com ninguém? – Poderia ter sido uma ordem, mas foi um pedido.

— Não estou entendendo nada. Eu sou o paciente e o médico é anestesiado por meia hora?

— É o tempo que preciso. Sua ficha diz que você entrou com dores e saiu completamente normal. Qual a dor que vou curar?

— Como posso ter saído se estou aqui?

— É o que está registrado na ficha. Sei que esse nosso primeiro encontro é difícil para nós dois, mas a palavra-chave é tempo. Por favor, não vamos desperdiçá-lo. Me diga onde está doendo e depois nossa conversa fluirá mais fácil.

— Devia estar na ficha. É esse abcesso no meu joelho. – Eu continuava sobre a maca, com a perna direita da calça levantada até a coxa.

Ela se aproximou, permitindo que eu a visse melhor. Quase não consegui. Minha atenção foi desviada para a boca mais perfeita que jamais existiu. Uma obra prima esculpida num rosto, com o tamanho dos lábios, cor, espessura, posição, tudo nas medidas exatas. Ela não usava batom, provavelmente por saber que qualquer coisa artificial estragaria a perfeição. Senti um desejo irresistível de beijar aquela boca. O que me conteve foi a dor quando ela tocou meu joelho. Gemi, sem saber se era provocado pela dor ou pelo desejo. Ela tirou a mão.

— Desculpe. Há muito tempo não via um folículo piloso agredido dessa forma, a caminho de ser promovido a furúnculo. E num local tão apropriado. Vou resolver isso já! — Fiquei com a impressão dela estar falando com ela mesma, não comigo. No meu ponto de vista, dentro da área de apoio da prótese era o pior lugar possível para ter uma inflamação.

Ela desabotoou o avental, revelando estar usando um collant especial por baixo. Um tipo de uniforme. Parecia ser de um tecido especial, com consistência de pano, mas com brilho de plástico. Algum tipo de roupa que nunca imaginei possível. Confesso que fiquei sem palavras, até por estar quase deitado na maca e sem visão da totalidade do corpo dela. Notei que levou a mão até um cinto compartimentalizado. Retirou mais dois tubinhos, semelhantes ao que já tinha usado.

Se não fosse as dores, eu teria inventado um jeito de pedir o telefone dela naquele momento. Normalmente eu estaria constrangido por exibir minha deficiência para uma desconhecida, mas naquela hora tudo me parecia irracional. Deixei o pedido para o fim da consulta.

Ela borrifou as duas mãos com o primeiro tubo, uma por vez. O spray solidificou imediatamente, mudando de cor, criando uma camada bege gelatinosa. Eu nem sabia que existiam luvas cirúrgicas liquidas, em formato aerossol.

O segundo tubinho foi borrifado no meu joelho. A dor desapareceu como por encanto, assim como qualquer sensibilidade. Era como se eu não tivesse o resto da perna, abaixo do joelho. Anestesia local realmente eficiente e instantânea.

Ela guardou aqueles tubinhos e pegou dois outros objetos no cinto. Me lembraram um Palm, um aparelho precursor dos smartphones. Tinha uma tela retangular, cobrindo praticamente toda a extensão do aparelho, com uns 8 por 10 centímetros. O segundo objeto devia ser o stick, uma canetinha metálica para escrever na tela vítrea do Palm. Errei nas duas suposições.

Ela ligou o aparelho da tela, escaneando meu joelho. Mesmo vendo de longe e sem ângulo entendi que era um Raios X portátil colorido. Ela podia ver meus ossos e o tecido que provocava a inflamação. Pegou a canetinha e iniciou a cirurgia. Era um bisturi laser. O raio vermelho penetrou meu músculo até o osso, cortando tudo pelo caminho, manuseado por mãos experientes. Tirando o espanto, eu não sentia nada. O corte foi de uns dez centímetros, expondo o osso. Sem uma gota de sangue sequer.

— Doutora, o que houve com o sangue? – Eu me esforçava para ver o que ela fazia, mesmo numa posição desconfortável. Estava quase deitado na maca, apoiado nos cotovelos tentando manter a cabeça para cima. Vê-la tão próxima, debruçada sobre mim, compensava o esforço.

— Sou uma médica militar, leciono cirurgias de emergência em campos de batalha. Devo recuperar soldados que praticamente já perderam todo o sangue que podiam. Esta técnica foi desenvolvida para evitar desperdício. A frequência do laser interage com a frequência ressonante das células, as afastando sem danificar nenhuma.

— É isso que significa esse símbolo gravado na sua roupa? Seu posto militar?

— Sempre observador, querido. Sim, Sigma identifica o Departamento Médico da nossa Força. O número um indica que comando esse departamento. Sou a Sigma Um.

Enquanto falava, ela pegou outro tubo no cinto e borrifou o corte. Foi como um jato de espuma de barbear, solidificando assim que tocou o tecido. Com cuidado, a espuma foi retirada junto com os tecidos comprometidos e o pus solidificado. Mais alguns cortes, guiados pelo aparelhinho, outras borrifadas da espuma e tudo parecia limpo e rosado.

A espuma contaminada foi guardada num envelope plástico, para descarte posterior. Pensei que havia acabado quando a doutora pegou algo semelhante a uma embalagem de preservativo e abriu-a com o laser. Dentro havia uma pequena pastilha branca quadrada de um centímetro de lado por um milímetro de espessura. Com muito cuidado ela colou a pastilha no osso da minha perna, antes de reverter alguma coisa no bisturi. Um raio laser, desta vez na cor verde, foi usado para fechar o corte de dentro para fora, eliminando qualquer cicatriz ou inchaço. Não resisti:

— O que tem nessa pastilha, Doutora?

— O motivo da minha presença aqui. Vai eliminar qualquer dor que você possa ter, por vários anos. Isso é um segredo militar dos mais importantes. Ninguém pode saber que você tem essa pastilha, ou que fui eu quem a colocou. Nunca comente nada disso, ou nossas vidas estarão em perigo. Posso contar com você, meu bem? – Os pedidos dela eram mais poderosos do que se fossem ordens. Talvez pelo tom da voz saindo daquela boca.

— Sim, mas qual o propósito disso?

— Você saberá, no devido tempo. Agora, tire suas roupas! Todas.
– Desta vez não foi pedido, foi ordem mesmo.

— O quê? – Demorei alguns segundos para deitar na maca, liberando as mãos para desabotoar a camisa. Ela não viu meus olhos arregalados. Mesmo sem entender, não era capaz de desobedecer

— Vamos, não perca tempo. Só tenho mais dezoito minutos.

Ela falava sério. Sem pressa, tirei a camisa e comecei a desabotoar minhas calças. É um procedimento normal num checkup, eu pensava. Ela observava, atenta e divertida.

— Nunca imaginei você se recusando a tirar as roupas para mim. Enquanto faz isso, preciso te contar sobre nosso próximo encontro. Você estará trabalhando para a ONU. Estude tudo o que puder sobre táticas de guerra, é importante. E vai conhecer mais uma de nós. É a criatura mais doce e adorável que pode existir, mas para você ela pode ser um pouco, como dizer... intimidadora. Ela é muito sensível. Cuidado para não falar nada que possa ofendê-la.

— Por que eu ofenderia alguém?

— A aparência dela, para quem não a conhece. Ela é completamente azul, da cabeça aos pés. Os pelos pubianos são azul cobalto, a sua cor preferida.

Eu não acreditaria nisso, nem se fosse dito pelo Fox Mulder.

— Isso não existe. Agradeço seus cuidados, Doutora, mas o que está me dizendo não faz o menor sentido. Onde isso vai acontecer?

— Não se preocupe com o local, meu bem. Nós sabemos onde você estará. Outra coisa sobre ela, que você pode estranhar: ela tem quatro braços.

Agora virou o Mulder por completo.

— Só falta você dizer que é uma alienígena e que veio me abduzir.

— Não, meu amor. Sou tão terráquea quanto você. A pergunta que você não fez é quando será nosso próximo encontro. Esteja preparado, daqui a 78 anos.

— Você é do futuro! – Acho que essa seria a dedução do Mulder.

— Não conte para ninguém. Já que você não pediu, eu peço: quero um beijo!

Sem me dar chance de reação, ela se atirou contra meu pescoço e me roubou um beijo de língua, com aqueles deliciosos lábios perfeitos. Me soltou rapidamente, enquanto eu tentava estabilizar minha pulsação e meus pensamentos. Estava sorrindo, enquanto me encarava:

— Beijo amador. Compreensível, já que você ainda está solteiro.

Eu claramente estava sendo provocado. E claramente estava perdido.

— Doutora, você sempre trata seus pacientes dessa forma?

— Não, querido. Só existe um homem que eu trato assim. O meu marido!

Ela levantou o braço e o tubinho agiu novamente, lançando o anestésico no meu rosto. Apaguei.

***

A pomba da paz voava solitária a dezenas de metros de altura. Repentinamente, mergulhou em minha direção. Eu podia ver o bico se aproximando velozmente, na frente da cabeça coberta por pequenas penas brancas platinadas. Quando chegou perto, não havia mais bico. Era a boca mais perfeita que uma pomba poderia ter. As asas desapareceram, se transformando num avental branco de tecido plastificado. O peito da pomba se dividiu em dois volumes, exibindo uma letra grega e um número gravados sobre um deles.

Quando a boca estava para me atingir, tentei dar um passo para trás, numa inútil tentativa de me proteger. O barulho da queda me despertou.

O sonho parecia tão real que precisei piscar diversas vezes, até recuperar a razão. Fiquei com a sensação de ter interrompido algo que mudaria minha vida para sempre. Ou não interrompi? Ou não mudaria? Sem ninguém para me orientar, foi necessário me virar sozinho. Eu continuava sentado na cadeira de rodas, ainda no consultório. Minha prótese estava no chão, caída ao meu lado. Provavelmente foi o que produziu o barulho.

Consegui lembrar que uma semana antes eu havia dormido na cadeira da dentista, por 5 minutos, o que não era normal, embora não tenha acontecido nada de diferente.

Não lembrava de ter descido da maca. Olhei para meu pedaço de perna biológica. Nenhum sinal de abcesso, de inchaço, de vermelhidão ou de coisa nenhuma. Nem cicatriz. Passei a mão, apenas para sentir minha pele como sempre foi, sem nenhum sinal de dor. Apalpei até sentir o osso, sem nenhum caroço ou coisa parecida.

O médico começou a se mexer, levantando o rosto do tampo da mesa. Não sei com o que ele estava sonhando, mas olhou em volta como se não soubesse onde estava. Quando me viu, se lembrou de alguma coisa. Tentou disfarçar o fato de que estivera dormindo:

— Onde estávamos mesmo? Ah, sim. Precisamos de um Raios X e de um ultrassom.

Ele coçava a cabeça como se procurasse alguma coisa entre as memórias. Parecia não se lembrar da mulher.

— Doutor, pode deixar. Não estou sentindo mais nada. Desculpe incomodar, mas já vou embora.

— Do que está falando? O senhor chegou aqui reclamando de dores. O que é que tinha, mesmo?

— Não está na minha ficha?

— A ficha só diz que tinha dores. Pode me dizer, estou aqui para ajudar.

— Foi só um mau jeito, doutor. Já passou.

Coloquei minha prótese de volta, retomando minha capacidade de caminhar. A doutora me pediu segredo e mesmo que eu pretendesse contar alguma coisa, não saberia o que dizer. Se minha dor não tivesse desaparecido, nem eu acreditaria.

Era possível ver a confusão no rosto do médico. O sonho dele devia ter sido muito marcante, seja lá o que foi. Talvez até com a mesma pomba da paz. Não podia perguntar, já que ele apagou antes de mim e não tinha como saber o que me aconteceu. Nem eu sabia.

Alguma coisa interna me dizia para obedecer à doutora. Não tinha nenhuma intenção de decepcioná-la.

— Espere, precisamos ver se tem alguma luxação. É por isso que eu ia pedir o Raio X e o ultrassom, não era?

— Obrigado, doutor. Mas não precisa. Boa tarde.

Saí da sala empurrando a cadeira de rodas vazia, para devolvê-la na entrada. No caminho parei na recepção, só para confirmar com o rapaz que havia me atendido:

— Por favor, qual o nome da Cirurgiã Chefe? Gostaria de agradecê-la.

— Quem, senhor?

— A doutora loira, de cabelos curtos quase brancos.

— Desculpe, mas não conheço ninguém com essa descrição. Quem dirige o nosso Centro Cirúrgico é um homem. Mas não o vi hoje.

— Aqui não tem uma médica com formação militar?

— Eu desconheço. Posso perguntar ao gerente, se o senhor puder aguardar.

— Pode deixar. Farei o agradecimento em outra oportunidade.

Me pareceu natural saber que a doutora Sigma Um não seria encontrada e nem constava em nenhum cadastro.

Ao sair encontrei uma chuva fortíssima. Devolvi a cadeira ao mesmo manobrista que a havia emprestado, e aguardei a chegada do carro. Tentava entender as instruções dela para o próximo encontro, dentro de 78 anos. Como eu tinha 38 isso aconteceria quando eu completasse 116 anos. Ela falou com tanta certeza, como se houvesse programado isso.

Se eu estivesse vivo, estaria trabalhando na ONU e conheceria tudo de estratégias de guerra. Quando conheceria uma mulher azul, com quatro braços e pelos pubianos azul cobalto. Difícil para uma pessoa normal acreditar em tudo isso. Talvez o Mulder acreditasse. Uma dúvida me seguiria durante todo aquele período. Quando a loira platinada usou aquela boca maravilhosa para dizer que eu conheceria mais uma, estava se referindo a outra viajante do futuro ou a outra esposa? Tudo indicava que eu tinha 78 anos para descobrir o que seria verdade.

Peguei o carro e saí a caminho de casa. Quando havia rodado cerca de 5 quilômetros a chuva parou de repente. Ou melhor, eu saí de dentro dela, voltando para o sol.

Olhei pelo espelho retrovisor e precisei parar o carro para confirmar o que via. O clima de São Paulo sempre foi imprevisível, mas não daquele jeito.

Todas as nuvens de chuva da cidade estavam concentradas sobre a região do hospital. O céu estava totalmente limpo e azul no resto da cidade, como se o hospital tivesse sido marcado pela natureza.

ONU

Dez anos se passaram desde aquele encontro inusitado. Mesmo sem saber exatamente o que aconteceu, eu tentava seguir as instruções. Estudava tudo o que conseguia pôr as mãos sobre técnicas e estratégias de guerra. Continuava trabalhando como Analista Comercial no mesmo escritório, usando minha formação de Administrador de Empresas. O que não conseguia entender era como obter um trabalho na ONU. Sonhava com isso desde que era criança, assistindo filmes de espionagem. Confesso que a sugestão de minha futura esposa me fez reviver os sonhos.

Com 48 anos é praticamente impossível se candidatar a qualquer função. Todas as empresas exigem experiência, mas querem gente jovem. Embora existissem vagas compatíveis com minha qualificação, jamais recebi uma resposta para a dezena de formulários de pedido de emprego que enviei.

A possibilidade de estar trabalhando para as Nações Unidas quando completasse 116 anos me parecia tão remota quanto fazer esse aniversário.

Cheguei mesmo a me candidatar a uma vaga na OTAN. O processo de seleção é praticamente o mesmo. A diferença é que era uma vaga para trabalhar em Bruxelas. Também não houve resposta.

Passei a desconfiar que aquele conselho importante sobre estratégias militares e a ONU estavam relacionados. Ou seja, se conseguir uma vaga era uma guerra, eu precisava desenvolver uma estratégia para consegui-la. Deveria haver um caminho alternativo.

Uma oportunidade surgiu quando descobri a existência de agencias de empregos internacionais. Como em tudo o que existia em 2025, havia intermediários que podiam cortar caminho. Eles me guiaram para tentar uma vaga na PAHO, a *Pan American Health Organization*, uma organização da ONU voltada para promover qualidade de vida para as populações das Américas.

As duas primeiras fases foram fáceis. Uma prova de capacitação e uma sessão de validação de documentos. A terceira fase constava de um minucioso exame médico.

Me indicaram uma clínica credenciada, onde fiz o exame. Depois de um mês, os problemas começaram.

Recebi um comunicado pedindo meu retorno à clínica, para esclarecimentos sobre o exame. O comunicado não detalhava nada. Compareci.

A recepcionista me acompanhou até a sala de um médico mal-encarado, nos fundos do ambulatório, onde não tinha aquele cheiro típico de detergente, mas um aroma que vinha da máquina de café. Esperei por um convite para saborear um cafezinho, que nunca veio. Não sei a qual dos agora quatro tipos de médicos aquele pertencia. Mas não é dos amigáveis. Tinha cara-de-foca, careca, com um rosto redondo e bigode nazista. No avental, um nome alemão bordado: Dr. Franz O. Blitzkrieg, combinando perfeitamente com a pessoa. Assim que me sentei em frente da mesa dele, o interrogatório começou:

— Senhor Nathanael, confirme seu ano de nascimento.

— 1977. Mas o que tem isso com meu exame médico?

— Confirma então que tem 48 anos?

— Claro. Completei no mês passado. Isso é restritivo?

— O senhor faz alguma dieta?

— Não exatamente. Evito excessos, mas como frutas, verduras, massas, carnes. Todos os tipos de comida, sem restrição, mas em quantidades moderadas.

— Pratica alguma atividade física?

— Frequento uma academia, duas vezes por semana.

— Aqui consta que o senhor não tem o pé direito.

— Sim, é verdade. Mas tem muitos exercícios que posso fazer, mesmo sem o pé. Não estou entendendo, o que isso tem a ver com meu exame?

— Serei direto. O senhor sabe que todas as Organizações que compõe a ONU prezam pela eficiência, competência e integridade. No seu caso, falta o terceiro quesito.

— Doutor, o senhor não tem como questionar minha integridade! – Quase pulei na cadeira, provocando um ranger dos pés dela contra o chão encerado. Ele não se abalou.

— Tenho a prova. Seu exame médico mostra todos os índices exatamente no centro da curva de normalidade. Isso é impossível.

A revelação me caiu como um chute no estômago. Sigma Um não tirou apenas as minhas dores. Ela fez mais alguma coisa comigo enquanto eu estava anestesiado.

— Explique melhor, doutor. Está dizendo que meu exame não pode ser normal?

— Poderia, se a normalidade fosse para a maioria dos quesitos. Jamais para todos, principalmente com números cravados no centro da curva. Um exame assim só pode ter sido preenchido por um computador. Nem uma pessoa com vinte anos teria números tão perfeitos.

— Mas o exame foi feito aqui. Se tem algum erro, foi o seu laboratório que errou.

— Já conferi isso três vezes. Não vamos prolongar isso, senhor Nathanael. Quero saber como o senhor fez para fraudar todos os índices.

— Doutor, o senhor está me ofendendo. Não fraudei nada. Posso repetir todos os exames, para provar isso.

— É o que pretendo fazer. Mas dessa vez tudo será monitorado, desde a coleta do material até a confecção do relatório.

Ele pegou o telefone sobre a mesa e discou um número.

— Doutor Paulo, pode vir à minha sala?

Desligou e continuou o massacre:

— Meu assistente pessoal vai acompanhá-lo. É um ortopedista em quem tenho a mais absoluta confiança.

Dois minutos depois a porta foi aberta, na sequência de duas batidas discretas. Outro homem com avental branco entrou. O reconheci imediatamente, apesar dos poucos cabelos grisalhos, precoces para um homem de pouca idade.

— Este é o Doutor Paulo Candango, meu assistente.

Mundo pequeno, pensei comigo mesmo.

— Já nos conhecemos. Só não sabia o nome do médico que me atendeu dez anos atrás, num hospital.

Aquela lembrança de uma pomba branca voando em minha direção não saía da minha cabeça, trazendo tudo o que aconteceu de volta. Os conselhos, o rosto, a boca, o beijo. Queria que 78 anos passassem como se fossem dias. Só não podia contar para ninguém.

Não comentei que ele havia dormido na sala. Seria embaraçoso, sendo que eu também dormi naquela ocasião. Ambos anestesiados por Sigma Um. Ele também me reconheceu, com uma expressão de surpresa. O anestésico devia ter gravado alguma coisa na memória dele, exatamente como acontecia comigo.

— O senhor parece muito bem, senhor Nathanael. Pintou o cabelo? Tem feito algum tratamento estético? Eu diria que não envelheceu nem um minuto, desde aquela vez. Ainda sente alguma dor?

A frase dele foi outro soco na barriga. Lembrei do que Sigma Um falou da pastilha. O segredo militar mais bem guardado, motivo da visita dela. Se podia eliminar qualquer dor, poderia estar me dando uma saúde perfeita e retardando meu envelhecimento, para que eu chegasse saudável aos 116 anos. Eu precisava pensar muito bem no que falaria para aqueles dois médicos, para não a comprometer.

— Não doutor. Desde aquele dia não tive mais nenhum mau jeito. Continuo me cuidando como sempre, com boa alimentação e exercícios semanais. Só não faço corridas ou longas caminhadas.

O cara-de-foca parou de escrever o monte de anotações que fazia, para se meter na conversa.

— Não sabia que se conheciam. Vou incluir isso na ficha. Doutor Paulo, acompanhe nosso paciente para outra bateria de exames. Certifique-se de que todos os procedimentos de coleta de

materiais, todos os aparelhos usados e todos os processos laboratoriais estão funcionando perfeitamente, antes e depois dos exames.

Como eu já imaginava, e eles não, todos os resultados foram exatamente iguais. Os que fiz em outra clínica, um mês depois, voltaram a confirmar todos os números. Pelo jeito, o fato de me conhecer prejudicou a credibilidade do Doutor Paulo.

A consequência disso é que consegui o emprego na ONU, aprovado pelo Dr. Blitzkrieg, numa área administrativa da PAHO. Na verdade, o doutor queria me manter por perto, sob observação constante, como se eu fosse uma cobaia particular. Por ordem dele, eu fazia novos exames a cada seis meses, sempre com o mesmo resultado.

Em todas as consultas posteriores, eu repetia para os dois.

— Algum dia vou convencê-los, doutores. Eu parei de envelhecer!

Terceira Guerra

Em 2030 o mundo começou a virar do avesso, sem aviso prévio. Na verdade, houve muitos avisos prévios, todos menosprezados.

Exatamente como nas duas Guerras Mundiais anteriores, a terceira só foi classificada como uma depois que já estava deflagrada. A maior novidade é que não foi uma disputa entre grandes potencias. Desta vez o inimigo poderoso e implacável, foi a natureza.

Começou com as nuvens escondendo o sol, a nível global, sem que ninguém conseguisse explicar o motivo. Havia tanta poluição no ar, para ser transformada, que as chuvas ácidas que se seguiram duraram cinco anos contínuos, sem falhar nenhum dia. Florestas, plantações e rios morreram, corroídas e envenenadas. Os peixes que conseguiram se adaptar sobreviveram fugindo para as profundezas. Muitas aves e outros animais terrestres foram extintos.

Algumas teorias de cientistas se confirmaram, outras foram desmentidas. Nuvens se alternavam com o sol escaldante em algumas regiões, matando tanto com frio extremo quanto com incêndios espontâneos. As temperaturas se alternavam. Teorias novas surgiram, incluindo as que diziam que a natureza queria exterminar os habitantes, mas não o próprio planeta. Desertos se transformaram em florestas e vice-versa, todas estéreis durante aquele período bizarro. Lagos e rios secaram ou foram envenenados.

O cataclismo não ficou só nas chuvas ácidas. Correntes marinhas e aéreas se inverteram, provocando maremotos e tsunamis por todo o planeta. Muitas cidades portuárias foram destruídas. Gases venenosos, consequência da corrosão provocada pelas chuvas, foram levados pelos ventos e se espalharam para todos os locais, atingindo os poucos locais onde a chuva abundante não chegava.

A natureza realmente queria vingança, tentando o extermínio da raça humana. Usava armas poderosas. Além das chuvas, maremotos e tsunamis, houve erupções vulcânicas com violência nunca vista antes, movimento e degelo de geleiras, tempestades de areia, vendavais e tudo o que pudesse provocar destruição e mortes. Mais da metade da população morreu de fome. Outro tanto morreu devido aos desastres naturais. Depois dos cinco anos as chuvas pararam, tão repentinamente como haviam começado. O saldo que ficou foi a destruição de 90% das instituições do planeta e o extermínio de 70% da população. Muita coisa aconteceu naqueles anos negros.

Desde o início das calamidades, a ONU se desdobrava como podia tentando salvar alguma coisa. Meu trabalho na PAHO se concentrava na América do Sul, onde toda a Floresta Amazônica se transformou num pântano venenoso. Meus estudos sobre guerras e táticas militares me davam alguma vantagem, ajudando a planejar a distribuição de comida entre os sobreviventes, construção de abrigos plásticos, criação de estufas hidropônicas e principalmente, estações de reciclagem de água. Todos estes itens se tornaram artigos de luxo, raros e disputados, apesar de serem de primeira necessidade.

Empresas e governos baseados exclusivamente em miopias locais desapareceram junto com as fronteiras. O planeta se tornou uma vítima só, castigando todos os ocupantes da mesma forma. Só sobreviveram as grandes multinacionais, habituadas com culturas múltiplas, transferindo recursos de uma região para outras, conforme a necessidade. Assumiram a autoridade global naturalmente, principalmente a ONU e a OTAN, detentoras do maior volume de recursos humanos e materiais. Outros grupos, com acesso a água, recursos naturais não contaminados, tecnologia ou informação colaboravam para salvar qualquer coisa que conseguissem. Quem possuía estes recursos se tornou milionário, mesmo quando papel moeda e outras unidades de valor se tornaram obsoletas. Água pura se tornou o bem mais valioso, seguido dos meios de obtê-la. Pela primeira vez na história da Humanidade, sobreviver só foi possível através de colaboração, não de competição. Consegui armazenar muitos créditos, o novo valor monetário, no Banco Mundial criado para administrar as trocas de bens. Nos anos seguintes, por continuar solteiro, meus créditos continuaram se multiplicando, junto com minha evolução profissional.

O mundo agonizava, mas as pessoas não mudavam. Pelo menos algumas, pois sempre existem rebeldes jogando contra, privilegiando os próprios interesses.

Um grande impacto na minha vida até aquele momento, começou em 2033. Brasília era uma das cidades sobreviventes, graças ao complexo sistema de tuneis e cavernas escavados na última década, antes do início das chuvas. As obras antes das inversões climáticas salvaram a cidade. Quando os vendavais chegaram, trazendo os gases tóxicos do Sudeste, a maior parte da população local já vivia nos subterrâneos.

Os escritórios da PAHO ficavam abaixo do que antes era chamado de Setor Gráfico Sul, próximos do Setor Militar Urbano. No final de um cansativo dia de trabalho, tomei o metrô, a única opção de transporte popular, e segui para o Setor de Restaurantes Norte, nome pomposo para a caverna onde haviam quatro lanchonetes. Uma delas era meu ponto habitual onde jantava, antes de seguir para meu apartamento funcional, no Setor Residencial Leste, outro conjunto de cavernas. Como em todos os outros dias, o vagão que usei estava cheio, porém não lotado. Nos últimos anos as pessoas perderam volume, graças à alimentação precária, ganhando rugas e fraqueza no lugar da obesidade. Poucos riam de piadas sem graça, numa tentativa de esquecer as intempéries ininterruptas que assolavam a superfície. Muitos permaneciam introspectivos, talvez pensando nos amigos e familiares arrancados da existência pela Natureza implacável.

Lembro que naquela época quase não tive vida amorosa. Por falta de tempo e falta de interesse. Eu só pensava em chegar saudável aos 116 anos, para o encontro com a boca mais desejada do século. E francamente, os rostos esquálidos e magérrimos que me cercavam não estimulavam muitos pensamentos. As pessoas casadas eram as mais ameaçadas de perder qualquer tipo de felicidade que pudessem manter. Os solteiros preferiam se manter solteiros, se virando sozinhos. A natureza nos tirava até o desejo. Os poucos relacionamentos que tive foram frustrantes, ao saber que elas não se interessavam por mim, mas apenas se eu podia alimentá-las.

Um passageiro esquelético puxou conversa comigo, saindo do torpor.

— A superfície está cada vez pior. Falta pouco para os prédios do Congresso desmoronarem. Parece que o sonho que muitos tinham há uma década atrás será realizado.

— O senhor esteve lá fora?

— Trabalho numa equipe de manutenção. Pelo menos a Torre de TV vai aguentar.

— É melhor do que salvar o Congresso. Soube que se tornou um lugar vazio e abandonado. Totalmente inútil. Como a Torre está resistindo?

— Pintamos com uma nova tinta plástica criada pelo Laboratório LightYear. A mesma que eles usam nos aviões e helicópteros que ainda conseguem voar e que usaram para salvar a Torre Eiffel. O Laboratório está ganhando mais créditos do que os exércitos americanos. Ouvi dizer que já são a organização privada mais rica de todo o planeta.

— Créditos atraem créditos. Pelo que conheço, os desse Laboratório são merecidos. Eles criam e usam tecnologia para coisas boas. Esse trem só circula por causa deles. Não podemos dizer o mesmo dos que manipulavam o dinheiro antes das chuvas.

— Devem estar trabalhando muito. Esta semana, ouvi boatos de dirigíveis voando através das nuvens tóxicas. Ontem pensei ter visto um. Mas foi muito rápido.

— Não faz sentido. Como sabe que era um dirigível?

— Aviões têm asas.

Deixei meu companheiro de viagem quando cheguei na minha estação, a SRN. De certa forma me senti um pouco constrangido, por estar numa posição aparentemente mais favorecida do que a dele, me permitindo estar melhor alimentado.

Mesmo em tempos de escassez eu ainda conseguia comer um hambúrguer, importado não se sabe de onde, por ainda ser um privilegiado com um bom emprego fixo. O preço era astronômico, afastando todos os simples mortais. A grande maioria das pessoas em Brasília, antes dependentes da política, perderam os empregos quando a própria política praticamente foi extinta. As organizações globais sobreviventes, muitas ligadas à ONU e OTAN, tentavam absorver o máximo de pessoas, para todos os tipos de trabalho, desde jardineiros nas estufas hidropônicas até soldados para a segurança anti vandalismo. A troca de empregos foi um choque para a população brasiliense, habituada com trabalhos administrativos, mas acabou sendo assimilada por questões de sobrevivência. Aceitar ou morrer. Curiosamente, os antes desprezados habitantes das cidades satélites e periferias, com maior experiência em sobrevivência, se tornaram líderes dos ex-engravatados, na nova ordem social.

A política podia estar extinta, mas os políticos não.

Estava comendo meu jantar, um hambúrguer de cascudo manauara acompanhado de suco sintético de coco, quando a dupla chegou. Num lugar iluminado por potentes lâmpadas alógenas, usadas para manter a temperatura agradável em todos os lugares públicos, onde a única mesa ocupada era a minha, foi impossível não notar a chegada dos dois. Na cabeça deles éramos amigos, embora eu não concordasse.

O Doutor Blitzkrieg ainda mantinha um excesso de peso visível, sob a cabeça completamente careca, acentuando a cara-de-foca. Uma evidência clara de que ser um médico reumatologista da ONU, com privilégios e contatos com a cúpula, o permitiam levar outro padrão de vida. Devia saber como e onde conseguir hambúrgueres e outros alimentos gordurosos, sem depender daquela lanchonete. O Doutor Candango estava completamente grisalho, magro como um esqueleto. Ambos bem desgastados pelo cataclismo, como seria de se esperar de médicos requisitados a cada minuto. Desgaste pelo menos no aspecto intelectual, pois no visual eu podia ver quem mandava e quem trabalhava. Como sempre, foi o velho quem me cumprimentou.

— Como está, rapaz? Como se não soubéssemos...

— Ora, ora, o que meus dois vampiros habituais estão fazendo aqui? Ainda faltam dois meses para a coleta de sangue e os novos exames.

— Viemos te trazer notícias, espero que boas. Nada relacionado com sua saúde inumana.

— O que foi? Encontraram alguma coisa no meu sangue, depois de quinze anos de pesquisa?

— Não seja sarcástico. Só estudo seu sangue a cinco anos. É uma porcaria como qualquer outro. Fora do seu corpo se degrada, se contamina com qualquer coisa e não serve para nada. Estamos tão longe de achar uma vacina para a velhice como estávamos no tempo de Marie Curie.

— Então é isso. Vocês estão me estudando apenas para achar um jeito de evitar a própria velhice. Doutor, já passou por sua cabeça que posso ser uma pessoa comum e normal, que recebeu um presente dos deuses? Que minha longevidade pode ser um ato divino, sem chance de ser copiada?

— Claro que já. Também já pensei que você pode ser um alienígena disfarçado, ou um humano que foi geneticamente alterado depois de uma abdução, ou mesmo um bruxo. Seja lá o que for, seu corpo foi modificado e queremos saber como. É por isso que vamos com você.

— Vão comigo?

— É isso que viemos te contar. A OTAN sabe que o senhor existe e do trabalho que faz, diga-se de passagem, muito bom, com as estratégias que adota. Eles querem sua assistência em um novo projeto supersecreto.

— A ONU vai me liberar para a OTAN? – Tentei disfarçar minha ansiedade. Aquilo seria um problema. Uma falha nas previsões da minha pomba platinada.

— Não. Como disse, o projeto é secreto. Você continua um funcionário da PAHO, mas será transferido para Dallas. Como seus médicos, vamos te acompanhar.

— Não estou entendendo. Vocês não são meus médicos, nunca me receitaram nem uma aspirina. E dizem que vou trabalhar em Dallas, mas minha área de atuação é a América do Sul.

— Não será mais. E eu sempre quis trabalhar acima do Equador. Soube que as rações de água lá são mais generosas.

— Além de vampiros vão se tornar caronistas. É isso, doutor Candango? – O esquelético só falava na presença do chefe quando autorizado. Ou quando eu o provocava. Como naquele momento, se justificando.

— Não leve para o lado pessoal, senhor Nathan. As condições de vida em Dallas são muito melhores do que as daqui. Eles sempre estiveram melhor preparados, sem precisar destes buracos em que fomos enfiados.

— O Paulo tem outra motivação, senhor Nathanael. O filho dele vai nascer nos próximos meses. Lá será mais fácil do que aqui.

Aquilo explicava um ingrediente da magreza do ortopedista. Casado e com um filho por nascer.

Paulo Candango confirmou com a cabeça:

— E minha esposa sempre quis conhecer Hollywood.

— Hollywood não existe mais. Só tem ruínas. O turismo foi extinto no mundo todo.

Eles jamais me contariam, mas eu sabia que em Dallas haveriam laboratórios melhor equipados, para a pesquisa anti velhice que os dois faziam comigo. Se eles tinham uma cobaia de primeira, que era eu, seria natural querer ambientes de pesquisa equivalentes, ou seja, Dallas, um dos melhores centros tecnológicos da OTAN naquela época. O local que em mais alguns anos se transformaria no principal espaçoporto do Hemisfério Ocidental.

— Estas chuvas não podem durar para sempre, senhor Nathanael. As cidades turísticas serão as primeiras a serem reconstruídas. Quem chegar primeiro pode se dar bem, escreva o que digo.

— Em cinquenta anos saberei se o senhor está certo, doutor. Pena que não poderei te contar pessoalmente.

— Contará para os netos do Paulo, se eu não descobrir antes como faz isso. Se os boatos que ouvi forem verdadeiros, posso ter ajuda nas minhas pesquisas.

Pensei que ele abriria o jogo.

— Do que está falando, homem?

— O projeto secreto da OTAN, para o qual o senhor está sendo chamado. Ouvi que é uma Agência para definir como lidar com os visitantes. Pelo que parece, no início deste ano eles estabeleceram contatos de terceiro grau.

Confesso que a revelação me deixou boquiaberto. A possibilidade abria caminho para mulheres azuis, de quatro braços e pelos pubianos azul cobalto.

— Está dizendo que a OTAN conseguiu contatar alienígenas?

— Não estou dizendo nada. São boatos muito vagos, embora eu acredite que eles tenham feito contato há muito tempo. O senhor pode ser uma prova real disso. Dessa vez, parece que foram civis que fizeram contato, no espaço, em algum tipo de nave secreta. Os militares, mesmo controlando todos os atuais sistemas de comunicação, não conseguirão abafar o caso, tanto que os boatos já estão se espalhando. A LightYear está envolvida, com recursos para construir a tal nave e divulgar tudo. Quem tem créditos compra informação, e os repassa para quem quiser pagar. É aí que o senhor entra, talvez para montar um plano de evacuação da Terra, se estas calamidades continuarem.

— Quer dizer que os aliens são amigáveis?

— Quem pode dizer? Podem existir de todos os tipos. Confio no senhor para manter os comedores de gente tão afastados quanto possível.

— Está falando como se eu pudesse decidir alguma coisa. Não sou militar. Até agora nunca pensei nesse assunto.

— Se o senhor está mancomunado com os visitantes, não será difícil. Essa sua capacidade de não envelhecer o torna um inumano, como um primo dos aliens.

— Doutores, já disse e repito: sou tão humano quanto vocês dois. Se tiver algum comedor de gente por aí, corro tanto risco de virar um baby-beef quanto vocês. – Mesmo num restaurante deserto, os assuntos ultrassecretos eram discutidos em voz baixa. Um hábito generalizado.

Sem mais segredos, apertei o botão para chamar o atendente, paguei minha conta, terminei o hambúrguer e deixei-os sozinhos na lanchonete. Se ficasse mais tempo poderia terminar enjoado.

A conversa deles se confirmou quando cheguei ao dormitório. Havia uma convocação para uma entrevista numa agência da OTAN, no meu computador pessoal. Mais um privilégio de ser um colaborador na ONU. Se bem que os equipamentos usados pelo pessoal da OTAN fossem muito melhores. Eu nem imaginava como seriam os equipamentos da LightYear.

Uma dúvida se formou na minha mente: se eu fosse trabalhar para a OTAN, mantendo meus registros profissionais na PAHO, a história conteria dados falsos. As informações que chegariam até Sigma Um poderiam não ser as verdadeiras. E eu sabia que não poderia escrever nada para ser lido no futuro, pois exporia minha adorável futura esposa.

Se eu pretendia ser um estrategista reconhecido, era a hora de começar.

Aliens

Uma coisa deve ser dita a respeito do Dr. Blitz. Ele tinha visão.

Um ano depois de começar a trabalhar para a ARA, a *Alien Relationship Agency*, eu fazia planos e inspecionava a evacuação dos humanos.

Não havia segredos para a ARA, e eu batalhava para que a maioria deles não continuassem o sendo, para a dizimada população em geral. Uma das minhas primeiras atividades foi discutir sobre a divulgação ou não da existência dos alienígenas. Uma parte dos participantes da nossa assembleia defendia que o segredo devia ser mantido. Divulgar que tínhamos amigos lagartos com cinco metros de altura e pesando várias toneladas provocaria pânico entre os assustados humanos. Os filmes jurássicos e a Família Dinossauro ainda estavam vivos nas cabeças dos sobreviventes.

A outra parte, onde eu me incluía, defendia que todos deviam saber sobre nossos novos amigos, pois eles estavam séculos mais evoluídos que nós, eram pacíficos e dominavam o transporte interestelar. E era impossível manter segredo, depois que as enormes naves começaram a ser vistas, voando sob todo tipo de atmosfera, independente das chuvas ácidas ou vendavais. Eram de vários formatos, incluindo aviões sem asas.

Ainda estávamos em 2034, um ano antes das chuvas cessarem, e todas as comunicações continuavam nas mãos dos militares, embora as Agências de Notícias se esforçassem para divulgar qualquer coisa. Informação era um dos bens mais valiosos, e é claro que podia ser contrabandeada. Havia as equipes que saíam para trabalhar nas superfícies de todas as cidades ainda habitadas, e as estórias de OVNIs se multiplicavam, de boca em boca. Drones plásticos descartáveis começaram a ser usados no lugar de repórteres.

Dentro da ARA, tomei conhecimento dos últimos avanços científicos terráqueos, a maioria até então mantida em segredo. A verdadeira evolução começou quando um cientista brasileiro, com nome japonês, ganhou o Prêmio Nobel de Física, em 2029, na última premiação antes do cataclismo. Ele havia descoberto um novo elemento químico, que batizou de Moonium, por só existir enterrado no subsolo da Lua, na forma de cristais. Dezenas de vezes mais radioativo do que o Urânio, mas com propriedades nunca vistas antes. Inofensivo em estado bruto, só revelando a capacidade radioativa quando os cristais eram polidos. Dependendo do polimento, os raios de energia podiam ser direcionados, se combinando e gerando efeitos diferentes. Um pedaço de cristal, se polido nas duas extremidades, podia receber eletrodos especiais e se transformava numa bateria praticamente inesgotável. Para o cientista, cada nova descoberta era considerada como algum tipo de iluminação divina.

A chegada do cataclismo impediu a divulgação pública dos avanços. Somente o Laboratório onde o cientista trabalhava, com ramificações em todo o planeta, conhecia todos os detalhes, iniciando a exploração do minério e vendendo projetos prontos. Os militares eram informados do que já estava produzido, comprando e distribuindo os novos equipamentos. Registros que chegaram até a ARA, revelaram que poucos meses antes das chuvas o Doutor Kyu havia planejado e construído o primeiro foguete cargueiro terráqueo, usando subsidiárias do laboratório no Japão, França e Reino Unido, obtendo os primeiros quilos de cristal extraídos na Lua. Algo que só foi divulgado publicamente, alguns anos depois do cataclismo. Os militares, na surdina, sempre souberam e apoiaram o avanço tecnológico do Laboratório civil, cedendo recursos da NASA, na América, e do CERN, na Europa.

A descoberta se tornou a nova coqueluche industrial e militar, exatamente como foram o carvão e o petróleo nos séculos anteriores, materiais imediatamente substituídos. A nova fonte de energia limpa aboliu a palavra combustível. Foi o que permitiu a sobrevivência de 30% da população humana. Se não fosse o cataclismo, é possível que todos os humanos poderiam ter se beneficiado da descoberta muito antes.

Eu sabia que os novos abrigos e estufas que estavam sendo construídos usavam baterias especiais de longa duração, fornecidas pelos militares, mas nunca imaginei que podiam durar até mais de 100 anos. E nem podia imaginar que os militares recebiam as baterias através do laboratório particular e independente, chefiado pelo Dr. Kyu, o cientista iluminado. O mesmo laboratório que criou o protótipo de uma nave interestelar movida a moonium, lançada num voo experimental, partindo da Base Aérea de Fernando de Noronha, pilotada por um casal civil. Embora pudesse ter partido de qualquer quintal. Tudo apontava para a LightYear, como o cérebro central.

Os relatórios que o Dr. Kyu entregou aos militares diziam que a nave decolou de dentro de um galpão fechado, atravessando as paredes em nível molecular, numa manhã de janeiro de 2033. Naquele dia a chuva ácida caía torrencialmente, com ventos na troposfera impedindo até a passagem de relâmpagos. Tudo isso fazia parte da experiência. Ele testou um princípio batizado como *cortina neutrina*. Juntou raios de cristais de moonium para se combinarem fora da nave, criando uma camada de neutrinos, partículas subatômicas com a capacidade de atravessar matéria, envolvendo a nave como um casulo. Sem resistência de nenhum tipo, um motor de empuxo eletromagnético lançou a pequeníssima nave na direção de Saturno, na velocidade da luz.

O plano de voo era seguir por cinquenta minutos, estacionar no espaço, fotografar o planeta dos anéis para obter a localização exata, girar 180 graus e voltar por mais cinquenta minutos, retornando ao ponto de partida. Três décadas antes dos cristais uma sonda havia demorado quase 7 anos para fazer apenas o percurso de ida. O casal de civis a bordo, os milionários donos do laboratório, talvez pensando que estavam em uma viagem turística, fizeram alguma coisa errada e desligaram os computadores de navegação. Ficaram à deriva, sem saber para que lado seguir. A viagem que deveria durar no máximo duas horas, se estendeu por quatro dias. Essa foi a primeira impressão da população, quando a notícia foi divulgada, todos eternamente céticos para fatos que mudam radicalmente a existência humana. Um casal de milionários inconsequentes eram uma solução fácil de vender, sem exigir explicações mirabolantes. Se algo diferente aconteceu, a verdade continua na posse exclusiva dos participantes.

Quando os dois voltaram, a história divulgada foi mais extraordinária ainda.

Ambos disseram que foram salvos por um cargueiro interestelar, pilotado por lagartos gigantes, mas que tinham um humano a bordo, de nome impronunciável. Foram levados para um planeta digno de filmes de ficção científica, chamado pelo humano de Abhu Dhabi, onde foram conduzidos até a presença de outra lagartana. Contaram que aquela parte da viagem durou poucas horas, embora a distância até Abhu Dhabi fosse medida em milhares de parsecs, uma unidade de distância maior do que anos-luz.

Foram muito bem tratados. A Madame Lagartana se apresentou como a proprietária da maior Companhia de transporte interestelar da galáxia, sempre interessada em abrir novos negócios. Já conhecia a Terra, mas ficou surpresa ao saber que tínhamos tecnologia para viajar pelo espaço. Mostrou interesse pelo cataclismo que estava acontecendo naquele momento e ofereceu ajuda, em troca de contratos de negócio futuros, com exclusividade para a Companhia dela.

O casal voltou acompanhado pelos novos amigos, trazendo melhorias para as próximas viagens, incluindo comunicadores intraestelares, transponders para identificação de naves terráqueas e muitos mapas de navegação, para que nenhum humano nunca mais se perca.

No final daquele ano e nos meses seguintes, fui escalado no planejamento para criar uma colônia em Vênus, a Magelann-1, formada por enormes cúpulas flutuantes, estacionárias a cinquenta quilômetros de altura. As doze cápsulas já montadas e prontas para entrar em operação, foram trazidas por uma nave esférica do tamanho da Lua, uma das pérolas da Frota Lagartana, já com terra e água para formar as colônias agrícolas. Cada uma das cápsulas com capacidade para abrigar 10 mil colonos. Ficamos sabendo depois que os insumos foram comprados de outros planetas com formação geológica semelhante à nossa, coisa que os humanos nunca acreditaram que existisse, mas que eram clientes e fornecedores habituais dos lagartanos.

Existia um comercio interestelar fervente, para o qual estávamos sendo convidados a participar, desde que nos livrássemos da nossa ignorância. O casal civil, cujos nomes sempre foram mantidos em sigilo, viram as possibilidades. Construíram estaleiros para a construção de naves civis, militares e mercantes, em parceria com outros aliens indicados pelos lagartanos, e em poucos anos passaram de milionários para trilionários. Depois dos Lagartanos, a lua se tornou um enorme garimpo, fornecendo Moonium em grandes quantidades. O Dr. Kyu se tornou uma celebridade, como o cientista responsável pela evolução humana, transformando os Laboratórios LightYear numa potência interplanetária. O Banco Mundial aprendeu a converter créditos terráqueos em créditos galácticos, orientado pelos assessores de Madame Lagartana.

O meu trabalho era conciliar a ignorância humana com a presença dos visitantes. Muitos ainda os viam como inimigos. Claro que existiam os hostis, mas eram muito poucos e sempre combatidos por outros alienígenas. Também existiam foragidos entre eles, tentando se esconder de alguma coisa feita nos planetas nativos deles. Quando existia algum conflito, ou a iminência de um, a ARA era chamada. Nossa Agência de Relacionamento tinha muita importância nessa época, mesmo atuando praticamente na clandestinidade, o que nos conferia liberdade para agir. Podíamos convocar militares quando a situação se tornava insuportável.

Isso me revelou outro segredo, muito bem escondido, até dos próprios militares. Eles contavam com um grupo paramilitar independente, para ocasiões desesperadoras. Era chamado de Esquadrão COAGO e a ARA tinha autonomia para convocá-los. O grupo era formado por duplas de combatentes, especializados em conflitos corpo-a-corpo, com armas brancas, embora eventualmente fossem cobertos por atiradores de elite. De onde saíam, como e para onde voltavam sempre foi um mistério. Se a situação envolvia fatos estranhos, contra inimigos anormalmente perigosos, sem chances de vitória, bastava convocar os Coagos. Havia um número telefônico especial para isso, na rede militar. Eles surgiam não se sabe de onde, resolviam o problema em poucos minutos, eliminando até os inimigos infiltrados e desapareciam, muitas vezes nem deixando os corpos das vítimas. Em outras situações deixavam um rastro sangrento de cabeças decepadas ou corações perfurados. Eram um verdadeiro esquadrão fantasma. Alguns soldados que os viram em ação diziam que eram demônios, vindo e voltando do inferno.

Os Coagos foram muito importantes quando as chuvas cessaram, depois de 2035. Muitos humanos ignorantes se levantaram da lama espalhando as mais absurdas teorias. Sempre existem aqueles que querem lucrar com a desgraça alheia.

Algumas teorias diziam que o cataclismo foi provocado pelos aliens, como uma preparação para a invasão da Terra. Destruir para conquistar o espólio.

Outras diziam que os visitantes se aproveitaram da oportunidade, levando humanos embora para serem escravizados em campos de concentração ou criadouros, onde serviriam de alimento. Que as colônias eram uma isca. Na ARA, sabíamos que todas estas teorias eram mentiras absolutas.

Uma terceira linha exigia indenizações astronômicas das autoridades, por terem perdido bens e pessoas durante as chuvas. Como se alguma autoridade comandasse a natureza.

Todos estes grupos queriam ser reconhecidos através da violência. Atacavam visitantes, sabotavam naves que levariam migrantes para o espaço, faziam propaganda anti alien, queimavam instalações do governo. Os mais radicais se associavam com os bandidos fugitivos espaciais, criando grupos de guerrilha extremamente perigosos. Estes a ARA combatia com ajuda dos Coagos.

Isto teve duas consequências. Uma é que meu trabalho foi reconhecido mais uma vez, quando recebi acesso ao número para chamar os Coagos. A outra é que a ARA se tornou alvo dos grupos extremistas. Só sobrevivemos por sermos clandestinos.

Foi uma época terrível, onde minhas memórias salvaram minha vida e minha sanidade. Os conhecimentos de estratégia adquiridos para entrar na ONU foram fundamentais. Sem as dicas de Sigma Um provavelmente eu não teria suportado. A lembrança vivíssima daquela boca e o pensamento em pelos pubianos azuis me mantiveram vivo. Minhas funções me colocavam em uma posição frontal para conhecer alienígenas azuis em primeira mão. Minha saúde inesgotável me permitia ter uma vida quase normal, apesar da deficiência física. Tinha médicos dedicados, que me ajudavam a trocar próteses desgastadas por outras mais modernas, acredito que montadas pela LightYear em algum laboratório situado na antiga Alemanha. Os médicos passavam as especificações e eu as recebia em domicílio, cada vez mais confortáveis.

O prazo inicial de 78 anos já não parecia impossível. Eu podia pensar em ter uma vida normal até lá.

Mudança de planeta

A agitação no escritório levantaria poeira, o que literalmente não seria novidade, num mundo ainda assolado por vendavais frequentes. Mesmo sem as chuvas destruidoras, todas as regiões do planeta se ajustavam lentamente às alterações climáticas. Todos os envolvidos estavam ansiosos para se livrarem das condições atmosféricas, o que viria com as mudanças, significando que nada, nunca mais, seria a mesma coisa. Uma única mudança até poderia ser considerada normal, mas as três maiores companhias terráqueas se mudando no mesmo ano era uma coisa surpreendente. A ONU, a OTAN e os Laboratórios LightYear estavam abandonando a Terra, se ajustando à nova realidade.

Meus companheiros de trabalho, no andar designado para a PAHO, que na realidade era uma fachada para a ARA, faziam a maior bagunça, embalando tudo o que conseguiam manipular: computadores, arquivos, sintetizadores de café, fragmentadores de documentos físicos e digitais, etc. Marina, a assessora de linguística com quem eu estava tendo um caso, veio me oferecer ajuda.

— Você não está embalando nada, Nathan. Precisa de alguma coisa?

Desde que decidi viver uma vida normal, Marina se tornou uma das partes desse projeto, embora eu soubesse que havia falsidade dos dois lados. Ela devia perceber que meu coração pertencia a outra, ou outras, enquanto eu notava que o interesse dela não era pela minha pessoa, mas pelo meu cargo e influência. Mesmo assim, me sentia desconfortável com a conversa.

— Não, Marina. Não preciso de ajuda. Na verdade, não quero embalar nada.

— Continua com essa conversa? Não vai me acompanhar?

— Essa é a parte difícil. Não se trata de você. O que não quero é sair da Terra. Já pensou em ficar junto comigo? – Como dizer para alguém ficar junto com você, se já tem encontro marcado com outra, mesmo ainda faltando 43 anos? Me senti um cafajeste.

— Nathan, o planeta está se recuperando muito devagar. Olhe em volta. Isso tudo não passa de um enorme canteiro de obras. Em Saturno teremos uma base novinha, quase do tamanho da Lua, cheia de novas oportunidades.

— Sei disso e não posso te impedir de viver a sua vida. Mas meu trabalho é com alienígenas e eles permanecerão aqui. É onde terei as minhas oportunidades.

A conversa durou mais um pouco, em clima glacial. Eu precisava de alguém para apoiar minha decisão, sem revelar o verdadeiro motivo, mas não podia ser a Marina.

Contrariando a opinião dela, a reconstrução acontecia a todo vapor, nos últimos 15 anos, num ritmo jamais visto, auxiliado pelos aliens. Terráqueos já não precisavam que as 3 organizações os levassem pelas mãos, até mesmo pela existência da ARA. Em 2050, a LightYear, em parceria com a Frota Lagartana, já havia dominado as viagens interestelares e conquistado nosso Sistema Solar. Saturno está a uma hora-luz quando as órbitas ficam alinhadas. Júpiter fica a apenas 35 minutos-luz. Lagartanos cobriam essa distância em minutos. As naves terráqueas movidas a Moonium se aproximavam disso. A ONU havia acabado de construir a nova sede em Júpiter, o gigante gasoso, usando a mesma tecnologia das cápsulas flutuantes das colônias em Vênus. A invasão de políticos na Companhia havia influído na escolha, e o tamanho do planeta foi um dos pontos considerados, justificado pela ostentação dos membros. Significava que o maior planeta do Sistema Solar deveria abrigar a maior e mais influente Companhia, embora alguns duvidassem dessa classificação. A construção era formada por três capsulas cilíndricas unidas pelos bicos de um lado, criando uma estrela colossal de três raios, visível até pelos telescópios ópticos da Terra.

As outras duas Companhias haviam optado por Saturno, onde a gravidade menor do que a de Júpiter facilitava a manutenção da órbita estacionária, auxiliando o tráfego intenso de naves militares e de pesquisa, entrando e saindo do Sistema Solar. A existência dos anéis criava uma barreira natural facilitando a defesa das bases. A OTAN e a LightYear ficavam em extremos opostos do equador saturnino, embora as bases tivessem sido montadas ao mesmo tempo pela mesma construtora, para reduzir custos. Ambas tinham o formato de compridos cilindros, decoradas com centenas de docas de atracação, dos mais variados formatos e tamanhos. Vistas pelos telescópios lembravam arvores de natal.

Graças a minha experiência com alienígenas, fui escalado algumas vezes durante aquelas construções em Saturno. A primeira foi para recepcionar uma equipe de engenheiros nativos do planeta dos anéis, visitando Dallas para verem como deveriam ser as instalações internas da base. Fiquei impressionado.

A composição gasosa do planeta e as altas pressões sempre foram consideradas como impeditivos para a existência de vida. Ledo engano. A miopia dos humanos sempre nos impediu de ver vida diferente da nossa. Os nativos de Saturno vivem, pensam, procriam e me pareceram bem felizes, mesmo não tendo um corpo material. São como espectros, adaptados para viver dentro do hidrogênio. Não suportam a nossa atmosfera, como se o oxigênio puro lhes fizesse mal. Os que vieram até a Terra usavam escafandros, de formato humanoide, lhes dando a aparência de robôs. Fiz amizade com o líder da comitiva. Foi quem me alertou para o fato de que nossa visão tridimensional nos esconde muitas maravilhas. Os espectros podem ver energia pura, não apenas matéria. Ele me contou sobre as artérias e veias energéticas que envolvem nosso planeta, fato desconhecido para a grande maioria dos humanos. Os poucos que as conhecem as chamam de Linhas Ley. Me ensinou a usá-las, como tuneis de energia, sem atrito da atmosfera e isoladas da maioria das frequências conhecidas.

Várias vezes retribuí a visita, indo até os estaleiros existentes no interior de Saturno, onde várias partes da futura base eram construídas. Nestas vezes, eu é que usava escafandros, parecendo um robô. Através dos equipamentos eu podia ver os espectros em seu estado natural. Foi uma época muito instrutiva. Imaginava como seria o mundo de Sigma Um.

Por não ter restrições de orçamento, a sede do laboratório ficou um pouco maior. Construíram até um hangar exclusivo para a Centennial, a espaçonave mais rápida da galáxia, propriedade particular de Madame Lagartana. Os boatos diziam que aquela maravilha tecnológica podia atingir Warp 60, sessenta vezes a velocidade da luz, voando como um verdadeiro iate espacial. Não havia como confirmar os boatos, pois o acesso à nave era restrito aos convidados da poderosa fêmea sáuria. Nunca entendi direito de onde vinham os humanos que faziam parte da comitiva dela, ou que trabalhavam na frota.

As sedes das Companhias estavam saindo da Terra, mas deixavam subsidiárias. A ONU e a OTAN controlavam os quatro espaçoportos que operavam no planeta: Dallas, Madrid, Johannesburgo e Irkutski na Sibéria, os pilares do quadrilátero defensivo, como alguns documentos secretos da OTAN os chamavam. Alguns outros aeroportos haviam sido recuperados, mas atuavam apenas a nível local, sem capacidade para receber as gigantescas naves interestelares. No máximo, operavam rotas até Marte ou Vênus, embora até pequenas naves particulares mônicas pudessem alcançar Saturno.

Eu não sabia o que seria do meu futuro. Oficialmente ainda era funcionário da PAHO, responsável por atividades na América do Sul, mesmo estando alocado em Dallas, na ARA. Trabalhando para a OTAN, mas funcionário da ONU. Ninguém sabia o que ia acontecer com aquelas siglas. Não queria ser transferido oficialmente para a ARA, pois isso me colocaria na lista de alvos dos terroristas. Ao mesmo tempo, sabia que a PAHO estava em rota de extinção.

Recorri à estratégia mais eficiente que podia pensar naquele momento: fui falar com meu superintendente na ARA. Expus minha preocupação. O Comandante Roger foi muito compreensivo.

— Entendo o seu ponto, Agente Nathan. Sua estratégia de estar na ONU e trabalhar conosco foi muito bem pensada. É realmente um disfarce muito eficiente.

— Como assim, senhor? Isso não é disfarce. Desde que comecei aqui, soube que isso era uma exigência da ARA, para manter a confidencialidade das nossas operações.

— Há quanto tempo está na ARA, Agente?

— Quinze anos. E outros dez na PAHO.

— Não pode ser. Para ter todo esse tempo, 25 anos de casa, o senhor deveria ser muito mais velho.

— Não leu minha ficha, senhor?

— Claro, uma ficha perfeita para um estrategista. Seu trabalho é bastante elogiado, apesar das irregularidades. Agente Nathan, deve saber que estou à frente da ARA apenas nos dois últimos anos. Conferi seus resultados com outras fontes, e realmente são muito bons. Mas devo avisar que deve corrigir seus dados pessoais, principalmente agora com a mudança, antes que isso caia em alguma auditoria.

— Senhor, minha ficha não tem nenhuma irregularidade. Poderia ser mais explícito?

— Então insiste? Qual sua idade?

— Este ano completei 73.

— É disso que estou falando. Estamos em 2050. Eu tenho 45 e o senhor não parece mais velho do que eu. Pelo contrário, parece bem mais jovem.

— Minha ficha médica confirma. Nasci em 1977 e minha saúde é, digamos, fora do comum.

— Seus exames médicos estão adulterados. Todos são a mesma cópia, só alterando as datas. Nunca passarão em uma auditoria. Quando alguém pegar, terá que ser feita uma perícia.

— Senhor, pode pedir essa perícia agora, se quiser. Tenho dois médicos que me examinam a cada seis meses, dentro de um programa confidencial que eles controlam. Pode pedir exames em qualquer outro lugar que o resultado será o mesmo. Eu parei de envelhecer quando tinha 38 anos.

— E quer que eu acredite nisso?

— É o que está documentado.

— Não sei como faz, agente, mas serei claro. Enquanto for funcionário de outra organização, não tenho poder sobre o senhor, no que diz respeito a dados pessoais. Enquanto trouxer resultados, como estes que tenho, não vou interferir. Mas não posso levá-lo para Júpiter ou Saturno, o que parece vir de encontro aos seus desejos.

— Sim, senhor. Penso que o trabalho de relacionamento com os visitantes pode ser feito aqui na Terra, enquanto temos os hostis. Aceito ficar na Terra.

— Ótimo. Mas preciso justificar isso. Essa parte de deficiente físico é verdade?

— Sim, não tenho o pé direito. Foi amputado quando eu era criança. Isso é um problema?

— Podia ser outra irregularidade. Não imagina quantos agentes falsificam dados deste tipo, para fugir de missões perigosas.

— Não é o meu caso, senhor. Gosto de trabalhar.

— Vou conseguir uma vaga em uma equipe de campo, que a partir de agora terão abrangência planetária. Continue com seu trabalho investigativo, traçando as melhores estratégias para resolver os problemas com os hostis. Mas deverá ir ao encontro deles. Vou liberar um veículo mônico para facilitar seus deslocamentos. Cuide bem dele. Não faça como os outros agentes que os usam como carros de aluguel.

— Que uso eles fazem, senhor?

— Destroem os veículos. Atravessam o planeta passando pelo núcleo, dão voltas desnecessárias consumindo os cristais, fazem visitas frequentes ao novo Shopping de Saturno. Já esteve no Galaxy Bay Shopping, Agente?

— Ainda não. Soube que é enorme e bem completo.

— Realmente. É mantido por companhias pequenas concorrentes da Frota Lagartana. Tem muito contrabando, se tornando um paraíso para os hostis. Se precisar de alguma incursão lá, quero ser o primeiro a saber. Só viagens oficiais.

— Recado anotado.

— Mais uma coisa. Se tem dificuldade para andar, precisa de mais um treinamento. Sabe quem são os agentes de campo que não precisam correr?

— Não senhor.

— Os atiradores, desde que trabalhem direito. Acerte seus alvos e pode sair caminhando tranquilamente. Comece imediatamente o curso de tiro, todas as especialidades.

— Obrigado, senhor. Não vou decepcionar.

— Espero que não. Mas saiba que se a PAHO for encerrada, só vou efetivá-lo depois de uma perícia minuciosa.

Jamais pensei que minha vida podia tomar aquele rumo. Embora meus documentos indicassem 73 anos, eu me sentia um adolescente, recém alistado no Exército. Com direito a carro oficial, podendo dar a volta ao mundo em poucos minutos. Cada vez mais perto de encontrar pelos pubianos azuis.

Nem imaginava que isso podia me trazer mais inimigos, internos e externos.

Os externos eram fáceis de identificar. Reptilianos eram os mais perigosos. Lagartos com um metro e meio de altura, caudas e focinho curtos, semelhantes a crocodilos, andando eretos e muitas vezes confundidos com filhotes de lagartanos. Enquanto os gigantes verdes eram dóceis, educados e pacíficos, os cara-achatada-de-jacaré eram astuciosos, inteligentes e violentos, enganando os humanos usados como alimento.

Muitos reptilianos se escondiam nas florestas transformadas em pântanos, se aliando aos guerrilheiros instauradores do terror, em troca dos corpos das vítimas.

Polimorfos podiam ser igualmente perigosos. Matavam humanos e assumiam sua forma, substituindo os originais. Podiam estar infiltrados em qualquer lugar.

Meus inimigos internos eram os humanos anti alienígenas, infiltrados na ARA. Na cabeça deturpada de alguns, minha capacidade de não envelhecer e minha saúde me equiparava aos visitantes, criando a imagem de que eu era um espião. Alguns viram como um golpe que eu estava aplicando na organização, quando fui transferido para a equipe de campo, mesmo com a deficiência física, e com direito ao carro. Invejosos e parasitas nunca me aceitaram.

Meu curso de tiro foi feito numa antiga instalação da Polícia Montada Canadense, perto de Toronto. A Sargento Louise, minha instrutora, tinha 40 anos na época e era muito profissional. Nunca me esqueço de uma das broncas dela.

— Senhor Nathan, o que pensa que está fazendo? Quando um agente de vanguarda marca um alvo, atire o quanto antes. É a vida dele que está em jogo, não a sua.

— Mas sargento, ele apontou para uma criança. Eu precisava conferir o alvo.

— E o condenou por sua indecisão. Olhe de novo!

Ajustei melhor o visor telescópico do rifle, procurando a criança. Com o ajuste milimétrico correto meu erro ficou claro. O alvo era um androide simulando um reptiliano vestido como criança. Ela continuou:

— Você está a 1500 metros do campo de batalha. O soldado sinalizou o alvo a 20 metros dele. Quem deve ter a melhor visão do perigo? Nunca hesite!

Não perdi mais nenhum alvo depois disso. Seis meses depois, ao completar aquela fase do treinamento, já estávamos íntimos. Ela me deu outra aula.

— Fui informada sobre um hotel em Madrid oferecendo banhos de imersão para turistas cheios de créditos. Conhece esse tipo de banho?

— Está brincando? Eles têm banheiras? Como conseguem água?

— Possuem uma estação de reciclagem própria. Mas é muito caro.

— Isso não é problema, Louise. Quando é sua próxima folga?

A principal crise até aquele momento aconteceu em 2058. Uma das nossas equipes de inteligência descobriu um plano reptiliano de atacar a base da OTAN em Saturno, já em plena operação. Soubemos que uma equipe de humanos sob controle dos jacarés já havia se infiltrado, levando bombas para desativar os flutuadores. Sem aqueles equipamentos, todo o complexo se desestabilizaria, indo de encontro aos asteroides que formam os anéis. Toda a OTAN seria destruída com um único golpe.

Eu estava apoiando nossa equipe, no papel de segundo atirador, durante uma inspeção em depósitos industriais nos arredores de Berlin. Embora não fosse o responsável pela missão, reconheci a gravidade da situação. Decidi agir por conta própria. Me isolei da equipe e fiz uma ligação para um número secreto. Uma voz feminina atendeu:

— Identifique-se e diga qual é a sua emergência.

— Sou o Agente Nathan, da Agência de Relacionamento com Aliens, da OTAN. Acabei de saber que tem um grupo de humanos controlados por reptilianos, infiltrados na base da OTAN em Saturno, portando bombas. Pretendem sabotar os flutuadores.

— Vamos investigar, Agente Nathan.

Ela desligou. Nunca soube exatamente como a Coago trabalha, mas perda de tempo não faz parte do vocabulário deles.

Minha equipe ainda procurava pelos superiores, para comunicar a ameaça, seguindo todos os protocolos, quando nosso comandante ligou, duas horas depois, para informar os últimos acontecimentos.

Duas duplas Coagos haviam invadido a base, ninguém sabia como, entrando em combate corporal com um grupo de engenheiros de manutenção. Disse que a luta foi sangrenta. Os engenheiros eram polimorfos disfarçados, equipados com armas de fogo e muito bem treinados, porem foram reconhecidos e desmascarados pelos Coagos. A batalha aconteceu nos corredores das enfermarias. Houve três baixas civis: um paciente, um médico e uma enfermeira. Sete polimorfos desintegrados. Um oitavo foi capturado e levado pelos Coagos, desaparecendo tão repentinamente como haviam surgido.

A operação toda durou poucos minutos.

No dia seguinte recebi duas ligações no meu comunicador pessoal. A primeira aconteceu pela manhã:

— Agente Nathan?

Reconheci a mesma voz feminina da véspera.

— Sim, sou eu.

— Aqui é a Central de Comunicações Coago, atualizando suas informações. O ataque na base da OTAN não foi feito por humanos sob controle de reptilianos. Foi todo executado por polimorfos, sob ordens de humanos, que também estão controlando alguns reptilianos. Estamos enviando algumas equipes para sanear sua área, pois temos informações de que um núcleo de controle deles fica aí, portanto recomendamos que tome cuidado. Não temos os nomes de todos os controladores. Pode ser qualquer um, inclusive membros da sua equipe. Pedimos nos informar se descobrir algo mais. Tenha um bom dia.

Eu queria mais detalhes, mas ela desligou.

A segunda ligação aconteceu depois do almoço.

— Senhor Nathanael?

Estranhei aquele tratamento. Todos me chamavam por Nathan.

— Sim, quem está falando?

— Sou o Doutor Paulo Candango. O senhor soube do atentado que houve ontem na base da OTAN em Saturno?

— Ora, como vai, Doutor? Não tinha notícias suas desde a mudança de planeta.

— Senhor Nathanael, não nos conhecemos. O senhor deve estar falando do meu pai. É por causa dele que estou ligando. Estou avisando a todos que estavam na agenda dele. Lamento informar que meu pai foi uma das vítimas do atentado. Estava trabalhando quando aqueles animais atacaram.

— Desculpe. Meus pêsames. Nem sei o que dizer. Conhecia seu pai desde antes do cataclismo. Perdi contato com ele desde que um Departamento militar assumiu as pesquisas que o Laboratório dele fazia. Você deve ser o Junior.

— Eu mesmo. Meu filho nasceu no mês passado e recebeu o mesmo nome, Paulo Candango Neto. Exigência do avô. O senhor também conhecia a outra vítima.

— O paciente ou a enfermeira?

— O homem que estava se recuperando de uma cirurgia coronariana. O Doutor Franz Blitzkrieg. Trabalhava no mesmo

Laboratório de Análises Clínicas, antes de serem afastados pelos militares, na mudança.

Conversamos por mais dez minutos.

De uma só vez, perdi os dois médicos que me acompanharam por quase 30 anos. Os reflexos disso eu só tomaria conhecimento séculos depois. Bem depois do meu encontro com uma certa loira platinada, habitante das minhas lembranças mais secretas.

Alpha Quatro

α4

Estava tão ansioso por ter chegado a 2093 que devo ter me tornado displicente. Só pensava no encontro marcado para o ano em que completaria 116 anos. Fiz aniversário em janeiro e nada aconteceu. Mesmo com o trabalho fervendo mais do que nunca.

No ano anterior, em maio, havia me enchido de esperança com as últimas notícias, trazidas pelo Diretor de Inteligência, um amigo particular, durante uma passagem dele por Dallas. Sofri com a ansiedade por quase um ano, desde aquela conversa.

— Esses terroristas vão acabar destruindo o planeta. Tem hora que não acredito em tanta burrice.

— Do que está falando, George?

— Desativamos outra célula na semana passada. Encontramos os planos mais novos deles para desestabilizar tudo o que nossas instituições estão fazendo.

— Tem alguma coisa viável? Geralmente planos mirabolantes de idiotas são pura fantasia.

— Querem destruir todas as nossas defesas. Estão planejando contratar guerreiros espaciais para deflagrar uma guerra. E sim, me pareceu viável, mas ainda estamos investigando.

— Confidencial?

Ele olhou em volta, no Café do Espaçoporto, dentro da ala doméstica reservada ao Continente Ocidental. Eu não conseguia me habituar com o novo nome, ainda pensando em Continente Americano. Quando não encontrou nenhuma ameaça, continuou em voz baixa.

— Sim, mas tem coisas que podem te interessar. Você ainda é o responsável pelo relacionamento com os aliens, não é?

— Na Terra, sim. Esses guerreiros espaciais, são conhecidos?

— Conhece as Três Marias?

— Alguma organização terrorista?

— A constelação de Orion. Alnitak é o conjunto de estrelas mais próximo, a cerca de 800 anos-luz. Vista da Terra se parece com uma estrela única, uma das que chamamos de Três Marias, a da esquerda. É o lar dos Kerns, uma espécie guerreira que domina toda a constelação.

— Isso pode ser um problema.

— Estamos coletando dados com os lagartanos, pois já fizeram negócios antes. Até agora sabemos que os Kerns vivem como em nossa idade feudal, venerando deuses locais sob um regime monárquico. O Rei atual está no poder a mais de 400 anos e é um progressista. Controla todos os outros reinos de Orion, já tendo de recorrer à força para mantê-los unidos. Dominam uma tecnologia muito mais avançada do que a nossa. São especialistas em combate aeroespacial e imbatíveis no solo.

— Realmente parece ser um risco muito sério. O que os terroristas estão negociando?

Ele se calou, quando o androide se aproximou com nossos pedidos. Duas pílulas de café, de um tipo novo cultivado nas estufas de Vênus, acompanhado de outras duas com sabor original de Caranguejo do Nilo. Voltou a falar depois que o androide se afastou.

— Até onde descobrimos, usam o cataclismo como elemento de negociação. Se fomos atacados pela natureza, aos olhos dos Kerns somos inimigos, ofensores de uma deusa deles. São muito religiosos, quase fanáticos. Eles não teriam escrúpulos em exterminar a raça humana, para salvar o planeta. Claro que nossos traidores pretendem continuar vivos, prometendo evitar uma nova infestação.

— Os kerns não podem acreditar nessa baboseira. Se o Rei é um progressista ele deve considerar outras possibilidades, antes de exterminar uma raça. Inclusive por razões religiosas.

Rasguei uma das embalagens para mastigar o café. Lembrei com saudades de quando aquela iguaria era servida líquida, quente e fumegante. Alguns locais afastados no meio da Amazônia ainda mantinham o antigo modo de fazer, usando fibras vegetais como filtro. Coisa de privilegiados.

— Como estrategista, como você conduziria uma operação assim? – George me tirou dos devaneios.

— Primeiro, precisamos enfraquecer a proposta dos bandidos. Sugiro enviar uma delegação até Orion, para conversar pacificamente com o Rei. Mostrar como estamos reconstruindo o planeta, sem violência. Descobrir como são esses Kerns e encontrar uma brecha para evitar o confronto.

— Os relatórios lagartanos tem um dado interessante. Eles socorreram um kern ferido, perdido no espaço, durante uma viagem rotineira. Fizeram os primeiros socorros e avisaram uma patrulha. O ferido foi resgatado e curado em poucas horas. O registro diz que a tecnologia médica dos Kerns é assombrosa. O que nos interessa é que conseguiram amostras de sangue e diagnósticos da criatura. O mapeamento de DNA mostra que são 98% compatíveis com humanos. Os monstros podem ter alguma humanidade.

— Se são tão compatíveis porque os chama de monstros?

— Essa compatibilidade toda é apenas um número. Você conhece sebaceanas, com um índice quase igual, de 96%. A aparência delas é exatamente igual a das nossas mulheres, algumas são até mais bonitas com aquelas cútises sempre bem hidratadas. A diferença está por dentro, no sistema reprodutivo. São ovíparas, alterando a temperatura do próprio corpo, muitas vezes ultrapassando os 80 graus centígrados, o que as classifica como nocivas para a espécie humana. Nos kernianos é o contrário. Todos os sistemas internos são exatamente iguais aos nossos. O que muda é a aparência: são azuis como as estrelas deles e possuem quatro braços.

Me engasguei com a pílula de caranguejo. George se levantou, me dando alguns tapas nas costas.

A revelação me atingiu em cheio. Então a segunda mulher que invade meus sonhos durante os últimos 77 anos é uma kerniana. Enquanto tossia, imaginava se todas as kernianas têm pelos pubianos azul cobalto. Depois de um minuto, enxuguei as lágrimas provocadas pela tosse, recuperei a fala e tentei disfarçar:

— Ser azul e ter quatro braços não me parece tão assustador.

George voltou a se sentar, como se meu engasgo com uma pílula alimentícia fosse a coisa mais natural. Frieza profissional de um Diretor de Inteligência da OTAN.

— Para você talvez. Para mim, lembra os tarântulos. Já cruzei com alguns e não me deixaram uma boa impressão.

— Tarântulos são como gorilas venenosos e peludos, com oito braços. Excelentes construtores. Só atacam quando acuados. Não são a descrição que você passou dos kernianos.

— Me assustam da mesma forma. Todos são guerreiros acostumados com violência. – Fiquei imaginando o que ele queria dizer com a palavra *assustam*. Inteligência militar deve abominar a violência.

— Isso pode abrir outra linha de conversa. Antigamente, quando havia um estudante brigão no colégio, a melhor estratégia era ser amigo dele. Evitava que você apanhasse e ainda ganhava um protetor. Se esses kerns possuem uma medicina avançada, indica que se preocupam com os mais fracos. Podemos usar isso. Pedir a ajuda deles para curar nossos feridos, vítimas do cataclismo que não provocamos. Só precisamos mostrar que estamos arrependidos por termos provocado a natureza, mesmo sem intenção, e mostrar que estamos trabalhando seriamente para reconstruir tudo.

— Está sugerindo uma aliança?

— É melhor do que um confronto. Podemos redigir um acordo de paz, trocando a tecnologia médica por alguma coisa que eles precisem. Os lagartanos podem ajudar a descobrir algo. Frustramos os terroristas e ganhamos proteção contra outros planos desse tipo.

— Vou levar suas ideias para meus superiores. Aguarde notícias.

Pelo jeito, meu amigo era um pacifista. Alimentou minhas esperanças de ter um encontro calmo e agradável com a alienígena aguardada por 78 anos.

Oito meses depois eu só sabia que haviam negociações em andamento, atrasando qualquer operação belicosa. O Rei kerniano estudava a proposta da aliança, claramente dividido entre a possibilidade de ajudar uma espécie mais fraca ou de exterminá-la, ambas considerando as tradições religiosas locais. Emissários dos terroristas atuavam na surdina, tentando influenciar os sacerdotes sob as luzes das estrelas azuis. O Rei hesitava como se esperasse por um sinal.

Aconteceu logo depois do meu aniversário.

Eu poderia ter evitado, se não estivesse tão displicente, pensando só no meu encontro. Acompanhei uma equipe para conter um ataque reptiliano na floresta do Saara, local que já tinha sido um deserto antes das inversões climáticas. Devia ter percebido que era uma cilada. Minha equipe foi dizimada, enquanto eu fui capturado, depois de desarmado por um traidor atuando como um dos meus batedores.

Quando o capuz foi retirado da minha cabeça, estava amarrado numa cadeira, dentro de uma sala sem mobília, no que parecia ser um galpão abandonado. Assim que passou o efeito do anestésico, veio o cheiro do mar, aquele odor de lodo podre, típico das ruínas das cidades portuárias. Podia estar em qualquer lugar: Rio de Janeiro, Lisboa, Hong Kong ou qualquer outro porto ainda em reconstrução. Para piorar eu não via minha prótese. Mesmo que me desamarrasse não tinha como sair andando.

Em frente da cadeira havia um tripé, com uma antiga câmera de filmagem. O homem bem vestido que me retirou o capuz se posicionou ao lado da câmera.

— Então o senhor é o homem que não envelhece. Confesso que esperava mais alguma coisa. Não vejo nada de especial no senhor, Agente Nathan.

— Não tenho nada de especial. E não me lembro de já termos sido apresentados.

— Isso não importa. O senhor tem interferido em meus negócios, o que não é bom. Vamos resolver isso hoje.

Ele falava com um sotaque levemente familiar. Se não estivesse atordoado pelo anestésico, talvez tivesse reconhecido de qual região era. Eu precisava ganhar tempo, enquanto meu metabolismo me recuperava. Joguei com as palavras.

— Se está falando do extermínio da raça humana, minha vida não vai fazer a menor diferença.

— O senhor não entende mesmo, não é? Veja a história. Todos os fatos ligados a evolução da humanidade aconteceram quando haviam guerras em andamento. Os humanos precisam ser atacados, para poder crescer.

— Não pensa em todas as vidas que serão perdidas?

— Só os fracos morrerão. Os mais fortes vão reconstruir este planeta do jeito certo, levando a raça humana para o lugar onde ela deve estar, sem dependência de animais estúpidos. Não pense que vamos nos subjugar aos kerns. Assim que dominarmos a tecnologia armamentista deles, vamos nos livrar do incomodo. Podemos até ganhar o controle sobre outra Constelação.

Gostei de ver que tinha chutado certo. Só não via como tirar proveito da informação.

— Ainda não sei o que quer comigo. Se pensa que vou gravar uma declaração defendendo a sua sandice, pode esquecer.

— O senhor é o representante da agência que cuida do relacionamento com os aliens. Tem uma saúde exemplar e não envelhece há um século, o que indica que foi contaminado. Sugeriu um acordo de paz para os kerns, quando eu já tinha tudo planejado para acessar as armas deles. Não, Agente Nathan, não quero nenhuma declaração. Só preciso mostrar que o senhor está errado, para acabar definitivamente com as dúvidas de todos. A guerra precisa começar.

O homem era completamente louco. Movido puramente por ganância, sem escrúpulos para quem ou quantos iriam morrer. Nada do que ele dizia fazia sentido, como as falas de todos os facínoras descritos pela história. Minha situação piorou quando ele saiu da sala. Mal passou pela porta e o monstro entrou. Um gigante de um metro e noventa, completamente azul com quatro braços. Usando um peitoral metálico igual a uma armadura. Calças e botas de algum tecido metálico, como um guerreiro pronto para a batalha. Os passos eram ruidosos, como se a criatura não estivesse habituada com o próprio peso na atmosfera terrestre. Não sei se o cheiro de lodo podre vinha da proximidade com o mar ou da criatura.

O sujeito seguiu até a câmera e a ligou. Depois veio em minha direção, com uma expressão de quem não tinha nenhum amigo. Vociferou:

— Ninguém ofende nossa deusa e continua vivo.

Tentei abrir a boca para argumentar que não havia ofendido ninguém, mas fui detido pelo primeiro murro. O gosto do sangue se espalhou pela minha boca, junto com um dente arrancado sem anestesia. Devo ter gritado, cuspindo sangue.

Ele continuou me batendo e representando para a câmera.

— Pensa que pode nos enganar? A deusa sabe tudo o que vocês fizeram. Que tentaram matar o seu planeta. Mas isso não vai ficar assim. Vermes imundos. Parasitas.

Perdi os sentidos. Não sei quanto tempo fiquei apanhando. Quando acordei, todo o meu corpo doía, sangue escorria da minha boca e do meu rosto, a respiração estava difícil. Continuava amarrado, mas estava sozinho e notei que a câmera estava desligada. Meu corpo fazia um esforço excessivo para se recuperar. Senti como se minhas baterias estivessem sendo exigidas ao máximo. Uma coisa que nunca havia experimentado.

Não tive muito tempo para avaliar a situação. Uma porta se abriu e minha médica favorita, a loira de cabelos curtos quase brancos, com uma boca perfeita, entrou, vestida exatamente da forma como eu a havia visto 78 anos antes. Veio direto na minha direção, carregando um objeto cilíndrico que parecia uma mala de mão. Mesmo com minha visão turva, aquela silhueta havia povoado minha cabeça por tanto tempo que eu a reconheceria mesmo que estivesse coberta por nuvens. Meu coração acelerou, encharcando minhas veias de mais adrenalina.

Ela nem me cumprimentou. Só exclamou, calma como uma médica cirurgiã.

— Caramba. Vamos consertar logo esse estrago.

Começou aquela rotina de pegar objetos no cinto e usá-los em mim. Limpou meu rosto com sprays e espumas. Depois usou o raio-X portátil para examinar minha boca e tórax.

— Três dentes arrancados, uma cárie, quatro fraturas nas costelas, danos no fígado e baço. Sua tolerância à dor é impressionante. Eu estaria gritando no seu lugar.

Ouvir aquilo poderia ter me deixado preocupado, se já estivesse recuperado. Eu era o resultado do trabalho dela. Minha saúde anormal estava sendo posta à prova, do jeito mais difícil. Na minha semiconsciência, era como se uma radiação emanasse do corpo dela, me tranquilizando. Me deixava como um bêbado do século XX. Mas conseguia assimilar a voz dela. Tentei sorrir, porem acho que só consegui fazer uma careta.

— Você tirou minha dor, Doutora querida. Já sabia que isso ia acontecer?

— Parcialmente. Fique quieto, resolvo tudo isso em cinco minutos. Seus captores estão editando a gravação. A cópia que ficou registrada na história tem pouca definição e foi malfeita, cheia de falhas. Vão descobrir isso dentro de algumas horas.

— Então essa minha surra é histórica?

— Isso e o que vem a seguir. Fique quieto. Vou inibir suas terminações nervosas, para que a dor seja mais suportável, sem que você perca os sentidos.

Foi nesse momento que a outra entrou. Entendi pela segunda vez porque guerreiros kerns podem ser impressionantes. Foi como um choque elétrico, me despertando do torpor.

Sem dúvida nenhuma o perfil era feminino, com pernas bem definidas, cintura fina e volume para os seios. No resto eu só via a armadura, dos pés até a cabeça. Uma máscara cobria o rosto até a metade do nariz, deixando ver a pele azul da testa e em volta dos olhos negros. Todo o resto do corpo, incluindo braços, mãos e pescoço estavam escondidos pela veste colante escura. Braceletes múltiplos cobriam os braços superiores e duas armas estavam afixadas nas coxas, disponíveis para os braços inferiores.

Ela segurava dois objetos com as mãos de cima, com o formato de pequenos discos, quase invisíveis entre os dedos dela. Falou como uma verdadeira guerreira, com uma voz doce e ansiosa:

— Peguei os quatro vigias deste setor, sem disparar nenhum alarme. A área está limpa por pelo menos trinta minutos.

Eu não conseguia tirar os olhos da recém-chegada, com minha imaginação voando como uma bala de fuzil. A loira percebeu, falando para a azul:

— Venha aqui. Não quer conhecê-lo?

Aproveitei para me apresentar:

— Eles me chamam de Agente Nathan. E você, como devo chamá-la?

Ela parecia tímida e assustada.

— Me chamo Yvetha. Você ficou desapontado ao me ver.

Lembrei do que Sigma Um havia dito. Sobre a sensibilidade dela. Abri o jogo.

— Não vou mentir para você. Eu esperava ver uma mulher, não uma guerreira totalmente coberta por uma armadura. Vou superar isso em poucos minutos.

— Já ouvi algo assim antes. Tem uma mulher por baixo desta armadura. Você terá muito tempo para constatar isso.

Enquanto falava ela soltou um lado da máscara, revelando um lindo rosto adolescente e azul. Eu sorri, resistindo aos resquícios de dor. Imaginei que se fosse terráquea, deveria ter uns vinte anos, no máximo.

— Tenho certeza disso. E de que você é linda, com ou sem armadura.

A doutora percebeu que meu sorriso foi dolorido.

— Pare de falar. Preciso consertar sua boca.

Outro conjunto de tubinhos, um bisturi e logo não senti mais nenhum desconforto, com meus dentes de volta no lugar. Fiquei realmente feliz:

— Agora ganho um beijo da minha esposa?

— De qual delas? — A loira platinada da boca perfeita sorriu ao me provocar. Captei a mensagem e aceitei a brincadeira.

— Das duas, é claro.

Ela estava mais próxima. Segurou meu rosto com as duas mãos e me beijou na boca. A azul pareceu incomodada:

— Anne, não temos tempo para brincadeiras.

— Ela tem razão. Preciso acabar de te consertar e fazer mais uma cirurgia. Tire toda a roupa.

— Aqui?

Minha nova esposa partiu em meu socorro.

— Anne, não pode operá-lo nessa cadeira.

— Terá que ser no chão. – Não havia empecilho para a cirurgiã habituada a campos de batalha.

— Não, eu ajudo.

A azul se sentou no chão e me chamou para sentar no colo dela. Mal acreditei naquela reação. Precisei dizer alguma coisa, enquanto me arrastava, ainda dolorido, mas bem melhor do que minutos antes

— Enquanto ela faz a cirurgia, posso segurar sua mão?

— O quê?

— Segurar sua mão. Vai me dar mais confiança.

Ela me olhou de uma forma diferente, como se finalmente alguma coisa se acendesse. Colocou as bolachas que segurava no chão e tirou uma das luvas revelando dedos azuis delicados e finos. Tirei minha camisa ensanguentada e me aconcheguei no colo dela, sendo abraçado por quatro braços, segurando aquela mão macia entre as minhas. Sigma Um pediu para ela colocar a máscara e borrifou o spray anestésico na direção do meu rosto.

Não sei quanto tempo fiquei apagado. Acordei com quatro mãos da mesma pessoa abotoando minha camisa suja de sangue, meio tonto, com um estranho cheiro no nariz. Ainda estava no colo dela. A voz macia em meu ouvido, mais calma, me tranquilizou:

— Esse cheiro é do anti-anestésico. Vai desaparecer quando começarmos a correr.

Eu estava para retrucar que nem podia andar quando vi duas sombras na porta. Cada uma levantava um braço armado na direção das minhas esposas. Não pensei. Apenas peguei a bolacha no chão, posicionei do jeito que Yvetha a segurava e apertei o miolo com o polegar, apontando para a porta. Fez um click quase inaudível.

Um trovão ribombou por perto, seguido pelo barulho crescente da chuva, abafando o que aconteceu ali dentro.

As duas sombras foram arremessadas contra a parede, explodindo as cabeças ao mesmo tempo. Minha expressão disse tudo o que eu pensava:

— Uau!

A loira foi a primeira a se refazer do susto, exibindo uma frieza profissional forçada, pois pela primeira vez vi suas mãos tremendo. Senti que realmente se preocupava, apesar do treinamento militar para esconder emoções. Ela disfarçou:

— Aquelas botas devem servir.

Ela se levantou, esquecendo por um minuto da arrumação da mala que havia trazido e se dirigiu até os corpos. Voltou com dois pares de botas e um par de meias.

— Não se preocupe. Vamos ver qual serve antes de higienizá-las.

Foi só então que vi. Ou senti, sei lá. Eu tinha dois pés. Enquanto estava apagado, elas haviam me implantado um pé novo e consertado todas as minhas dores. Me sentia completamente renascido. Podia sentir as mãos da doutora colocando as meias e as botas, ainda úmidas pelos sprays. Eu não me continha de emoção. Quando me levantei, a primeira coisa que fiz foi puxar aquela boca para um beijo de verdade, longo e apaixonado. Quando me virei para repetir o beijo na azul, ela estava de máscara. Fria e profissional.

— Anne, você tem cinco minutos para o ponto de extração. O helicóptero já está chegando.

— Obrigada, querida. Estarei no local combinado.

Entendi que era uma despedida. Perguntei, desesperado:

— Alguma instrução para o próximo encontro?

Anne respondeu.

— Nem nós sabemos o que vai acontecer em 2168. Só posso dizer que você ficará três dias numa floresta, na companhia das esmeraldas. Não se preocupe em nos trair, somos compreensivas.

Fiz menção de beijá-la novamente, mas ela me impediu.

— O próximo beijo pertence a ela. — Foi um sussurro, indicando Yvetha. E saiu correndo da sala, levando a estranha mala cilíndrica. Do tamanho que comportaria um pé com a canela, mas que aparentava estar vazia, sem peso.

Yvetha me parecia tensa. Continuava do meu lado, criando coragem para alguma coisa. Eu ainda segurava a arma bolacha. Me senti na obrigação de encorajá-la. Procurei a mão dela, sem a luva.

— Não sei o que você precisa fazer, mas tenho certeza que fará bem feito. Alguma coisa me diz que você é especial.

— Você não tem ideia. Eu não devia estar aqui.

— Não penso assim. Fiquei te esperando por 78 anos. Você me surpreendeu de muitas formas. Espero te ver novamente em 2168. Você vai estar lá, não vai?

— Quando souber o que vim fazer, talvez seja você que não queira me ver mais. Não combina com você.

— Até onde entendi, vocês estão seguindo o que a história registrou. Se é histórico não podemos mudar. Faça o que precisa e eu sempre te apoiarei.

— Tem razão. Esse é você! Eu que estou me desviando da minha missão, o que não combina comigo. Vamos acabar logo com isso. Está pronto?

— Mais do que nunca. O comando é seu. Posso ouvir um helicóptero. Veio te buscar?

— Não. Veio me ver. Não esqueça, eu disse a você para assinar o acordo de paz junto com o Rei.

— Disse?

— Acabei de dizer. É o que eles devem ouvir. Vamos, fique atrás de mim. Precisamos correr, não ligue para a chuva.

— Essa chuva deve perseguir a doutora. Já é a segunda vez.

— Não, querido. O motivo é outro.

Não tive tempo de questionar aquela estranha declaração.

Assim que saímos para o corredor ela começou a disparar contra as câmeras existentes no teto e nas paredes, como se soubesse onde cada uma estava. O galpão era enorme, como um labirinto que ela conhecia. Num ponto, após destruir a câmera, três guerrilheiros surgiram por trás de onde estávamos. Derrubei-os com aquela arma espetacular, explodindo-os com um único tiro. Yvetha explodiu mais dois, na nossa frente.

Chegamos num conjunto de salas internas. Explodi outros dois sujeitos que tentaram nos surpreender. Meu treinamento como atirador de elite estava sendo bem aproveitado, apesar da arma kern ser uma coisa completamente inesperada. Yvetha parou repentinamente, quando estávamos próximos da saída. Virou-se para mim, como que percebendo alguma coisa anormal:

— Quantos você explodiu?

— Dois na sala, três no corredor lá atrás, agora mais dois. Sete, até agora.

Não sei o que isso queria dizer, mas ela soltou a máscara e me deu o beijo mais surpreendente de toda a história. Fiquei sem folego. Quando me soltou, pensei ter visto os olhos dela clareando, exibindo alguns reflexos dourados. Devia ser efeito das lâmpadas no local.

— A história está errada. Eu te amo, querido! Quando nos casarmos, serei sua esposa mais dedicada. Agora, me devolva a pistola sônica. Não precisarei mais destruir câmeras. Você não pode ser visto com uma arma assim.

Ela fez outro comentário:

— Quando for me pedir em casamento, me olhe da forma como está me olhando agora, e eu direi o sim.

Devolvi a bolacha que ela chamava de pistola, com algum pesar. Yvetha imediatamente se virou e voltou a correr, arrumando a máscara. Fui atrás dela. Na próxima sala encontramos o brutamontes que me deu a surra, acompanhado de dois soldados. Os dois explodiram sem ver de onde veio o tiro. Ela poupou o grandão. Se estivesse armado, eu mesmo teria explodido o monstro.

Assim que localizou a câmera daquela sala, Yvetha seguiu na direção do soldado kern. Ele tentou se defender, mas com todo aquele tamanho, era lento para os golpes que recebeu da guerreira. Só então notei que o sujeito só usava os braços superiores. Depois de esmurrar com vontade o rosto do grandão, minha esposa azul o segurou pelo peitoral metálico e usou as duas mãos de baixo para arrancar um dos braços inferiores dele. O peitoral rasgou revelando uma pele humana de cor pálida por baixo, quando o braço mecânico saiu.

Yvetha levantou o falso braço na direção da câmera e o amassou como se fosse de papel, exibindo uma força descomunal. Depois arrancou o outro braço, extraiu o eixo metálico e o enterrou na garganta do falso kern, de baixo para cima. O grandalhão desabou sem dar um pio, espalhando sangue pelo chão.

Fomos para a porta de saída do armazém. Do lado de fora o helicóptero de uma equipe de reportagem filmava a chuva localizada que só molhava aquele prédio. Lembrei das nuvens sobre o hospital em 2015. O fenômeno se repetia. No chão, um grupo de soldados se sentia incomodado pelos repórteres. Dois armavam fuzis com foguetes antiaéreos para derrubar os intrusos. Um objeto saiu voando da aeronave. Um drone fotográfico, a última moda usada pelos repórteres para fazer filmagens em closes. Tecnologia muito aperfeiçoada depois das chuvas cataclísmicas.

Yvetha caminhou na direção dos soldados, sob a chuva. Quando chegou no raio de visão do drone, levantou dois braços e usou os braceletes, disparando duas descargas elétricas direto nos que portavam os foguetes. Descargas elétricas na chuva são mortais, principalmente quando têm a energia de relâmpagos. Os dois soldados foram carbonizados instantaneamente. Os outros se voltaram para ver o que estava acontecendo, a tempo de presenciar uma guerreira kern em ação. Yvetha correu e saltou, rodopiando no ar enquanto disparava ondas sônicas e descargas elétricas com pontaria certeira nos soldados. Usava as quatro mãos sem errar nenhum tiro. Todos foram mortos em segundos, sem chance de reação. Ela continuou correndo para onde a chuva parecia mais forte, seguida pelo drone.

Em certo ponto, parou, se virou e apontou uma mão para o equipamento perseguidor. Um relâmpago veio de cima, atingindo o sistema de navegação do aparelho, fazendo com que voasse sem controle, até bater na parede do armazém e cair. Todos os olhos, meus e do helicóptero, acompanharam a queda do drone. Quando se voltaram para a guerreira azul, ela não estava mais lá.

Desapareceu, como que dissolvida pela chuva.

Devo ter ficado com cara de bobo, frustrado e já com saudades. Depois de 78 anos de espera, minhas esposas partiram, sem nem se despedir.

A Dinastia

O escritório perto do Espaçoporto de Madrid nunca esteve tão agitado. Todos corriam como baratas tontas para todos os lados. Embora um estouro de baratas famintas pudesse ser mortal.

O diretor da *Dinastia Agência Internacional de Notícias*, um homem de apenas 35 anos, tentava comandar o esquadrão de repórteres como podia.

As primeiras imagens, transmitidas com exclusividade para todo o Sistema Solar apenas tinham acendido o estopim. Seu espírito jornalístico dizia que havia uma história por trás daquilo. Faltava descobrir o que era.

Começou como um fenômeno atmosférico incomum. A revolta da natureza ocorrida um século antes, havia deixado muitas feridas nas pessoas, e qualquer coisa incomum despertava interesse imediato e pânico. Era natural que jornalistas investigassem uma nuvem isolada, provocando um temporal sobre um armazém no Porto de Casablanca, no antigo Marrocos. Muitos satélites monitoravam esse tipo de coisa, prontos para acionarem os alarmes de catástrofe, se não fossem eventos isolados. Todas as agências de notícias duelavam para serem as primeiras a divulgar.

Um helicóptero da Dinastia partiu de Gibraltar, levando cinco repórteres para fazer a cobertura do evento, em primeira mão. Tiveram sorte por serem os mais próximos de Casablanca. Fotografaram a nuvem à distância, enquanto se aproximavam lentamente, circulando em volta do fenômeno. Casablanca foi um importante porto antes do cataclismo, mas atualmente consistia só das ruínas deixadas pelos maremotos. Algumas construções resistiram, outras estavam sendo recuperadas lentamente. O armazém sobrevivente, alvo da nuvem, não constava em nenhum registro de obras oficiais.

Foi uma surpresa descobrir que estava ocupado. As câmeras de precisão mostraram um grupo de homens armados, se escondendo sob a chuva. Lançaram um drone para colher imagens melhores.

Então aconteceu.

Uma mulher alienígena saiu do armazém, matou todos os homens em segundos, disparando trovões e relâmpagos das mãos nuas e desapareceu na chuva, na frente das câmeras. Deixou uma pilha de corpos carbonizados, outros com as cabeças explodidas. Um relâmpago, claramente comandado por ela, danificou o drone enquanto a assassina fugiu.

As imagens dos corpos massacrados e as coletadas pelo drone, assim que recuperadas, foram imediatamente transmitidas para o escritório central, e divulgadas para todo o Sistema Solar, sem perda de tempo. Depois que a mulher desapareceu, um homem desarmado saiu do armazém, correndo e acenando para os repórteres.

Mesmo receosos eles pousaram. O homem se identificou como um agente da ONU, dizendo que havia sido sequestrado e libertado pela assassina. Que os mortos eram terroristas.

Os repórteres chamaram as autoridades e a partir daí, perderam o controle. Militares da OTAN rapidamente isolaram o local e levaram o homem para dentro. A guerra por notícias começou neste momento.

Cinco horas haviam se passado e ainda não havia nenhuma informação nova. A primeira chegou quando o editor adjunto, uma espécie de plantonista, abriu a porta da diretoria, esbaforido.

— Dr. Paulo, liberaram nosso pessoal. Estão a caminho daqui.

— Não vamos esperar que cheguem. Ligue para eles e me ponha na linha.

Em poucos minutos o diretor estava em contato com o helicóptero, gravando a conversa, como sempre fazia.

— O que aconteceu lá, Marta? Porque não reportaram antes?

— Estávamos detidos, Diretor. Procedimento padrão dos soldados da OTAN. Aquele interrogatório chato, que sempre fazem: o que estávamos fazendo no local, quem nos chamou, essas coisas.

— Eles não sabiam da nuvem?

— Claro que sabiam, mas precisam preencher a papelada deles. Pura burocracia.

— O que vocês descobriram a respeito?

— Estamos conferindo os dados com os satélites. Parece que a nuvem perdeu força depois que a mulher sumiu, e já se dissolveu.

— Então só existiu enquanto ela esteve presente?

— É o que parece. Uma camuflagem. Precisamos pesquisar mais, descobrir como alguém cria uma nuvem sobre um ponto específico com tanta precisão.

— E o que mais vocês descobriram?

— Ficamos de ouvidos ligados o tempo todo, captando trechos de conversas. Vou fazer um resumo. O massacre não foi só do lado de fora. Tinha mais corpos dentro do armazém. Pelo que entendi são 25, incluindo um fantasiado de alien. Ouvi sobre equipamentos de filmagem e alguma coisa sobre sala de interrogatório, mas nada concreto. Foi tudo confiscado. Meu palpite é que torturaram e filmaram o interrogatório do alien, antes de matá-lo. A mulher alienígena deve ter vingado o companheiro.

— E o homem, o humano, onde ele entra nisso?

— Deve ter participado do interrogatório. Vestia uma camisa toda suja de sangue, mas não devia ser o dele. Deve ter uns 40 anos e é bem saudável. Disse ser um agente da ONU, trabalhando para a OTAN. Falou que foi sequestrado por terroristas e depois resgatado pela assassina, mas deve ser tudo mentira. Coisa típica de agente secreto.

— Posso checar isso, tenho contatos na OTAN. Conseguiu um nome?

— Ouvi ele sendo chamado de Agente Nathan.

— Ótimo, quando chegarem aqui vamos ver o que podemos publicar. Nossos índices de audiência bateram todos os recordes, com as imagens da assassina.

— Chegaremos em uma hora, Diretor, se não tiver nenhuma nuvem no caminho.

O diretor Paulo desligou e fez uma nova ligação.

— Pai, preciso da sua ajuda.

— Diga, filho, mas seja rápido. Preciso acompanhar uma cirurgia daqui a pouco.

— Deve ter visto o massacre em Casablanca. Minha equipe conseguiu as imagens em primeira mão. A OTAN assumiu o controle do caso.

— Sim, eu vi, está em todos os canais. Esses aliens estão cada vez mais ousados. Alguém precisa pará-los. Tome cuidado, seu avô morreu num ataque alien.

— Você já contou essa história. Preciso de uma receita de tranquilizantes, os meus acabaram.

— Certo, mas não abuse. Vou mandar para seu biologger.

— Outra coisa, pai. Preciso que confirme a história de um agente envolvido nesse caso. Diz que é da ONU, mas que trabalha para a OTAN. Não posso publicar nada, sem confirmação.

— Tem o nome dele?

— O chamam de Agente Nathan.

— Filho, você devia ouvir mais o seu velho pai. Se tivesse conhecido seu avô, não estaria me perguntando isso.

— O que quer dizer?

— Ouvi esse nome por toda a minha vida. Me persegue como uma obsessão. Seu avô investigou esse agente por mais da metade da vida dele. É o homem que não envelhece. Se bem me lembro, deve ter quase 120 anos.

— Impossível, pai. Meus repórteres dizem que o homem encontrando deve ter uns 40.

— Ele disse que é da ONU e está na OTAN? Confira se é a ARA, a Agência de Relacionamento com Aliens. Se for, esse homem parou de envelhecer com 38 anos. Meu pai me contou isso muitas vezes, já era um fenômeno médico na época dele. Nathan esteve ao meu lado, na cerimônia de desintegração do corpo do seu avô, um mês depois de você nascer. É impossível esquecer algo assim.

— Pai, se isso tiver algum fundo de verdade, será outro furo jornalístico fantástico.

— Investigue, filho. Seu avô desconfiava que os aliens estão interferindo na Terra desde antes do cataclismo. Acreditava que esse homem seria o elo de ligação, talvez proporcionando uma solução contra a velhice. Vou te enviar os arquivos que meu pai me deixou. Preciso ir agora, estão me chamado.

O diretor não precisou aguardar os arquivos. Meia hora depois da conversa com o pai, o editor esbaforido entrou na sala novamente, sem bater.

— Dr. Paulo, o senhor tem visitas. Um diretor da ONU, um da OTAN e um alien, azul com quatro braços.

— O que querem comigo? Estão armados?

— Não vi arma nenhuma. Dizem que querem conversar.

— Traga-os aqui. E fique junto. Filme a reunião, pelo lado de fora da sala. Não quero surpresas.

— Sim, senhor.

O diretor enxugou o suor da testa. Não esperava tanta importância em consequência de uma nuvem. Até aquele momento não tinha imaginado que podia ser um teste de armas. Algo que jamais deve ser divulgado. Os dois homens e o alienígena entraram poucos minutos depois. Todos os três lembravam executivos, pelas vestes.

— Boa tarde, sou Paulo Candango Neto, o diretor da Dinastia. Em que posso ajudá-los?

— Boa tarde. Eu sou George, Diretor de Inteligência da OTAN. Este é Michail, Diretor de Relações Exteriores da ONU e nosso convidado é o Ministro do Espaço de Alnitak, o Sr. Khruyczek, representante do Rei Maniuk. Não vamos tomar muito do seu tempo. Só queremos ver os registros feitos hoje em Casablanca, os originais, sem edição.

— Só isso? Não tem problema. — Paulo virou-se para o editor ansioso, que continuava tenso ao lado da porta. — Transmita as imagens brutas da assassina para o monitor da minha sala.

O Ministro fuzilou o diretor com o olhar, falando pela primeira vez:

— Cuidado com suas palavras. Tenho certeza que o senhor não quer atrair a ira dela e nem a nossa.

George, o militar, pigarreou para atrair a atenção.

— Diretor, as imagens foram feitas de uma guerreira kern, cumprindo uma missão. É normal que ocorram baixas, principalmente quando se trata de neutralizar terroristas. Isso não faz dela uma assassina. O senhor entenderá depois que virmos as imagens.

O monitor bidimensional na parede se iluminou, mostrando as primeiras cenas da aproximação da nuvem, feitas de vários ângulos. Depois passou para os homens no pátio do armazém, para a mulher saindo calmamente e carbonizando dois soldados, depois para o show que ela deu, rodopiando no ar soltando trovões e relâmpagos contra as vítimas, finalmente correndo para o centro da chuva e desaparecendo, quando o drone foi derrubado. Todos assistiam com a atenção redobrada.

O militar comentou, quando as cenas terminaram, depois de poucos minutos.

— Aqueles dois atingidos pelos raios. Encontramos mísseis antiaéreos junto dos corpos. Eles iam explodir o helicóptero se não fossem neutralizados. Viram os movimentos deles? Não estava visível nas imagens editadas.

O ministro pediu:

— Tem as imagens do drone?

A um comando do Diretor no controle remoto, novas imagens surgiram. Mostravam os soldados armados apontando para os ocupantes do helicóptero, se virando depois dos raios para receberem as ondas de choque que explodiam cabeças e novas descargas elétricas mortais, no ambiente molhado. O giro da guerreira entrou em foco, mas foi muito rápido, ofuscado pelos raios que saíam das mãos dela. A corrida que ela fez em direção da chuva foi captada em detalhes, pelas costas. Quando parou, se virou e levantou a mão apontando para o drone, toda a imagem ficou borrada, consequência dos movimentos descontrolados do aparelho.

O ministro interrompeu:

— Pare a cena! Volte alguns quadros, até o momento em que ela levanta a mão.

O militar voltou a comentar:

— Essa parte nos intriga. Ela podia ter disparado com as mãos, destruindo o drone. Mas preferiu chamar um relâmpago de fora, para desativá-lo sem destruí-lo. Como se ela quisesse manter essas imagens.

O ministro respondeu.

— O drone não era um inimigo, era apenas um incômodo. Aproxime a imagem, quero um close do rosto dela.

Mais alguns botões apertados e a tela mostrou uma cabeça coberta por um tecido metálico escuro, um rosto escondido por uma máscara que cobria a boca e o nariz, deixando visível apenas a testa azul e dois olhos dourados.

O ministro suspirou. Se voltou para o militar:

— O que ela disse mesmo para o humano?

— Que devemos assinar o acordo de paz.

— As palavras exatas, por favor.

— Tenho a transcrição do interrogatório dele. Deixe achar o trecho. Aqui está, transcrição literal: "Diga a eles que você e o Rei devem assinar o acordo."

— É suficiente. Me deem licença, preciso falar com o Rei, agora mesmo. Podem ouvir, se desejarem.

Paulo olhou para o assistente, como se quisesse confirmar que a entrevista estava sendo gravada. Uma rápida troca de olhares cúmplices o tranquilizou.

O Ministro pegou um pequeno aparelho, que devia funcionar como telefone celular interestelar e fez a ligação.

— Majestade, não tenho dúvidas. É ela. Salvou o humano que deve assinar o tratado junto com Vossa Graça. Estou levando as provas. Existem conspiradores na corte.

Desligou. Voltou-se para os humanos.

— O Rei está pronto para assinar. Pode liberar as outras imagens. Seu povo precisa saber a verdade, para que não chamem nossa deusa de assassina.

Paulo reagiu:

— Que deusa? Que outras imagens?

— As que foram feitas dentro do armazém. Eu trouxe uma cópia.

— Desta vez quem falou foi o homem da ONU, Michail. Ele entregou um pequeno dispositivo para o editor, que saiu correndo da sala. Em poucos minutos, o monitor voltou a se acender.

Mostrava imagens de um homem, sem um pé, sendo cruelmente agredido por um monstro azul de quatro braços, fazendo um discurso vingativo. O ministro assistia com uma expressão de repugnância.

— Tudo nesta cena é falso. Guerreiros kerns matam, não torturam inimigos indefesos. Não fazem discursos. E quando lutam corpo-a-corpo usam todos os braços, não só os superiores.

Paulo questionou:

— Esse que está apanhando, se sobreviveu deve ter ido direto para um hospital. Não soube de feridos. É um dos mortos?

O militar respondeu.

— Esse é o homem que correu para o helicóptero, resgatado por seus repórteres. O nosso Agente.

Frente a expressão de incredulidade do diretor, o Ministro esclareceu:

— Nossa deusa tem o poder de conceder a vida ou a morte. Ela não apenas curou os ferimentos, mas implantou um novo pé no humano. Nossa tecnologia médica permite isso, graças a ela. Vamos ensiná-los como proceder em cirurgias assim, depois do acordo assinado. Não com a mesma eficiência da deusa, é claro. Ela faz isso em minutos, nós demoramos algumas horas.

O militar interrompeu novamente:

— Ouviu o discurso do falso kern, Diretor? Este agente foi quem propôs o acordo de paz, contrariando terroristas que pretendem provocar uma guerra. Teriam tido sucesso com a divulgação destas cenas, colocando todos contra os kerns, se não fosse a intervenção da deusa.

O Ministro voltou a falar, demonstrando orgulho.

— Normalmente não sabemos as intenções dela, quando se manifesta. Demora alguns anos até tudo ficar claro. Desta vez, não tenho dúvida. Ela evitou a perda de milhares de vidas, tanto de kernianos quanto de humanos. As 25 baixas de terroristas favoráveis à guerra foi um preço bastante baixo. Em outras situações ela destruiu exércitos e cidades inteiras, salvando outros milhares.

— As manifestações dela são muito frequentes?

— Esta foi a décima segunda, em quase sete mil anos do seu calendário. Vejam a próxima gravação.

O diretor não acreditava no que tinha nas mãos. Apertou o botão, pulando para a cena seguinte. Apareceu a imagem da deusa seguindo na direção do falso kern. Foi outra surra, aplicada com as quatro mãos. Quando arrancou os falsos braços e os exibiu para a câmera, ficou claro o motivo da revolta dela. E as consequências de se irritar uma deusa. A gravação terminou depois da morte do monstro.

O ministro comentou, orgulhoso:

— Esse é o comportamento de uma guerreira kern. Luta aberta, sem precisar amarrar o inimigo. Ofensas resolvidas na hora. A deusa tem poder para curar e para matar. Podia ter usado os espíritos da natureza que a servem: chuvas, raios, maremotos, vulcões, mas neste caso usou as mãos limpas, contra um inimigo insignificante.

— Foi ela quem criou a nuvem?

— Nuvens e chuva são a marca registrada dela.

— Como vocês a chamam?

— Yvetha, a Deusa da Natureza.

— Fantástico. O que acontece agora?

— O Rei vai assinar o acordo de cooperação junto com o agente. Assim que chegarmos a Alnitak.

O homem da ONU se manifestou:

— Ministro, eu vou com o senhor. O Agente não tem autonomia para uma operação de tão grande importância.

— Segundo os seus relatórios, a deusa foi bastante clara. É o agente e o Rei que devem assinar. Não pode ser eu, o senhor ou ninguém mais.

— Mas isso é irregular.

George, o militar, interveio:

— Michail, isso é apenas uma questão interna, fácil de resolver. Nathan é um agente da ONU. Dê uma procuração para ele, o nomeie chefe da delegação que vai para Orion, junto com o Ministro, e tudo estará resolvido.

O diretor já tinha mais do que precisava, para as próximas reportagens. Um atrito entre os visitantes ilustres podia estragar tudo.

— Senhores, já que tudo está esclarecido, tenho sua autorização para publicar toda essa história?

Foi o militar quem respondeu:

— Nossa aliança com os kerns não pode ser mantida em segredo. Nem há motivo para isso. Sim, pode publicar.

— Até já vejo as manchetes: "Deusa alienígena e agente da ONU salvam o Universo.".

Não disse em voz alta, mas pensou: *"Vamos ganhar todos os prêmios jornalísticos desta década."*.

Vênus

A notícia de que fui o responsável pelo acordo de cooperação com os Kerns me deu notoriedade instantânea. Virei celebridade da noite para o dia. Ganhei todos os tipos de admiradores e, é claro, muitos novos inimigos.

A negociação foi até muito fácil.

O Rei Maniuk se mostrou muito cortês, ao se encontrar com o segundo homem vivo com o privilégio de ter conhecido a deusa pessoalmente. O primeiro foi ele mesmo, quando criança. Me contou que ela o havia escolhido, para ser o monarca que abriria caminho para as estrelas distantes. Ele não entendia o próprio papel, até receber a proposta da Terra, falando de um acordo de cooperação. Até então, todas as conquistas kernianas haviam sido através de guerras, e limitadas ao cinturão de Orion.

Estavam em uma época de pouca comida, sujeitos a escassez. Todos aguardavam a intervenção da deusa, trazendo as chuvas salvadoras. Ao contrário deles, nós tínhamos uma super safra de frutas, verduras e legumes nas colônias de Vênus. Concordamos que a solução de trocar a tecnologia médica por comida resolveria problemas dos dois lados. Mais uma vez, a intervenção da deusa, mesmo tão longe, trazia resultados não visíveis à primeira vista. Resolvia o problema da fome em Alnitak de uma forma global, não apenas em algumas regiões. A ressalva que ele impôs foi que não revelaria o processo de criar guerreiros, pois recebiam um tratamento especial. Ocultou do que se tratava.

Desconfiei que ele mesmo era um guerreiro, por causa do vigor e juventude. Assim como minha futura esposa parecia uma adolescente, Rei Maniuk também se apresentava como um jovem de pouco mais de

30 anos, embora já tivesse mais de 500. Fiquei pensando qual seria a idade real da minha azulzinha e se isso teria alguma coisa relacionada com minha própria idade.

Aliás, isso deixou de ser segredo, depois que a Agencia Dinastia publicou um dossiê completo e detalhado sobre a minha pessoa, contendo até detalhes dos meus exames de sangue. Não sei qual a intenção do neto do Doutor Candango, mas acabou ajudando a me tornar famoso. O humano que não envelhece. Foi em 2094, um ano depois da visita da deusa. Tentei ligar para o diretor Candango Neto, pedindo uma explicação, mas não consegui contato. Fui informado que ele estava num hospital, acompanhando o nascimento da filha, Elizabeth. Fiquei imaginando se a Candango recém-nascida também teria alguma participação na minha vida futura, como aquelas três gerações haviam tido. Desconhecia até onde eu teria influência naquela família.

A divulgação expôs meu trabalho na PAHO e na ARA, lidando com o Relacionamento com Aliens, desde o cataclismo. Multiplicou meus admiradores, humanos ou não. Passei a ser respeitado, principalmente por lagartanos e kerns, nossos melhores aliados, incluindo alguns grupos de tarântulos e me tornei mais odiado por reptilianos, polimorfos e todos os ligados aos terroristas, cada vez mais ativos.

Aquele homem pró-guerra, o meu sequestrador, nunca mais apareceu. Pode ter sido morto pelos kerns, quando pegaram todos os que incitavam para a guerra, na limpeza que fizeram em Orion. O Rei não admitia conspiradores nos domínios dele. Muito menos os que desrespeitavam a deusa.

Eu continuava pensando em Yvetha, a minha futura esposa, não a divina. Minha admiração por ela cresceu quase ao ponto da devoção. Ela demonstrou muita coragem ao se passar pela divindade, para criar aquele cenário e registrá-lo na história. Não sei qual a motivação dela, e nem quem ordenou a missão, executada com maestria, mas ficou óbvio para mim que ela não era a Deusa da Natureza. Era uma fêmea normal, com medos e inseguranças normais, que me amava e sabia beijar a ponto de me tirar o folego. E, segundo Anne, a provocadora, tinha pelos pubianos azul cobalto, uma informação que continuava me tirando o sono todas as noites.

Tentava entender tudo o que aconteceu naquele segundo encontro. Realmente, a história estava errada. Foi Anne quem me curou, com os conhecimentos de uma cirurgiã militar do futuro. Não foi nenhuma deusa, embora eu visse minhas duas esposas como divinas. Eu matei sete bandidos, mas todas as 25 mortes foram creditadas para Yvetha. Isso mudou algo no comportamento dela. Ficou muito claro que ela não estava confortável com as mortes, pensando até que eu a rejeitasse por isso. Insegurança típica de quem nunca participou de missões militares de campo.

Os raios e trovões saindo das mãos dela. Eu vi os braceletes, deviam ser eletrogeradores disfarçados pela armadura. As luvas e as roupas deviam ser isolantes, para protegê-la das descargas. Aquelas bolachas, as pistolas sônicas, se ajustavam na palma da mão, desaparecendo como se não existissem. Eu disparei uma delas três vezes, com a sensação de que trovões saíam da minha mão. Armas espetaculares, sem nada de divino.

Aquele raio que danificou o drone. Não sei de onde veio, mas reconheci o gesto. Chama-se marcar o alvo. Um soldado no campo de batalha aponta e um atirador de elite dispara no que foi indicado. Treinamento militar aprendido no curso de tiro, ensinado por uma linda sargento. O atirador geralmente está num ponto elevado, pronto para o disparo. Não acredito que tenha sido Anne, o que sugere uma terceira pessoa no ponto de retirada. Um tiro perfeito, não para destruir o drone, mas para desviar a atenção enquanto Yvetha se escondia. Talvez um truque de espelhos, muito usado em circos antigamente. Toda a operação foi muito arriscada, acontecendo na frente de repórteres filmando tudo. Mas não via nada divino, exceto a coragem e a determinação delas.

Só uma coisa eu não entendia. A imagem divulgada de Yvetha a mostrando com olhos dourados. Eu sei que são negros. Isso deve fazer parte do disfarce. Provavelmente o nome dela nem seja Yvetha. Ela ter se apresentado vestida com a armadura prova que tudo foi planejado. Para uma kerniana, fingir ser a deusa deve ter sido um sacrifício muito grande, quase um sacrilégio. Aumenta o respeito e a admiração que tenho por minhas esposas.

Por outro lado, ter sido salvo por uma deusa alienígena e ter minha condição de juventude eterna revelada, aumentou os boatos de que eu não era humano, ou de que podia ser um traidor da raça humana. Virei alvo declarado de todos os anti-aliens. Os mais covardes me evitavam, com medo de uma represália da deusa, trabalhando só na divulgação dos boatos. Os mais afoitos tentavam provar que a deusa, e eu mesmo, éramos uma mentira e criavam armadilhas.

Em 2100 os dirigentes da ONU e da OTAN decidiram atualizar os nomes das duas companhias. A ONU, sempre pensando politicamente desde o cataclismo, adotou o nome de *Companhia de Exploração do Espaço*, a CEE, extinguindo as organizações que cuidavam exclusivamente de operações terráqueas, como era o caso da PAHO. Fiquei desempregado por um mês.

Seguindo a mesma linha, o nome OTAN já não fazia sentido, pois há muito tempo a Organização não estava mais ligada ao Atlântico Norte. Fazia a cobertura militar de todo o Sistema Solar e além, incluindo escoltas para cargueiros da Frota Lagartana até Orion, com ajuda das letais naves kerns. Adotaram o nome de *Forças Armadas de Defesa*, as FAD.

Como uma proteção à vida privada dos agentes, depois da minha exposição pela Agência Dinastia, cada agente na ativa recebeu um nome de código, ligado à Força onde atuava. A ARA foi rebatizada como *Força Gama*, uma espécie de Departamento de Relações Exteriores, como o que existia na CEE. Fui recontratado, oficialmente deixando de ser o Agente Nathan para me tornar Gama Três, embora meu nome já fosse famoso. Gama Um era o comandante do esquadrão, sediado em Saturno, responsável por outros 120 agentes. Gama Dois era o responsável militar pelo relacionamento com todas as colônias no espaço. Virei o responsável militar pelos aliens na Terra.

O Rei Maniuk soube da minha promoção e indicou dois guerreiros kerns para cuidarem permanentemente da minha segurança. Ganhei guarda costas assustadores que me veneravam, por causa do meu contato com a deusa.

Sobrevivi aos 50 anos seguintes com a ajuda dos meus seguranças. Nunca desisti das missões de campo, principalmente depois que recuperei a capacidade de correr e de poder entrar em brigas, até com reptilianos. Enfrentar grupos de terroristas ficou muito mais simples, com ajuda das habilidades dos kerns, meus fiéis escudeiros. Mesmo sem ter pistolas sônicas, ainda não inventadas naquela época. Elas surgiram nos anos seguintes.

Continuavam existindo sabotadores e assassinos de aliens. Eu era procurado pelos que se sentiam ameaçados. Nunca entendi direito a personalidade humana. A grande maioria dos alienígenas eram pacíficos, sempre tentando nos ajudar. Poucos eram hostis. Mas havia humanos que não os aceitavam, nunca. Incrível que se aliavam aos piores para destruir os bons, sempre almejando algum lucro ou vantagem pessoal, traduzida em armamentos ou bens materiais.

Embora o humano pró-guerra tivesse sumido, eu desconfiava que a organização a que ele pertencia continuava viva, se recuperando das cinzas depois do episódio kern.

Em 2150, Gama Dois me falou das revoltas em Vênus. Trabalhadores, supostamente reclamando de condições de trabalho estavam sabotando as estufas flutuantes. Podia ter algum fundo de verdade, já que a CEE, administradora das estufas, praticava políticas de salários defasadas. Sempre os políticos, sem visão das necessidades da população.

As sabotagens punham em risco toda a produção de alimentos, não só as destinadas para a Terra, mas também as que seguiriam para Orion. Gama Dois me autorizou a falar com o Rei Maniuk, embora o assunto fosse alçado dele mesmo, sugerindo que o monarca exigisse uma resposta da CEE. Mais um acordo foi feito.

O Rei aceitou pagar um bônus complementar para os trabalhadores envolvidos com a produção destinada a Orion, o que aliviou parcialmente o problema. Os revoltosos acusaram a CEE de favorecer alienígenas, em detrimento dos humanos. Pareciam desprezar o fato de que em 57 anos nenhum trabalhador havia adoecido, graças à medicina azul dos visitantes. As sabotagens passaram a ser dirigidas contra os kerns, já que ninguém se atrevia a atacá-los diretamente. A CEE parecia se omitir. A tensão subia.

Mesmo não sendo minha jurisdição, liguei para os Coagos. O número ainda funcionava. Poucas horas depois foi divulgada a informação de uma operação coago neutralizando dois polimorfos em Júpiter, infiltrados na comissão da CEE administradora de Vênus. A sabotagem vinha de cima. Os restantes na comissão aprovaram a maioria das reivindicações dos trabalhadores no mesmo dia.

As sabotagens cessaram, devolvendo a paz para Vênus.

Coagos eram como franco atiradores. Eu marcava o alvo e eles davam o tiro certeiro.

Os pró-terror perderam mais uma batalha, mas a guerra continuava. Dezoito anos depois o alvo fui eu, salvo pelas esmeraldas.

Lambda Seis e Delta Sete

$\lambda 6$ $\Delta 7$

Minha cabeça rodopiava. O cheiro da fumaça ardia no meu nariz. As luzes dançavam um balé desengonçado. Senti as mãos dos fantasmas me puxando e uma picada no pescoço.

A voz perto do meu ouvido pareceu familiar:

— Shae, fique calma. Ele está bem. Consegue levá-lo?

— Conseguirei, nem que tenha de carregá-lo.

— Não precisa. Esse estimulante vai permitir que ele ande. Apenas o apoie.

Depois da picada, minha visão começou a pegar foco. A palavra *estimulante* guiou minha mente para alguém com aquela voz. Alguém com o dom de me fazer vivo, apenas por estar presente. Não parecia uma alucinação de piloto sem oxigênio. Duas figuras vestindo macacões brancos, do tipo a prova de radiação, estavam me tirando da cadeira do piloto. Pude ver minha nave destruída. Outras duas figuras, com macacões iguais, estavam mais atrás, usando pistolas extintoras para apagar focos de incêndio. Na minha tontura pensei ter visto quatro braços numa daquelas roupas.

Uma delas me abraçou quando fui libertado do cinto de segurança. Consegui me apoiar nas próprias pernas, completamente tonto, mas consciente. Ela me guiou para fora do que foi minha nave.

Cambaleei através de uma trilha cortada na mata, ou pelo menos foi o que me pareceu. Quando perdi os destroços de vista, chegamos numa barraca de campanha, do tipo para cinco pessoas, montada numa pequena clareira escurecida pelas sombras. As copas das árvores em volta impediam a luz do sol de chegar ao chão. O cheiro de mato me faz lembrar as missões da PAHO. A figura fantasmagórica me colocou sentado sobre um colchão inflável. O estimulante devia ser muito forte. Meus olhos e meu cérebro já manifestavam sinais de que estavam voltando para o mundo dos vivos.

— Quem é você?

— Sou a Shae. Espere um pouco.

Ela falou como se eu tivesse a obrigação de conhecê-la, numa voz abafada pelo traje. Meu cérebro acabou de despertar, entrando em alerta. Me preparei para o que já imaginava. Por mais estranho que possa parecer, jamais minhas esposas desconhecidas me provocaram qualquer tipo de desconfiança. Dentro da barraca, as luzes artificiais acopladas às paredes me permitiam ver o colchão inflável e cinco maletas fechadas. Mais nada. Ela se abaixou e pegou um objeto numa das maletas. Apontou para mim e apertou um botão, atenta ao visor.

— Que bom! Você está limpo. Não houve vazamento de radiação. A Anne não terá esse trabalho, dessa vez. Posso tirar essa roupa horrível.

Ela começou a despir o macacão. Era uma jovem oriental, do tipo atriz de cinema. Linda ao extremo. Por baixo usava um uniforme semelhante ao que tínhamos na Força. No peito, pude ver o símbolo: Lambda 6.

— Você trabalha nos suprimentos?

— Sou do Lambda, mas estrategista. Não está me reconhecendo?

— Acho que nunca te vi antes. Eu me lembraria, com certeza.

Não conseguia tirar os olhos dela, como que atraído magneticamente. Meus instintos me diziam, sem necessidade de passar pelo cérebro, que eu estava na presença da minha esposa. Outra delas. Não sei como as pessoas conseguiam viver antes do cataclismo, em regime monogâmico. Deve ter sido uma das coisas que a natureza quis corrigir. Me sentia acordando para o fato de que o amor é um sentimento muito poderoso para ficar aprisionado entre duas pessoas. Shae me olhava como que hipnotizada.

— Então é verdade. Imaginava que seria assim. Fui eu quem planejou essa missão, mas tem coisas que é impossível de se preparar. Isso é tão excitante!

Sem parar, ela começou a despir o uniforme, depois de tirar o macacão. Primeiro a parte de cima, revelando seios pequenos e perfeitos. Depois a parte de baixo, revelando coxas grossas, como as de uma atleta. Eu não acreditava no que estava vendo.

— O que está fazendo?

— Ordens médicas. Anne me disse para tirar suas roupas e te entreter por 40 minutos.

— Ela disse isso?

— Não exatamente nessa ordem. Mas não acha que vou perder essa oportunidade, não é? Consegue tirar suas roupas ou prefere que eu faça, como lá em casa?

Antes que eu respondesse ela já estava em cima de mim, me beijando e me despindo. Descobri mais uma coisa naquele momento: não consigo resistir a nenhuma das minhas esposas.

Perdi a noção do tempo. Quando me dei conta, havia duas pessoas nos olhando, na porta da barraca, segurando os capuzes do traje nas mãos. Anne parecia se divertir:

— Até aqui? Você não podia ter esperado, sua doidinha?

Shae sorriu de volta.

— Meu marido estava carente. Vocês não estão cooperando com ele.

Yvetha, como da outra vez, estava séria. Pela primeira vez, eu via os cabelos preto-azulados dela presos atrás da cabeça. O rosto azul juvenil era outra obra de arte. Ela falou sem se alterar, como se não houvessem duas pessoas nuas na barraca.

— Temos um cronograma a cumprir. Anne, faça o que precisa.

Shae se levantou e caminhou na direção dela, indiferente ao fato de estar completamente nua. Chegou perto quase colando os rostos:

— Ciumenta!

E depositou um beijo na boca azul, completando:

— Mas eu te amo assim mesmo!

— Não é ciúmes. Você mesma definiu o cronograma.

Anne se virou para mim, sorrindo:

— Não fique constrangido, amor. Por sermos suas esposas, na prática também somos casadas uma com as outras.

E disparou aquele mesmo spray das outras vezes no meu rosto.

Mais uma vez, não sei quanto tempo fiquei apagado. Quando despertei, elas ainda discutiam. Shae já estava vestida, eu não. Ela interrogava a azul.

— Não houve vazamento de radiação. Ganhamos muitos minutos. O que vocês descobriram?

Eu me vesti vagarosamente, sem entender o comportamento daquelas mulheres espetaculares. Meu cérebro se ajustava como podia, depois de ser anestesiado quando havia acabado de acordar. Anne havia dito mesmo que todas já eram casadas?

A médica se aproximou e me beijou. Depois me ajudou a abotoar a camisa. Olhou para Shae e se justificou, sorrindo cinicamente:

— Viu, querida? Eu estou cooperando.

Yvetha interrompeu, autoritária.

— Chega de brincadeiras! Somos militares em missão.

— Estraga prazeres. Se você não fosse minha comandante, eu tiraria suas roupas agora mesmo e te daria uma lição. — Shae ainda queria aproveitar os minutos extras, sem intenção de interromper a discussão.

— Posso fazer isso sozinha, sem sua ajuda. – Yvetha continuava autoritária.

Confirmando a provocação, a azul começou a tirar o macacão. Eu pensei que Shae estava brincando, até ver o símbolo aparecer no peito do uniforme cinza escuro. Minha deixa para conversar com minha esposa azul, obrigada a ser autoritária.

— Você é mesmo uma comandante! Alpha Quatro! Do alto comando das FAD!

— Sou muitas coisas.

— Mas não uma deusa. – Meu cérebro já conseguia ligar os pontos.

— Digo isso a elas todos os dias. Me ajude a convencê-las.

— Foi muito corajoso o que fez. Não teme uma represália da deusa verdadeira?

— Não a ofendi. Ela é até mais venerada agora.

— Agora sou eu que estou quase te venerando.

— Não faça isso! Preciso de você para manter minha sanidade. Essas malucas estão me deixando louca.

Anne interrompeu.

— Querida, você é que nos deixa loucas. Aliás, vocês dois.

A conversa foi interrompida por outra figura de macacão aparecendo na porta da barraca.

— É assunto particular ou posso participar?

Yvetha suspirou.

— Finalmente, alguém que respeita o relógio. Sua guarda-costas chegou, Nathan.

Quando a recém-chegada tirou o capuz, foi outro baque. Era uma morena de pele um pouco mais escura, cor de caramelo, com cabelos negros presos por algum tipo de fio, por trás da cabeça. Me observava com uma expressão de curiosidade, com os olhos mais verdes que jamais pude imaginar que existissem. Duas perfeitas esmeraldas brilhantes.

Ela sorriu, emanando ainda mais luz daquele rosto.

— Tive a impressão que vocês estavam discutindo. O que estou perdendo?

Yvetha mantinha o comando.

— Não é discussão, querida. É nosso tempo justíssimo. Vamos fazer um checkpoint, antes de partir. Comece você.

— Certo. Como desconfiávamos, Nathan, sua nave foi sabotada. Encontrei circuitos propositalmente defeituosos nos sistemas de estabilização. Foi sorte não haver vazamento radioativo, e mais sorte ainda você ter caído sobre arvores jovens. Se fossem mais duras, não teria sobrevivido. Limpei as evidências da nossa passagem, incluindo os resíduos das pistolas extintoras e nossas pegadas. Anne?

Eu devia estar babando, com a boca aberta e cara de bobo. Mal conseguia ouvir o que as beldades conversavam. Estava difícil assimilar que todas as quatro eram minhas esposas. Anne fez um relatório curto.

— Nathan não sofreu nenhum dano. Eliminei os efeitos da fumaça tóxica. Sem radiação. O segurança não resistiu, foi atingido por um galho no peito. Blue?

— Recuperei as armas do Nathan e os registros do voo. Shae?

— Preparei os inflamáveis na trilha e nesta clareira. Assim que sairmos vai parecer que o fogo foi consequência da queda da nave. Sem evidências.

Era lindo ver um relatório militar sendo descrito com tantos detalhes, mas precisei interromper.

— Esperem, não estão esquecendo um detalhe? Alguém pode me dizer o que está acontecendo? Só vão me levar de volta e acabou?

Shae assumiu o relato, séria. Nem parecia a mesma mulher que me atacou no colchão.

— Querido, a história não registra o que aconteceu aqui. Estamos no escuro, tanto quanto você. Só sabemos que sua nave caiu, você ficou três dias perdido nesta floresta e foi encontrado a trinta quilômetros ao sul. Já sabemos da sabotagem na nave, e desconfio que você será perseguido, quando o seu corpo não for encontrado. Por isso a Sue vai com você.

— Acham que tem alguém querendo me matar?

Sue, a das esmeraldas, respondeu:

— Se tentarem, acabarei com eles. Vim preparada. A Bia já reportou alguma coisa?

Yvetha, também chamada de Blue, balançou a cabeça negativamente.

— Ainda não. Nem a tempestade e nem os caçadores estão à vista.

Interrompi de novo.

— Não é você que produz nuvens e chuva?

— As defesas da nossa nave produzem uma zona de baixa pressão, formando nuvens. Estão desligadas neste momento. Não queremos um alvo sobre nossas cabeças, denunciando nossa presença. A Bia está monitorando com instrumentos de precisão, usando frequências indetectáveis nesta época. Chove muito por aqui, naturalmente. Assim que a próxima tempestade chegar, partiremos em segurança. A menos que os caçadores cheguem antes.

— Nesse caso, eu e a blue vamos precisar explodi-los. — Enquanto falava, Sue tirou o macacão. Por baixo, usava um uniforme camuflado, com outro símbolo que eu conhecia muito bem. Delta Sete.

— Você é uma Delta, uma fuzileira!

— Com especialização em sobrevivência na selva e engenheira de armamentos. Sou a melhor coisa que podia te acontecer hoje, meu bem.

— Isso eu posso atestar, em todos os sentidos. — Shae piscou um olho.

Yvetha se agitou, levando uma das mãos em forma de concha ao ouvido. Só então notei o minúsculo comunicador que ela estava usando.

— É a Bia. A tempestade chega em 7 minutos. Precisamos desmontar o acampamento e queimar o local, antes da chuva. Sue, pode levá-lo.

Não deixei que se afastassem. Puxei Anne para um beijo, a mais próxima. Depois, beijei a Shae. Desta vez, a Blue não me evitou. Sue escapou para fora, procurando por alguma coisa. Deixei, já que teria três dias com ela.

Meu rifle, o estojo de munição e a faca de caça estavam do lado de fora da barraca. Me sentia extremamente bem, tendo um tempo maior com uma das minhas esposas.

Sue colocou uma mochila nas costas e me puxou pela mão.

— Vamos tomar chuva. Se importa?

— Com você, será divertido.

Saímos correndo, pulando cipós e galhos, na direção sul.

***

A chuva forte caiu pouco depois de começarmos a correr. As copas das enormes arvores amorteciam a violência dos pingos, mas logo ficaram encharcadas, engrossando as gotas que nos atingiam. O uniforme da Sue era impermeável, mas os cabelos não. A cabeça dela logo ficou tão encharcada quanto eu.

Não importava. Continuamos correndo. Ela parecia se divertir.

A água de cima não era o pior problema. As enxurradas sim. Verdadeiros rios se formavam em valas pelo nosso caminho, arrastando tudo o que não estivesse bem enterrado ou preso nos cipós. Por diversas vezes ela me puxou pela mão, evitando que eu caísse naqueles tobogãs aquáticos. Passamos a correr por cima de troncos e rochas, tomando cuidado para não escorregar. Tive sorte por estar com minhas botas de exercícios. Sempre as usava quando vinha para a Amazônia. Sue, em seu uniforme de campanha, estava muito melhor preparada.

Outros trechos, cobertos de folhas, escondiam pântanos e áreas alagadas. Se havia troncos caídos continuávamos correndo pela superfície. Se não havia, subíamos nas arvores para fazer a travessia pendurados em cipós.

Em alguns pontos ela parava para colher frutas, reconhecendo algumas árvores pelo caminho. Notei que ficava mais tensa nestes locais. Rapidamente guardava algumas na mochila e saíamos em disparada.

Só depois de quatro horas paramos para descansar, sobre um enorme galho a quase trinta metros de altura. Eu podia continuar, mas ela estava exausta.

— Não acha que estamos indo rápidos demais, Sue?

— Temos que fazer 10 quilômetros por dia. Vamos adiantar o máximo que pudermos, enquanto o caminho está tranquilo.

Ela pegou alguns saquinhos na mochila, contendo comida em pílulas, e me ofereceu dois. Fiz menção de recusar, mas ela insistiu. Mesmo a 30 metros, existiam muitas arvores mais altas do que aquela em que estávamos, várias obstruindo nossa visão do horizonte. Mesmo assim, podíamos ver um mar verde para todos os lados, com algumas montanhas distantes cobertas por nuvens. A Amazônia estava quase igual àquela que existia nos tempos em que a PAHO foi criada.

— Eu sei da sua resistência e saúde perfeitas. Mas não podemos relaxar. Uma é energética e a outra é hidratante. Vamos precisar. Me devolva as embalagens. Este tipo de alimento não existe por aqui, não posso deixar rastros.

— E as frutas?

— Goiabas são complemento.

— Essa minha saúde e longevidade, são coisa da Anne, não é? Vocês também têm essa característica?

— Nós não. Talvez a Blue tenha. As duas não nos contam tudo. Não esqueça, todas as cinco trabalhamos para as Forças Armadas. Somos treinadas para manter segredos. Tem muitas coisas que não posso te contar, espero que você compreenda.

— Se não puder responder, tudo bem. Vocês receberam treinamento para viagens no tempo?

— Não. Oficialmente isso não existe. Viajamos num protótipo que eu e minha equipe construímos. Eu chefio a *Divisão Delta de Desenvolvimento de Armamentos*. A *Watcher*, minha nave, consta como equipamento de pesquisa avançada. Ninguém sabe que é uma máquina do tempo.

— Você pode ficar encrencada me contando esses detalhes.

— Não existe registro histórico disso, pelo menos no meu presente. Não posso te contar o que já está na história. Não podemos mudá-la. Nem nós e nem você. Qualquer desvio seria um risco. Imagine se algo se altera e nosso casamento não acontece. Ou se eu não vier a nascer. Nem quero pensar.

— Agora entendo. Por isso vocês não evitaram aquela minha surra.

— É um fato histórico, não podia ser evitado. Nós só criamos condições para que a história se confirmasse. A Blue odiou aquilo, mesmo atuando como uma excelente atriz.

— Porque odiou?

— Foi uma farsa. Ela é sensacional. É pura, honesta e dedicada. Fingir ser a deusa foi contra tudo o que ela acredita.

— Mas fez mesmo assim.

— Por você. Ela te adora. Por falar nisso, todas nós morreríamos por você, o homem que nos reuniu e que nos permite ser quem somos.

— Foi você que disparou no drone, não foi?

— Como sabe?

— Sou um atirador. A Blue marcou o alvo e você deu o tiro. Foi perfeito, parabéns.

— Fica fácil, com armas kerns secretas. Adaptei alguns braceletes da Blue para criar um rifle elétrico de longa distância. Virou um lançador de relâmpagos. Aquela pistola sônica que você usou, fui eu que desenhei especialmente para nossa deusa. São armas que historicamente não existem, nem no meu tempo. Agora, chega de conversa. A chuva passou. Vamos correr por mais três horas e achar um lugar seguro para passarmos a noite.

— Concordo. Tenho um pressentimento de que nem tudo será tão calmo como foi até agora.

— Só falta uma coisa.

— O quê?

— Faz quatro horas que estamos juntos e ainda não fui beijada. É um recorde.

Foi o melhor beijo da minha vida, até aquele momento.

Voltamos a correr. Ela se guiava pelo biologger de pulso, muito mais sofisticado que o meu. Tinha mapas, bussola, sensores de calor e de movimento, radar, sonar e todas as funções necessárias para uma fuzileira especialista em selvas. Desviamos dos rios maiores, onde seria necessário atravessar a nado. Ela evitou todos, acrescentando alguns quilômetros no nosso percurso.

Podíamos ver o céu quando saíamos da mata fechada. A mudança de cor anunciou que o primeiro dia estava para terminar. Ela encontrou uma arvore gigante, com galhos que formavam uma plataforma a quarenta metros de altura. Paramos ali para passar a noite. Podíamos ouvir os ruídos da floresta viva, abaixo de nós. Até então só havíamos visto insetos e pássaros pequenos.

Eu me sentei no galho, usando o tronco como encosto. Sue, esgotada, tirou a mochila e se sentou entre minhas pernas, se apoiando em mim. Automaticamente, eu a abracei.

Ganhei mais dois envelopes de pílulas alimentícias, de cores diferentes. Recomecei o interrogatório.

— Você evita os rios. Saiba que sei nadar, mesmo na correnteza.

— Não é a correnteza que me preocupa. Eu treinei nesta floresta, no meu tempo de Academia. Será daqui a muitos anos. Conheço a Amazônia e a Floresta Fantasma de Vênus. Nas duas o maior perigo é a fauna. Peguei trauma de peixes cascudos. Um quase me engoliu inteira quando tentei atravessar um rio a nado. Fui salva por meu supervisor, pilotando um minisub, no último instante. Você não tem um minisub, então não vou arriscar.

— Não sei de quando você está falando, mas não ouvi nada de peixes gigantes por aqui. Ainda não devem ter crescido tanto.

— É um risco que não quero correr. Sei que eles estão por aí, mesmo que ainda sejam filhotes. E os caranguejos, já os viu? Devoram goiabeiras inteiras, as arrancando pelas raízes.

— Soube que alguns nativos os usam como montaria, quando conseguem capturá-los. Têm o tamanho de cavalos.

— Já vi caranguejos com cinco metros de altura. Matamos um durante minha estadia nessa floresta. Forneceu carne para um mês, para todo o batalhão. Fizemos uma canoa enorme com a garra. Estamos com sorte por ainda não cruzarmos com a fauna local. Estou estranhando isso. É como se alguma coisa estivesse afugentando os animais.

— Não podemos ser nós?

— Meu traje me protege, mas você não está vestido adequadamente. É uma isca viva.

— Explica isso, do traje.

— É feito de uma liga de nanobots programáveis para simular tecido. É impermeável, me mantêm aquecida por dentro e gelada por fora, para afugentar predadores. Pode se enrijecer como aço, virando um escudo, ou se adaptar à luz ambiente, me tornando invisível. É a última moda entre os fuzileiros, nem os kerns tem algo parecido.

— Criação sua?

— A maior parte sim, o que me permitiu fazer alguns ajustes na programação deste, quando a Shae me disse que eu ficaria três dias aqui com você. Por falar nisso, já está quase escuro. Vamos nos preparar.

Ela pegou um pequeno estojo na mochila e me entregou. Dentro tinha um pequeno fone auricular semelhante ao que vi no ouvido da Blue.

— Ponha isso. É um mini comunicador pareado com meu biologger. Vai te conectar com todos os sistemas de vigilância. Já estou com o meu. Qualquer alarme vai soar dentro dos nossos ouvidos, como estalos.

— Uma surpresa depois da outra.

— Assim, podemos dormir. Vamos nos revezar. Sei que você aguenta mais do que eu, graças ao tratamento da Anne. Posso te pedir para fazer o primeiro turno de guarda?

— Claro. Você vai conseguir dormir aqui?

— A noite esfria muito nesta floresta. Adaptei meu traje para resolver isso. Quando fechado fica justo no meu corpo. Se o abrir, o tecido estica e fica folgado.

Ela se ajoelhou na minha frente, abrindo a parte frontal do traje e o dividindo na cintura. Não usava nada por baixo. A blusa se transformou num enorme e comprido casaco. Os seios eram bem maiores do que os da Shae.

— Abra sua camisa.

Obedeci, sem entender onde ela queria chegar.

— Vou conseguir dormir, se me sentir segura e protegida. Nesta floresta, só tem um local assim.

O calor, da roupa e do corpo dela, se espalhou quando ela me abraçou, me envolvendo com o casaco improvisado. Me beijou e deitou o rosto no meu peito, se aconchegando melhor.

— É assim que termino todas as noites que estou com você, querido. Me acorde em três horas. Depois você poderá dormir com a cabeça entre meus seios, do jeito que você gosta. Boa noite.

O cansaço dela venceu, encerrando meu primeiro dia com as esmeraldas.

Devia ser o contrário, mas a presença dela me tranquilizava. Logo alguns feixes de luz da lua atravessaram as copas acima de nós, traçando riscos verticais no negrume da selva. Vagalumes apareceram, colorindo ainda mais a paisagem, discretamente.

Em certo momento, notei o brilho de dois olhos animais em outra árvore, distante uns 50 metros. Lembrei do que a Sue falou sobre o traje. Quente por dentro e gelado por fora, para afugentar predadores. A respiração da minha esposa estava calma e compassada, inaudível para aquela distância. A brisa soprava na direção contrária do animal. Se não nos movimentássemos, o bicho nem perceberia nossa presença.

Fiquei imaginando o que seria, relembrando o tempo que havia passado naquela floresta, em missões da PAHO. Nativos contavam que antigamente existiam muitos animais, do tipo mamíferos. Onças, panteras, grandes gatos e macacos. Se ainda tinha algum, significava que a natureza fazia um bom trabalho, trazendo a vida de volta. Eu e minha linda esposa de olhos verdes, a cor da floresta, podíamos ser parte dos planos obscuros dessa Natureza.

***

O Paraíso é verde. De todos os lados. Verde no céu, verde na terra, verde na água, verde no espaço. Até o caranguejo que eu montava era verde, rebocando a deusa na canoa feita da garra do bicho. De repente, todas as cores desaparecerem, virando cinza. A deusa havia fechado os olhos, terminando com o reflexo luminoso. A cor vinha dos olhos dela. Saltei do caranguejo e corri até minha esposa. O peixe estava para engoli-la, sem que ela o visse.

Gritei:

— Sue, abra os olhos!

Ela acordou, sobressaltada.

— O que foi, querido? Algum alarme?

Os olhos de esmeralda, arregalados, me trouxeram de volta para a realidade.

— Desculpe, foi um pesadelo. Você estava em perigo.

— Eu não devia estar dormindo. Devo ter caído no sono ouvindo sua respiração.

— Já amanheceu. Todos os ruídos da floresta estão mais fortes.

Ainda estávamos sentados lado a lado. Eu havia ficado por baixo dela durante o primeiro turno de vigia, quando ela dormiu entre minhas pernas, com o rosto no meu peito. Quando a acordei no meio da noite, mudamos de posição, por exigência dela. Eu não queria dormir, mas sentia o cansaço de ter ficado sem me mexer por tanto tempo, evitando atrair qualquer animal. Quando ela puxou meu rosto para os seios macios e quentes, toda a minha resistência se esvaneceu. Foi quase como uma anestesia da Anne. Não fosse aquele sonho assustador e poderíamos ter caído da árvore, ambos dormindo.

A blusa imediatamente voltou a se ajustar ao formato do corpo dela, assim que foi fechada, como uma embalagem plástica de onde se retira o ar. Os nanobots não eram nada bobos.

Nosso desjejum foram duas pílulas acompanhadas das últimas goiabas. Minha esposa estava pensativa.

— Preciso encontrar mais frutas ou raízes, para variar nossa dieta. Queria ter conhecido essa floresta antes do cataclismo. Soube que era muito rica, em flora e fauna.

— Está se recuperando bem rápido. Há um século, aqui só tinha pântanos e gases venenosos. Esta árvore em que estamos tem muito mais do que 100 anos. Resistiu aos ácidos e intempéries. Pode ter protegido sementes e os ovos de pássaros e insetos. É o milagre da regeneração.

— Acredita em milagres, Nathan? Nunca te perguntei isso.

— Se pensarmos que eu deveria ter morrido há muito tempo e você ainda nem nasceu, o fato de estarmos aqui conversando é um milagre.

A atenção dela foi desviada para outra coisa. Colocou um dedo sobre a boca, me pedindo silencio. Imediatamente pegou a mochila, de onde tirou um conjunto de braceletes e um par de pistolas que prendeu nas coxas.

Eu cochichei;

— O que houve? Não estou ouvindo nada. É o biologger?

Ela respondeu no mesmo tom:

— Esse é o problema. A floresta se calou. Temos companhia! Vou conferir!

Puxou um capuz da parte traseira do traje, escondendo completamente a cabeça. Colocou os braceletes nos pulsos e acionou algum controle na cintura, desaparecendo na minha frente. Eu podia sentir a presença dela, mas o traje impedia que eu a visse. O barulho do acionador de um cordão de alpinismo foi a última coisa que ouvi, antes da presença se atirar para fora do galho.

Os cinco minutos seguintes foram terríveis, na mais absoluta solidão.

Um barulho abafado quebrou o silencio, como se fosse alguém pisando numa poça d'água. Foi estranho ouvir aquilo, estando num galho a quarenta metros de altura. O gancho atingindo o tronco acima de onde eu estava, segurando um fino fio retesado, anunciou o retorno da presença invisível. Sue desativou a camuflagem e retirou o capuz, me devolvendo a maravilhosa visão dos olhos esmeraldas.

— Eram dois batedores. Precisamos partir, antes que os outros cheguem.

— Estão mortos?

— Não, usei um tiro sônico de longe. O suficiente para estourar tímpanos. Vão sobreviver se forem socorridos em curto prazo.

— Entendo, deixar feridos para atrasar perseguidores. Tive aulas de guerrilha, durante o curso de tiro.

— Tem mais uma coisa estranha. Eu os encontrei muito facilmente. E se chegaram até aqui, conseguiram alguma pista da nossa direção.

— Porquê não ouvimos o alarme?

— Usavam bloqueadores eletrostáticos. Precisavam chegar mais perto para ativar os sensores térmicos e de movimento. Nossa altura aumentou a distância. Vamos continuar, por cima das arvores. Pelo chão não é seguro. Tenho outro gancho sobressalente. Conhece alpinismo? É parecido com o que fizemos com os cipós.

— Conheço o básico do treinamento. Depois que a Anne devolveu meu pé, pratiquei até escalada. Esse fio fino aguenta meu peso?

— Aguenta nós dois, mas não quero chegar nesse ponto. Só numa emergência. E a Anne só fez a cirurgia, o pé foi produzido numa instalação Kern, por ordem da Blue.

Registrei a informação para esclarecer depois. Se foi um presente da deusa a história podia não estar tão errada. Coloquei o bracelete oferecido pela morena, junto com uma luva de aspecto metálico, que se ajustou como uma segunda pele. Outra amostra de nanotecnologia que eu desconhecia. Mantinha a sensibilidade da mão, garantindo a permanência dos meus dedos quando segurasse o fio.

Voltamos a correr, usando os fios para saltar entre galhos enormes. Quando a altura das arvores diminuiu, encontramos mais algumas frutas. Sue colheu novas goiabas e algumas frutas verdes grandes, com polpa carnuda e um enorme caroço. Me disse que eram abacates, uma fruta considerada extinta. Uma para cada um foi suficiente para complementar nosso almoço, quando paramos para descansar. Eu podia ver o esgotamento tomando conta dela. Estava em forma, bem treinada, e se esforçava bastante, mas não tinha como acompanhar meu metabolismo transformado. A boa notícia era que só faltavam cinco quilômetros até nosso destino, com um dia e meio de folga. Aproveitei a oportunidade para perguntar sobre nossas esposas:

— Você reuniu um grupo especial. Somos diferentes umas das outras, porem nos completamos. Não falo só de aspectos físicos. Cada uma pensa de um jeito.

— Ainda não conheço a Bia. Como ela é?

— É nossa Rapunzel. Loiríssima, com cabelos amarelos até a cintura e olhos azuis. Típica de quem nasceu na região antigamente chamada de Leste Europeu. Shae programou para que ela fique uma hora inteira com você, em nosso próximo encontro.

— O que vai acontecer?

— Confidencial. Existem registros históricos.

— Quem determina as missões?

— Bia é historiadora, uma Kappa. É quem nos passa as informações. Shae é a estrategista, quem define como e o que devemos fazer. Anne cuida do suporte médico e da moral da turma. Minha parte são os equipamentos e a segurança. A Blue nos comanda e consegue as autorizações. E você é nosso marido querido, quem prepara nosso jantar quando atrasamos.

— Parece que sou muito ocioso.

— Pelo contrário. Você é ocupado, até demais. No trabalho. Em casa, você sempre tem tempo e disposição para todas nós. Damos trabalho. A Shae é a doidinha, sempre querendo atenção, embora seja muito justa. Anne cuida de todas como se fosse nossa mãe em alguns momentos. Bia é a tímida que não pede nada, mas que todas querem cuidar. Eu tento mantê-las unidas, me metendo em todas as discussões. Sou a técnica agressiva. A Blue, embora pareça ser uma rocha, é a mais carente e insegura. Deixou um planeta para se juntar a nós. Fazemos tudo para ela não se sentir diferente.

— Tive a impressão de que a Shae gosta de provocá-la.

— A Shae provoca todo mundo, até você. Ela e a Blue se amam. Toda discussão acaba em beijos e abraços, depois de poucos minutos. Aliás, todas nós nos amamos, acho que na mesma intensidade que amamos você. Até a Blue já confessou que não consegue mais viver sem nós.

— Desculpe a pergunta, mas eu tenho alguma preferida? Não consigo me ver dando mais atenção a uma de vocês, em detrimento das outras.

— Não, amor. Você nos trata igualmente, da mesma forma carinhosa. Esse é o segredo do casamento múltiplo. Não pode haver preferências e nem competição. Sabemos que você é inteiramente nosso, não importa com qual de nós você esteja no momento.

— Eu me casei com todas ao mesmo tempo?

— Boa pergunta, isso é importante. A história não pode ser mudada. Você já nos conhece, por consequência destas missões. Mas quando nos casamos, nenhuma sabia que seria assim. É preciso que tudo aconteça do jeito que a história registrou. O primeiro casamento foi com a Shae. Depois vieram a Bia, eu, a Anne e a Blue, nesta ordem. Outra coisa: fomos nós que te pedimos em casamento. A única exceção foi a Blue. Você a pediu num evento histórico. Não se esqueça disso.

— Já sei, não posso perguntar quando acontecerá. Confidencial.

— Desculpe, estou falando demais. Bia é quem devia contar essa parte.

— Não se preocupe. Sei manter segredos e sei cumprir ordens. Estou adorando nossas conversas. Vão me fazer falta.

— Compensaremos no futuro. Todas nós.

Almoçados e descansados, pelo menos um pouco, voltamos para o caminho rumo ao sul. Correndo bem mais devagar, aproveitando a folga e as paisagens paradisíacas, proporcionadas pela natureza, nossa amiga na ocasião.

No meio da tarde, Sue resolveu parar. Estávamos junto de um pequeno lago de águas límpidas, dentro de uma falésia natural. Fechada por três lados, completamente escondida dentro da mata. Ela se mantinha calada, conferindo o biologger constantemente. Havia rastros de animais pequenos em volta do laguinho, mas nenhuma carcaça, indicando que não era água venenosa. A vegetação nas margens estava verde e saudável. Depois de observar por um tempo, Sue tomou a decisão.

— Estamos seguros. Nenhum sinal de atividade de nenhum tipo num raio de um quilômetro.

Sem falar mais nada, ela começou a se despir. Tirou tudo, depositando no chão sobre uma parte gramada: armas, biologger e o traje. Soltou os cabelos, entrando na água completamente nua. Acenou, me chamando.

Meio aturdido, tirei minhas roupas e a segui. A paixão venceu a razão, eliminando qualquer cautela. Perdemos a noção do tempo, fazendo amor naquele paraíso, rejuvenescidos pela água fria.

Nossa loucura teve consequências.

Ouvimos as vozes antes de vê-los. Empurrei a Sue para longe de mim, na direção da vegetação que cobria a margem, tentando seguir na direção das armas e roupas. Ela conseguiu se esconder antes que eu chegasse na beirada.

— Parado aí, Gama Três.

Três soldados me apontavam rifles. Aparentemente não a haviam visto. Eu precisava afastá-los dela. Continuei andando lentamente. O que aparentava ser o líder disparou um tiro, acertando na água à minha frente.

— Eu disse para ficar parado. Não sei como escapou da nave e chegou até aqui, mas isso não importa. Só quero saber como feriu meus homens, arrebentando o ouvido deles daquele jeito.

Eu precisava ganhar tempo, sem saber para quê.

— Eles cruzaram meu caminho. Os acertei com caroços de abacates, minhas armas mortais. Goiabas podem curá-los.

O sujeito se irritou.

— Não sei do que está falando, mas não precisam de cura. Já os eliminei. Detesto soldados inutilizados. Algum animal deve ter devorado as carcaças.

A coisa estava ficando séria. Sue começou a se movimentar lentamente, por baixo da folhagem, tentando não provocar ondas. Se ela conseguisse contornar algum dos atacantes teríamos uma chance. Agitei a água, simulando nervosismo, para protegê-la.

— O que vocês querem comigo? Estão interrompendo meu banho.

— Mortos não precisam de banho. É uma pena transformar esse lago em um túmulo, mas vai poupar algum trabalho. Alguns explosivos e o barranco vai soterrar tudo. Seus ossos nunca serão encontrados.

— Porque estão tão interessados na minha morte? Eu nem os conheço.

— Você tem dado muito prejuízo para alguns amigos, desde o cataclismo. Sem você, meus empregadores vão ganhar muito mais. Poderei sair de uma vez dessa droga de Força Delta.

A revelação explicava muita coisa, se eu pudesse usá-la. Nesse momento, outro ruído chamou minha atenção. Um caranguejo com dois metros de altura, surgiu por trás do soldado, atraído pelo calor deles ou pelo barulho do tiro.

Com uma agilidade espantosa, o bicho saltou sobre o soldado, levantando-o pela cintura se valendo da enorme pinça. O sujeito gritou pavorosamente, esperneando quando foi retirado do chão. Os outros dois soldados começaram a disparar contra o animal, conseguindo apenas fazer as balas ricochetearem na carapaça blindada.

Aproveitei a oportunidade para saltar em direção das roupas. A primeira arma que achei foi uma das pistolas da Sue, daquelas que ela trazia presa nas coxas. Girei o corpo e apontei para o soldado mais próximo, posicionado quase um metro na frente do terceiro, preocupado em achar um ângulo para atirar na cabeça do bicho. A arma fez um conhecido click. As cabeças dos dois soldados explodiram, provocando uma macabra chuva de sangue.

O caranguejo foi atraído para os dois corpos sangrando, jogando o anterior no chão. Não havia o que fazer. O sujeito agonizava, com costelas e coluna estraçalhadas.

Sue surgiu ao meu lado, ainda completamente nua, segurando a outra pistola. Apontava para o caranguejo. Perguntei:

— Não vai atirar, vai?

— Em nosso salvador? Não é um inimigo. Vista-se, dou cobertura.

Não questionei. Eu pensava a mesma coisa. Me recompus o mais rápido que pude, depois fiquei vigiando enquanto ela se vestia. Um segundo caranguejo chegou para o festim. Talvez formassem um casal.

Quando a vi pronta, comentei:

— Nossos amigos estão bloqueando o caminho.

— Tem as arvores do outro lado da falésia. Vamos usar os ganchos e sair por cima. Deixe-os se divertindo, eles merecem.

— Eles precisam aproveitar enquanto podem. Até onde sei, equipes Delta geralmente tem oito membros. Ainda deve ter três por aí.

— Por isso eu achei aqueles dois tão fácil. Temos o mesmo treinamento. Vamos procurar um lugar seguro para passar a noite. Quero estar descansada para caçar amanhã cedo. Ninguém suja o nome do meu esquadrão, muito menos ameaçando você.

***

A pequena caverna não ficava muito distante do lago. Não seria nossa primeira opção se houvessem outras arvores gigantes por perto.

Sue usou todas as funções telemétricas do biologger antes de confirmar que o local estava vazio. No interior, uma pequena área podia ser usada como cama de casal, depois que removi todas as pedras do chão. Forrei a terra com galhos e folhas, para ficar mais confortável. Quando a cor do céu começou a mudar, anunciando a noite, juntamos algumas pedras e galhos maiores fechando a entrada da caverna. Nada ou ninguém entraria sem fazer barulho, correndo o risco de ser recebido por duas pistolas sônicas e mais algumas armas, incluindo as minhas.

Jantamos mais duas pílulas, as penúltimas, acompanhadas de abacates deixando goiabas para a manhã seguinte. Tudo preparado para uma noite de amor.

Quando nos deitamos, eu de costas sobre minha camisa e a Sue no meio das minhas pernas, ela me abraçou, me envolvendo com o casaco improvisado. Exatamente como na outra noite. Nem sequer conversamos. Assim que me deu um beijo e encostou o rosto no meu peito, caiu no sono, exausta.

Mesmo frustrado, não tive coragem de acordá-la, sabendo das intenções dela para o dia seguinte.

Pelo jeito, a confiança dela em mim aumentou quando disparei contra os dois traidores. Do mesmo jeito que a Blue mudou de atitude, quando contamos os que eu havia eliminado. Minhas esposas gostam quando as protejo.

O calor do corpo dela, aliado ao calor do traje, mais o som da respiração tranquila e as folhas macias da cama improvisada, foram o conjunto de fatores que me derrotaram. Adormeci abraçado com a guarda-costas.

Acordei com um rosto macio colado ao meu, falando em meu ouvido:

— Acorde, querido. O sol já se levantou.

Pude ver alguns raios dourados invadindo nossa caverna, sem fazer barulho.

— Não quero acordar.

— Estava sonhando? Comigo?

— Abraçar você é melhor do que qualquer sonho.

— Você disse exatamente isso, em nossa noite de núpcias. Agora eu acredito. Vamos, ainda temos umas coisas para resolver.

Ela saiu de cima de mim, fechando o traje. Senti o frio do ar da manhã, dentro da caverna. Coloquei minha camisa antes do desjejum, nosso último conforme a programação. Tentei não pensar no assunto, para evitar ficar deprimido.

Depois das pílulas e das goiabas, ela sentou no meu colo, me mostrando o biologger.

— Não temos a Shae aqui, mas precisamos de uma estratégia. Vamos analisar o que sabemos.

— Eu sou estrategista. Segui o conselho da Anne, na primeira vez que a vi.

— Sei disso. Ouvi a conversa de vocês, pelo comunicador auricular. Eu estava no corredor fazendo a segurança dela.

— E não me fez uma visita?

— Não fazia parte do plano da Shae. Por falar nisso, eu já tinha te visitado uma semana antes. Lembra de quando dormiu no consultório da dentista?

— Foi você?

— Usei um dos brinquedinhos da Anne. Coletei seu DNA a pedido dela, numa das viagens de teste da Watcher.

— Nem vou perguntar para quê.

— Elas não me disseram. Suponho que foi para confeccionar o seu pé.

— Vou agradecer vocês por toda a minha vida. E parece que vai ser bem longa.

— Antes, preciso te manter vivo. Se tem três deltas pensando o contrário, meu trabalho ainda não terminou. Veja nosso percurso. Onde a nave caiu, onde vimos aqueles dois, onde os de ontem nos encontraram e onde você será resgatado, hoje á tarde. Se eles se comunicaram, sabem para onde estamos indo.

— Isso pode te expor.

— Não acredito. Nenhum deles me viu. Os dois primeiros devem ter pedido socorro, por rádio ou algo assim. Estavam surdos, sem saber o que os atingiu. Não podem ter dito nada comprometedor.

— Certo, e foram eliminados pelos próprios companheiros. Os de ontem não te viram, mas devem ter comunicado que me acharam.

— Devemos supor que os restos deles já foram encontrados. Mas não os seus. Vão te esperar entre esse ponto e o próximo local habitado, o nosso destino. Pelo treinamento Delta, vão se separar, buscando eficiência.

— Isso é um problema. Somos dois contra três ou mais. Se ficassem juntos, um único tiro sônico resolveria.

— Aqui no mapa, essa faixa de terreno limpo é ideal para uma emboscada. É onde eu me esconderia.

— Vamos planejar.

* * *

Foi por volta das onze horas da manhã que o sensor de movimento começou a vibrar.

Os três fuzileiros Deltas camuflados imediatamente se posicionaram, apontando os rifles para a floresta, do outro lado da campina. A vegetação baixa permitia ter uma visão clara, sem necessidade das miras telescópicas. Estavam posicionados formando um triângulo, a trinta metros um do outro, deitados no chão e cobertos de folhas.

Assim que o alvo surgisse, três balas finalizariam a missão. Mas não foi o alvo que disparou o alarme.

Quem saiu da floresta foi uma mulher escura, vestida com uma cortina de folhas em volta do corpo. Caminhava com dificuldade, oscilando de um lado para outro, como se estivesse ferida. Os intercomunicadores auriculares de dois soldados emitiram um pequeno apito, quando o terceiro acionou o microfone.

— Estão vendo aquilo? De onde essa nativa saiu?

— Silencio no rádio, Delta 30. Não queremos testemunhas e nem alguém que possa atrapalhar. Deixe-a se aproximar mais e elimine-a. O capim vai esconder o corpo até a chegada do alvo. Não deve demorar.

— Entendido, Delta 29. Mas parece que ela está indo na direção do 42.

A mulher cambaleava. Avançava aos poucos, com a cabeça abaixada, ora andando em linha reta, ora ziguezagueando. A clareira tinha em torno de sessenta metros de largura, com um paredão de rochas em um dos lados e um rio do outro. No meio o capim chegava até a cintura dela, embora não fosse espesso, facilitando a travessia.

Quando passou da metade, ela começou a seguir para mais perto do 42, se afastando do 29. Tinha a atenção total dos fuzileiros. Devia estar a 30 metros do soldado, quando este se agitou, quebrando o silencio novamente.

— Tem alguma coisa errada. Vejam pelas miras.

— Cuidado, 42. Gama Três é treinado. A mira pode refletir o sol...

O 29, no centro do triângulo, alertou.

— Posso ver. Não é uma nativa. É alguém vestida com um uniforme escuro...

Nesse momento a mulher levantou o braço, apontando três dedos para o céu. Depois o baixou, apontando diretamente para o 42.

Um tiro foi ouvido, do outro lado da clareira, na floresta de onde a mulher tinha saído. Um esguicho de sangue foi visto pelos companheiros, subindo do capacete na cabeça do 42, atingido em cheio pela bala.

O 29 agiu por reflexo. Se levantou e atirou um tiro certeiro no peito da mulher, a derrubando imediatamente. Foi atingido pelo segundo tiro vindo da floresta.

Vendo-se sozinho, o 30 entrou em pânico. Chaveou o fuzil para o modo repetição e disparou uma saraivada de balas na direção de onde os tiros vieram. Correu para as arvores mais próximas, em ziguezague, gastando toda a munição. Se escondeu atrás de uma árvore, para recarregar o pente.

Quando se virou novamente na direção da campina, o sangue gelou. A mulher estava em pé, a dez metros de distância. Não estava mais coberta de folhas e o uniforme não estava escuro. A mão levantada segurava uma pistola apontada para sua testa. A pior coisa foi reconhecer aquele símbolo, no momento em que ela apertou o gatilho: Delta 7.

Sue voltou a examinar o biologger. As únicas atividades eram o Nathan correndo entre o capim, se aproximando, e o corpo do soldado com a cabeça explodida, jorrando sangue pelo pescoço.

— Sue, você está bem? Vi você caindo.

— O traje no modo escudo é difícil de andar, mas resiste facilmente a um tiro assim. Só perdi o equilíbrio.

— Você foi perfeita, me passando a distância e a direção daquele soldado.

— Depois de triangulá-los ficou fácil. Perfeitos foram os seus tiros. Eu não teria feito melhor. Como foi do seu lado?

— Após o segundo disparo me joguei no chão e rolei para longe. Você estava certa quando disse que haveria uma saraivada.

— O contra-ataque faz parte do treinamento que recebi.

Um vento forte começou a soprar, anunciando uma chuva repentina. Sue captou o olhar de Nathan e confirmou.

— Sim, é a Watcher. Hora de voltar para casa.

— Ainda temos um problema. Vou pegar os responsáveis por isso, mas a história não pode saber destes mortos. Compromete as FAD e principalmente a Força Delta.

— Não temos tempo de levá-los para os caranguejos. Atirá-los no rio não garante que desapareçam.

— Vamos deixar que o vento e a chuva façam esse trabalho para nós. Ainda está com a arma elétrica?

— Sim, entendi. Posso incinerar estes corpos, usando uma carga adequada.

— Então, nosso encontro termina aqui?

A confirmação veio com uma voz suave, falando nos fones em nossos ouvidos:

— Sue, estamos a sua espera, bem no centro da clareira. Estou com o seu sinal, mas ainda não a vejo, querida. Desliguei o campo de força para evitar a chuva, mantendo só a camuflagem.

Um toque no biologger e a transmissão virou bidirecional.

— Oi, amor. Estou sob as arvores, ao sul. Vou precisar da chuva. Ligue novamente e só desative para a minha passagem. Eu te aviso quando terminar, em dois minutos.

Desativando o microfone, falou para mim.

— Bia aprendeu rápido. Faz tudo o que ensinei.

— Quando vou conhecê-la?

— Logo, ela está muito ansiosa. Para nós será em 3 dias. Para você será exatamente em 80 anos. Você precisa aprender a pilotar caças espaciais interplanetários.

— Vamos nos encontrar no espaço?

— Só posso dizer que estaremos à sua espera em Dédalos. Use esse comunicador quando chegar lá. Desculpe, não posso contar mais nada.

Ela se atirou ao meu pescoço e me deu outro beijo apaixonado, no momento em que a chuva começou.

— Tenho que ir, antes que vire tempestade. Continue para o sul, o acampamento está a dois quilômetros.

Ela colocou o capuz. Antes de desaparecer, se virou para me confortar.

— Sei que é difícil, mas viagens no tempo tem esses efeitos colaterais. Se serve de consolo, em algumas horas estaremos no meu quarto, na nossa cama, e vou te compensar por tudo isso. Adiós, mi amor.

A camuflagem do traje foi acionada, a tornando invisível. Um relâmpago partiu de onde estaria a mão dela, na direção do corpo do soldado morto. Foi transformado instantaneamente em um monte de cinzas. O fone, ainda em meu ouvido, gritou nervoso:

— O que foi isso, Sue? Está sob ataque? Precisa de ajuda?

Dessa vez ouvi a resposta.

— Não, Bia querida. Só estou confirmando os registros históricos. Não aconteceu nada aqui.

Senti a presença se afastando. Um segundo relâmpago explodiu onde estava o segundo corpo. Logo, o terceiro também foi incinerado. Ela estava correndo enquanto disparava.

— Agora, Bia. Desligue o campo de força.

— Desligado. Triangulando você, vire para onze horas. A borda da camuflagem está cinco metros à sua frente.

Segundos depois, a confirmação de que minha esposa estava segura:

— Delta Sete a bordo. Sentiram minha falta?

— Nem um pouco.

— Ótimo, nem eu. Feche a porta!

Um grito nervoso ecoou em meu ouvido, com a voz da Sue.

— Bia, o que é isso? O que pensa que está fazendo?

O comunicador emudeceu.

Corri para o campo, tentando ver alguma coisa, mesmo sabendo que era impossível.

Não vi nem ouvi mais nada. A chuva e o vento permaneceriam por mais algumas horas.

Comecei a caminhar para o sul, levando meu fuzil e a solidão que se apossou de mim.

Sem saber o que estava errado, pelos próximos 80 anos. Percebi que eu podia ser o motivo dos problemas delas. Naquele momento nasceu minha decisão de tentar resolver tudo por conta própria, sem ser um peso para minhas esposas. Começando por aprender a pilotar qualquer tipo de caça existente ou que viesse a ser inventado. Meu novo fantasma, a ser derrotado, se chamava Dédalos.

Faxina

Poucas choupanas formavam o acampamento de caçadores no interior da Amazônia. Algumas crianças correram e se esconderam quando me aproximei caminhando devagar, com um rifle nas costas. O rebuliço atraiu a atenção de quatro caçadores presentes.

Minha camisa com o símbolo das FAD identificando Gama 3 e meu fuzil impunham algum respeito, porem podiam atrair inimigos. O que eu não esperava era ser reconhecido tão rapidamente:

— Agente Nathan? É o senhor mesmo?

O homem me pareceu levemente familiar, embora eu não me lembrasse de nenhum nome.

— Sim, sou eu.

Ele percebeu meu desconforto.

— Seja bem-vindo. O senhor não me conhece, mas vi imagens suas muitas vezes. Me chamo Libório. O senhor fornecia suprimentos para meu avô, em nome da PAHO. Desde criança ouço histórias sobre o homem que não envelhece, mas nunca esperei encontrá-lo pessoalmente, muito menos aqui.

— Coisas estranhas me acontecem. É um prazer encontrá-lo.

— Venha almoçar enquanto conversamos. Temos carne de caranguejo, de cascudo e muitas frutas.

Fui guiado para uma das choupanas. Mulheres curiosas apareciam nas portas, acompanhando as crianças. Uma estava arrumando uma grande mesa no único cômodo da cabana onde eu e os quatro homens nos alojamos.

Conversamos por cerca de uma hora. Contei a eles apenas o básico do que aconteceu. Que minha nave sofreu uma pane e caiu a 30 quilômetros ao norte. Que andei toda aquela distância em 3 dias, evitando os rios mais caudalosos, até chegar por acaso ao acampamento. Que me alimentei de frutas encontradas pelo caminho. Que dormi uma noite sobre uma arvore gigantesca e outra numa caverna. Não falei nada sobre minha guarda-costas ou os outros Deltas.

Disse que desde que a PAHO havia se dissolvido eu era da Força Gama das FAD, responsável pelo relacionamento com alienígenas na Terra.

Fui informado que há poucos quilômetros dali havia um posto desativado da ONU, onde eu poderia encontrar um rádio antigo e contatar as FAD. Libório e mais dois caçadores se prontificaram a me acompanhar, dizendo que a selva era cheia de perigos, incluindo caranguejos caçadores.

Uma nave da Base Gama de Brasília chegou para me resgatar, poucos minutos depois da ligação. Meu compromisso havia sido cancelado 3 dias antes, quando não compareci. No final da tarde estava em Dallas, de volta ao meu gabinete.

Chamei meus dois seguranças kern, extremamente preocupados com minha ausência. Eu os havia dispensado de me acompanhar naquela viagem, por ser apenas de rotina. Se estivessem comigo poderiam estar mortos ou, pior, poderiam ter evitado meu encontro com as esmeraldas.

Ouviram com atenção aquela minha história básica, acrescentada apenas que a pane na nave foi consequência de sabotagem. Pedi que me ajudassem, investigando quem teve acesso ao hangar antes da decolagem. Em dois dias tomamos conhecimento de que uma equipe de mecânicos havia feito uma visita em todos os hangares Gama, numa operação de rotina, e que havia acontecido na véspera da minha viagem. Toda a manutenção dos equipamentos, inclusive nossas naves e armamentos, sempre foi responsabilidade da Força Delta.

Recuperamos as imagens gravadas da visita. Nenhuma irregularidade visível, entretanto, não mostrava o que houve dentro da nave. Não fiquei satisfeito. Liguei para meus consultores secretos de segurança:

— Identifique-se e diga qual a emergência.

Incrível. A mesma voz depois de um século.

— Sou o Agente Nathan, FAD Gama Três. Não tenho uma emergência ainda. Sofri um atentado organizado por Agentes Delta. Tenho imagens de uma inspeção que pode justificar a sabotagem da minha nave. Vocês podem identificar se tem polimorfos envolvidos?

— Reconheço seus registros, Agente Nathan. O senhor tem acesso nível 3. Essa análise em imagens é complicada, mas é possível. Polimorfos se movem de uma forma específica, com diferenças muito sutis. Quando os encontramos pessoalmente analisamos variações térmicas, comportamentais e biométricas. Teria mais dados com informações deste tipo? Do tipo imagens bioholográficas?

— Posso verificar.

— Mande tudo o que tiver para o endereço eletrônico que vou te enviar, identificando qual é a equipe suspeita. Vamos investigar. Por favor, não tente nos rastrear. Não conseguirá nos encontrar, e prejudicaria seu nível de acesso.

O endereço chegou no minuto seguinte. Sempre fiquei impressionado com a eficiência dos Coagos.

Duas horas depois recebi uma ligação. A mesma voz.

— Agente Nathan, precisamos da sua ajuda.

Isso sim era uma novidade. Nunca soube que Coagos precisassem de alguma coisa. Sempre eram eles os que resolviam. A voz continuou.

— Suas suspeitas têm fundamento. Identificamos possíveis evidências da presença de um polimorfo na equipe de mecânicos. Sua nave não foi escolhida por acaso, logo alguém determinou isso. Para pegarmos os responsáveis é necessário um encontro pessoal. O senhor pode conseguir uma reunião com os comandantes Delta e levar nossos agentes junto?

— Vocês não aparecem em qualquer lugar repentinamente?

— Só em emergências. Não somos invasores.

— Convocarei a reunião. Pode ser amanhã pela manhã?

— Uma dupla estará em seu hangar. Vão como guarda-costas particulares. Tenha um bom dia.

Eu esperava dois soldados enormes, como os kerns grudados em mim, depois que souberam do atentado. Quem encontrei no hangar foram duas lindas mulatas, vestidas com as lendárias armaduras negras dos Coagos, carregando os capacetes nos braços. Portavam estranhas armas, semelhantes a tubos de miras laser.

Elas se identificaram como Marília e Marcela, e não ficou claro se eram irmãs ou primas.

Comentei:

— Vocês usam nomes humanos?

— Comandante, podemos ter algumas características especiais, mas somos humanas. Temos uma longa história, suficiente para encher alguns livros.

Conversamos sobre assuntos banais, pois na nossa profissão tudo é considerado confidencial. Reparei que a voz de Marília lembrava muito a atendente das minhas chamadas, mas logo descartei o pensamento. Era a mesma voz há mais de um século, provavelmente sintetizada. Marília e Marcela tinham pouco mais de 20 anos. Os dois kerns estavam impressionados, várias vezes as comparando com o Espírito das Sombras, uma das lendas de Orion. Contaram que Yvetha, a Deusa da Natureza, se apresentava acompanhada pelo Espírito das Sombras, uma entidade invisível e mortal, auxiliada pelo Espírito das Nuvens, outra entidade coberta de neve, portadora das curas.

Não pude deixar de notar que aquelas descrições bem que poderiam ser aplicadas a três das minhas futuras esposas.

Nossa viagem demorou noventa minutos, viajando na velocidade da luz, considerando que as órbitas da Terra e de Saturno não estavam alinhadas. Em condições ideais duraria apenas uma hora-luz. Eu pilotava a pequena nave de transporte mônica, eventualmente participando da conversa entre os quatro guarda-costas presentes.

Ancoramos numa doca no nível dos oficiais, na poderosíssima Base Saturno das Forças Armadas de Defesa. As duas Coagos colocaram os capacetes antes de sairmos da nave, assumindo as aparências intimidadoras que impunham respeito, ainda mais por estarem acompanhadas por dois enormes guerreiros azuis.

As plataformas flutuantes nos levaram rapidamente para os tubos dos elevadores pneumáticos magnéticos. Em poucos minutos estávamos no Setor Nove, o das salas de reuniões.

Os cinco Deltas mais importantes, de numeração mais baixa, haviam aceitado participar da reunião extraordinária que convoquei. Além deles, Gamas Um e Dois estavam presentes, nos aguardando.

As coisas aconteceram mais rápido do que qualquer um de nós poderia imaginar.

Entrei na sala seguido pelos dois kerns. As Coagos entraram por último. A visão delas provocou uma reação inesperada. Dois tiros fotônicos foram disparados contra elas, desintegrando a porta atrás de nós, mas sem as atingir. Inexplicavelmente elas conseguiram se esquivar, milissegundos antes do impacto. A reação dos kerns foi imediata. Ambos dispararam pistolas sônicas ao mesmo tempo, contra nosso agressor.

Não houve explosão de cabeças. Gama Um começou a vibrar, deixando cair as duas pistolas fotônicas recém disparadas, mudando de forma, assumindo várias imagens em sequência. Desde a forma humana que eu conhecia, até formas femininas, crianças, outros aliens até estabilizar como um morcego gigante com dois metros de altura.

Mas não durou muito. As Coagos se materializaram ao lado da criatura transmórfica, enterrando duas espadas simultaneamente onde deveria ser o coração. Os cabos das espadas eram os tubos que elas carregavam. A criatura se desintegrou na nossa frente.

Outros soldados chegaram atraídos pelo barulho das explosões.

As duas Coagos confirmaram que não havia mais nenhum polimorfo presente. Os equipamentos embarcados no capacete delas revelariam se houvesse. Marilia se comunicou com o controle dela e o segundo polimorfo, aquele disfarçado de mecânico, foi neutralizado uma hora depois.

Expliquei aos deltas e ao Gama Dois o objetivo da reunião, mas sem dizer que desconfiava dos deltas. Meus guarda-costas entenderam e não comentaram. A história precisava ser mantida no escuro. Foi uma surpresa para todos descobrir que Gama Um havia sido substituído por um polimorfo.

As Coagos recusaram minha carona para voltar à Terra. Alegaram ter meios para sair mais rápido. Aproveitei para questionar Marcela, na despedida:

— Como vocês escaparam daqueles tiros? Foi tudo rápido demais.

A resposta dela me deixou ainda mais confuso.

— Somos Coago. É uma de nossas características.

Depois de conhecer minhas futuras esposas, minha mente estava mais aberta.

— Entendi. Seus uniformes estão equipados com algum tipo de teletransporte individual. Fique tranquila, sei guardar segredos.

— Não é o uniforme, Agente Nathan. Somos nós. Sei que sabe guardar segredos, então posso te contar mais um: temos quase a mesma idade.

Ela devia estar brincando. Em 2168 eu estava com 191 anos.

Uma hora depois das duas literalmente desaparecem da base, recebi outra ligação em meu Biologger.

— Agente Nathan, aqui é a Central de Comunicação Coago. Tem outra coisa em que o senhor pode nos ajudar.

— Claro, tudo o que estiver ao meu alcance.

— Nossas agentes acabaram de entregar o relatório da missão. Estamos muito interessados na arma usada pelos seus seguranças, a que expõem polimorfos. Sabemos reconhecê-los, mas temos dificuldade em provar o que são. Conseguiria uma reunião com os Kerns para uma discussão sobre essa tecnologia?

— Meus seguranças também ficaram muito impressionados quando as viram em ação. Verdadeiras Espíritos das Sombras. Vou falar com o Rei Maniuk. Manterei contato.

— Agradecemos muito, Agente Nathan. Tenha um bom dia.

Todas aquelas saudações e despedidas padrão me pareceram um protocolo pré-estabelecido. Sinal de organização. O que estávamos precisando nas FAD, para evitar contaminação por polimorfos.

Gama Dois foi promovido para o comando vago, cedendo lugar para Gama 4, já envolvido com atividades extra terráqueas. Ficou quinze anos no cargo, até se aposentar e me nomear Gama Um. Quando assumi, em 2183, já estava pilotando caças interestelares e com a cabeça cheia de novos protocolos para implantar. Minha nomeação para o Comando Gama foi a última notícia divulgada por Elizabeth Candango, a matriarca da Agência Dinastia, quando se aposentou com 89 anos, aquela recém-nascida de quase um século antes. A agência ficou para o filho, Adolph, na época com 58. Jonathan, o herdeiro do nome Candango e o próximo na linha de sucessão era um adolescente de 16.

Sempre tinha algum da família para divulgar meus sucessos ou, preferencialmente, quando descobriam que alguém tentava acabar com minha vida. Eu continuava fornecendo manchetes.

Kappa Três

κ3

Os cinco anos anteriores a 2248 anteciparam o desastre, sem conseguir minimizar o mal-estar. Os primeiros a trazer a péssima notícia foram os observadores de Saturno, em 2243. Embora o assunto não fosse novo.

O fim do mundo sempre foi um medo inerente aos humanos. O que estava diferente naquele momento é que a ameaça era real.

Um meteoro errante, do tamanho aproximado de um quarto da Lua foi detectado numa rota de colisão com a Terra. Todos os cálculos apontavam o Continente Ocidental, mais especificamente a América do Norte, como ponto do impacto. As hipóteses mais otimistas diziam que metade daquela rocha voadora se desintegraria durante o atrito com a atmosfera, sobrando só a metade, mesmo em pedaços menores suficientes para afundar o continente. As hipóteses pessimistas diziam que não haveria tanta fragmentação, e que o impacto tiraria a Terra do eixo, interferindo nas órbitas de Marte e de Vênus, criando uma reação em cascata que levaria ao colapso do Sistema Solar.

No meio das discussões científicas surgiam todos os tipos de propostas. Desviar o meteoro, explodi-lo, alterar a órbita da Terra tirando-a do caminho e qualquer outra coisa que produzisse alguma esperança nos terráqueos pré-moribundos.

A Força Gama foi convocada para planejar a evacuação da Terra, negociando com todos os alienígenas com capacidade para transportar multidões em viagens interplanetárias. Quase como as operações que foram feitas durante o cataclismo, praticadas pelos lagartanos. Desta vez havia muito mais passageiros, e eu era o responsável pelas negociações. Em dois séculos, depois do cataclismo, a população de terráqueos havia triplicado, mostrando a eficiência da reconstrução. Ainda estava longe do número existente antes da Terceira Guerra, sem contar os que habitavam nas colônias espaciais, embora estes últimos não precisassem ser remanejados. Mesmo assim era uma operação de volume planetário.

Estávamos há um ano da data fatídica quando uma descoberta chacoalhou todos os cientistas. Uma das sondas enviadas para inspecionar o meteoro, antes de explodir, fotografou uma fenda profunda no equador da rocha. Os astrofísicos começaram a trabalhar como alucinados, calculando como um bombardeio naquela fenda poderia partir o meteoro em dois. Concluíram que era possível, mas teria que ser uma sequência de potentes explosões programadas.

A Força Delta foi acionada. Várias esquadrilhas de caças interplanetários partiram, armados com dezenas de baterias de mísseis fotônicos. Foi um total fracasso. A massa do asteroide e os campos magnéticos existentes interferiam nos sistemas de navegação dos misseis, fazendo com que explodissem fora do alvo. Alguns caças foram capturados pelos campos energéticos e explodiram contra o meteoro. Seis pilotos deltas pereceram na investida.

Tudo indicava que a Terra estava perdida.

Uma conversa entre meus seguranças kerns acendeu uma fagulha na minha mente.

— Se fossem nossos pilotos estariam vivos. É o mesmo que uma batalha no espaço.

— A deusa os protegeria, mesmo fora da nave.

Entrei na conversa:

— Como os pilotos kerns resolvem uma batalha desse tipo?

— Se os misseis não conseguem atingir o alvo, eles atiram a própria nave. Escapam numa capsula de fuga, para buscar outra nave e prosseguir até a vitória.

Só podia ser a resposta que eu procurava. Minha esposa de olhos verdes disse que eu precisava aprender a pilotar, para nosso encontro no espaço, marcado para aquele ano.

Pedi uma reunião com a cúpula Delta, onde estavam os engenheiros astrofísicos. Fui recebido com um pouco de má vontade:

— Gama Um, estamos ocupados. Se precisa de mais naves para a evacuação, procure a CEE.

— Não, senhores. Vim trazer uma abordagem nova para explodir aquela pedra.

— Do que está falando?

— Ataque frontal. Podemos enviar uma bomba tripulada, direto para a fenda.

— Não existem bombas tripuladas.

— Um caça recheado de mísseis pode ser chamado assim. O sistema de navegação de um caça é blindado. Pode ser travado para atingir a fenda, com o mínimo de desvios, desde que esteja próximo o suficiente.

— Seria um voo suicida, um kamikaze. Quem sugere para pilotar?

— Um voluntário. Eu!

— Ficou louco?

— Delta Um, pense! Sou um piloto treinado. Tenho 271 anos, suficiente para tomar minhas próprias decisões. Sou saudável. Posso escapar numa capsula de fuga. Só preciso de uma segunda nave para me recolher, depois que lançar as bombas. E sou protegido por uma deusa.

O comandante ia responder alguma coisa, mas foi interrompido por um dos engenheiros.

— É a ideia mais maluca e os argumentos mais idiotas que já ouvi. Por isso pode funcionar. Em uma semana o meteoro estará passando pelo cinturão de asteroides, entre Marte e Júpiter. Se puder ser explodido, este é o melhor momento. O cinturão absorverá os destroços. Podemos reforçar a blindagem de um caça e programar a sequência de explosões.

— Está levando essa estupidez a sério?

A cúpula dos deltas naquela época era composta só por trogloditas. Todos os outros batalhões sabiam e não se importavam. Havia uma ideia preconceituosa naquele momento de que os humanos nascidos no espaço eram melhores do que os nascidos no planeta. Como se os efeitos do cataclismo tivessem deixado alguma radiação deteriorante nos terráqueos originais, como havia acontecido com muitos animais. A maioria dos comandantes Delta eram originários das colônias. Eu via diferente: os terráqueos nativos haviam absorvido a cultura de um número maior de alienígenas no planeta do que os habitantes das colônias, restritas a uma ou duas espécies. As formas de pensar eram diferentes.

— Tem alguma ideia melhor, Delta Um?

Os engenheiros usavam uniformes com o símbolo Theta, o Batalhão de Planejamento Estratégico. Sempre considerei aquela turma um bando de inúteis. Pelo que já tinha visto, minha futura esposa Shae, sozinha, era uma estrategista muito mais eficiente. Pena que ela ainda não havia nascido. Mas gostei do Theta 12 ter me apoiado. Devia ser um nascido no planeta.

O comandante Delta fez uma ligação rápida para o alto comando. Bastou poucas frases para que Alpha Um aprovasse minha missão suicida. Foi visível a mudança de ânimo dos engenheiros, começando a calcular a quantidade de bombas a ser usada, o tipo de nave, a melhor rota e todos os números que passavam pelas cabeças deles.

Eu voltei para meu gabinete, me convencendo de que havia tomado a melhor decisão, obviamente contando com minhas esposas para continuar vivo. Só não podia falar nada disso para ninguém. Nem para meus seguranças, desesperadamente tentando me fazer mudar de ideia. Nenhum deles acreditava que alguém podia voltar inteiro de uma missão como aquela.

A nave, um super caça mônico padrão Condor, ficou pronto em 48 horas, abastecido com 63 misseis fotônicos dentro da cabina. Condores eram as maiores naves de rapina da frota, rápidas e mortais, normalmente pilotadas por 6 tripulantes, entre pilotos e atiradores. O plano era que eu pilotaria aquele bólido sozinho, em curso de colisão, até 25 quilômetros do meteoro. Travaria o piloto automático e me lançaria num casulo de sobrevivência, pelo canhão traseiro. A 5 quilômetros da fenda, minas terrestres explodiriam o nariz da nave, liberando os 63 misseis em sequência, provocando uma onda de choque expansiva de dentro para fora, para rachar o meteoro em dois. As ondas consequentes do colapso pulverizariam as duas metades em pedaços menores, jogando mais alguns asteroides no cinturão, impedindo-os de chegarem até a Terra.

Um segundo Condor, 100 quilômetros mais distante, recolheria meu casulo, a tempo de escapar da onda de choque pulverizante. O segredo para tudo funcionar se resumia em uma palavra: sincronismo.

Tive certeza de que era a decisão correta quando Theta 12 veio me passar o plano de voo. Ligamos os monitores tridimensionais da minha sala, examinando os planos detalhados em 3D.

— A melhor rota para um ataque frontal é passando por dentro do Cinturão de Asteroides. Com as interferências provocadas pelo meteoro, não poderemos te guiar com a telemetria de Marte, depois que entrar. Terá que ser um voo manual. Você vai usar uma antiga rota da frota lagartana, baseada em rádio faróis instalados em asteroides. Depois de passar por Ceres, procure o sinal de Calypso, depois o de Cérbero e por último o de Dédalos. A Base de Júpiter vai captar seu sinal quando sair do cinturão, bem na frente do meteoro, para posicionar a Condor Dois.

— Esse trecho de voo cego, quanto tempo vai durar? – A linha luminosa interligando os quatro asteroides aparecia numa cor mais escura. Meu fantasma dos últimos 80 anos tinha a forma de uma minúscula pedrinha com uma antena naquele mapa, mas eu o via como a coisa mais linda do universo.

— De quatro a seis horas. Temos uma pequena folga. Não use velocidade Warp dentro do cinturão, isso pode desestabilizar tantos mísseis juntos. Tome cuidado, pois qualquer choque com um asteroide e você explode. Não queremos abrir um buraco no cinturão. Fique atento naquelas antenas antigas. O sinal delas é fraco. Se perder alguma, vai sair da rota e demorar muito para retornar. Compromete e pode até inviabilizar a missão.

— Chegarei na hora, pode deixar. Espero que a Condor Dois não se atrase.

A base da lua marciana Fobos foi escolhida como ponto de partida para minha Condor modificada. A inexistência de atmosfera facilitava a decolagem da nave com excesso de peso. A história registrou minha decolagem em 15 de agosto de 2248, como uma tentativa desesperada para salvar a Terra, numa missão que muitos consideravam suicida.

Embora o trajeto Marte-Júpiter normalmente pudesse ser feito em até meia hora-luz, eu precisava voar devagar, já que vários osciladores mônicos foram retirados, cedendo lugar para misseis. A cortina de neutrinos ficou muita fina, tornando a nave vulnerável para corpos celestes de massa maior. Qualquer trombada pelo caminho e adeus Terra, comigo seguindo na frente.

Mesmo assim, quando saí do raio de alcance do monitoramento, coloquei o comunicador presenteado pela Sue e acelerei. Queria chegar o quanto antes a Dédalos para ficar mais tempo com minhas adoradas esposas.

Acabei de entrar na órbita do asteroide quando a voz maravilhosa da Sue surgiu em meu ouvido.

— Querido, precisamos que você pouse. Estou te enviando as coordenadas.

A pequena rocha no espaço não tem atmosfera e a massa é insignificante. Não seria difícil decolar novamente, mesmo com todo o peso que a Condor carregava. Não importava, se eu pudesse vê-las. Tinha certeza que Shae já havia calculado tudo. Quando pousei, recebi novas instruções.

— Agora desligue os motores. Vou flutuar a Watcher até ficarmos por cima e acoplarmos na sua escotilha superior. Coloque seu capacete e trave, para o caso de haver vazamento de oxigênio.

O comunicador só recebia. Eu não tinha como responder. Obedeci sem discutir.

— Quando a escotilha abrir, venha para nossa nave.

Aquilo era uma surpresa. Pelo que eu imaginava de viagens temporais, deveria evitar qualquer contato com tecnologia do futuro.

Mas depois me lembrei de que já tinha visto os instrumentos da Anne e as armas da Blue e da Sue.

Usei alguns misseis como escada, para subir até a escotilha. Quatro esposas me esperavam usando roupas espaciais, numa pequeníssima nave, semelhante às cabinas dos antigos helicópteros usados para transporte de tropas. Lembrava uma Hummer. Dois conjuntos de poltronas ladeavam a escotilha por onde entrei. Na parte de trás, uma rampa móvel estava fechada. Na frente outras duas poltronas, para piloto e copiloto, escondiam uma centena de painéis e mostradores com luzes piscando. Teto e paredes, acima das poltronas centrais estavam recheados de equipamentos que nunca vi antes.

As quatro tiraram os capacetes, depois que a Sue confirmou a presença normal de oxigênio. Copiei o gesto, beijando cada uma delas apaixonadamente. Primeiro Anne, sempre a mais próxima. Depois Shae e Sue. Por último, a que deduzi ser Bia, o rosto que ainda não conhecia. Uma jovem sueca loiríssima, com cabelos dourados presos num rabo-de-cavalo. Pequena como a Shae.

— Onde está a Blue? — Perguntei.

— Foi dar um passeio. Desta vez você não a verá, infelizmente. Necessidade da missão.

— Aconteceu alguma coisa, Shae?

— A Bia vai te contar tudo. Vocês têm uma hora inteirinha.

Sue interveio.

— Vamos lá para a sua nave. Temos que checar umas coisas.

Ela começou a descer para a Condor, seguida pela Shae. Anne pegou uma mala quadrada no chão e passou para as duas. Antes de descer, deu um recado para Bia.

— Preciso do Nathan sem roupas quando voltar. Se quiser tirar as suas, é opcional. — Piscou um olho para nós e desceu.

Notei que Bia enrubesceu. A loirinha ficou rosada.

— Ela acha que não tenho coragem. Pois é exatamente o que farei.

Começou a despir o traje espacial. No uniforme estava gravado Kappa Três, o Batalhão que cuidava dos documentos e registros de dados, apelidado de Arquivo.

Como Shae já havia feito antes, Bia não tirou só o traje espacial. Tirou toda a roupa. Quando ficou completamente nua, começou a tirar as minhas.

— Eu era muito tímida antes. Depois que conheci você isso mudou.

Fizemos amor por aproximadamente meia hora, sem trocar nenhuma palavra, deitados nas poltronas. Já tinha estado com suecas antes, mas minha esposa foi espetacular. Se algum dia foi tímida, isso ficou perdido no passado.

Bia continuava abraçada comigo, quando começou a falar.

— Elas voltarão em meia hora. É o tempo que tenho para te preparar.

— Para nosso próximo encontro?

— De certa forma. Não haverá mais nenhum encontro temporal. Quando nos encontrarmos novamente será em nosso casamento. A Sue me disse que já te falou algumas coisas.

— Sim, que a história não deve ser alterada.

— Exato. É um risco muito grande. Por isso vou te pedir uma coisa. Não deixe que nada saia fora do que já está escrito. Por exemplo, eu!

— Do que está falando?

— Pode parecer que quero tirar proveito, mas é o que a história registra. Na nossa época, só ficamos sabendo destas missões há um mês, graças a algumas revelações da Blue, sua quinta esposa. Em outras palavras, quando nos casamos, nenhuma de nós sabia o que ia acontecer, ou porque você nos escolheu, ou mesmo porque se casou com cinco mulheres tão diferentes. Depois que iniciamos as missões tudo ficou muito claro.

— Onde quer chegar, Bia?

— Nós não sabíamos, mas você sim. Nossas missões foram feitas escondidas de você, pois pensávamos que você não aprovaria. Depois entendemos que você já sabia de tudo, pois nos conheceu em seu passado. Todas nós. É isso que preciso te pedir: finja que não sabe de nada, até o retorno desta noite, quando iremos te contar tudo o que fizemos. A história já aconteceu, hoje será o ponto de unir o seu passado com o nosso presente.

— Certo, posso entender isso. Mas o que pode afetar você?

— Quando nos casamos, eu não acreditei. Até um mês atrás, nunca entendi porque você me aceitou. Eu era feia, desengonçada, estrábica, usava óculos e estava acima do peso, quando te pedi em casamento. E você me aceitou, contrariando todas as leis do universo.

— Não pode ser. Você é linda, igual ou mais do que minhas outras esposas.

— A Shae me ajudou muito com minha autoestima. Sue com meu corpo e aparência. Anne corrigiu meus olhos. A Blue ainda me dá aulas de etiqueta e diplomacia. Todas são sensacionais. Graças a você, que me deu um status de rainha. Não apenas fui presenteada com as quatro esposas mais lindas e perfeitas do universo, como tive a oportunidade de me tornar uma delas. Pode me pedir o que quiser, te dou na hora. Meu corpo, meu amor, minha vida.

— Bia, você está me deixando embaraçado. Nunca me vi capaz de uma coisa assim. Não vou te pedir nada, te aceito do jeito que é.

— É isso que te faz especial. Cada uma de nós tem uma história com você, mesmo antes de nos casarmos. Eu estudo você desde que era criança. Sei tudo a seu respeito, até os nomes de todas as namoradas que entraram com você em hotéis. Shae se formou em Estratégia porque você começou como estrategista. Sue entrou para o exército porque você foi um exímio atirador. Ela me contou da última missão, está ainda mais apaixonada. Anne só estudou medicina porque você trouxe o progresso kern para a área. A Blue foi criada ouvindo sobre o humano protegido pela deusa.

— A história exagera. Não sou tudo isso. Mais da metade desses feitos foram obras de vocês.

— A história registra os fatos. Não os explica. Nós apenas criamos condições para que os fatos fossem registrados. Não mudamos nada. A história registra que sou uma das suas cinco esposas. Por favor, não altere isso. Quando um patinho feio te pedir em casamento, lembre-se que você tem o poder de me transformar num cisne.

— Prometo esperar a noite de hoje, no seu tempo, para rirmos muito disso tudo. E não vou deixar você levantar voo, patinho ou cisne. Só tenho uma coisa para te perguntar.

— O quê?

— Quando vocês pegaram a Sue na floresta, ela gritou com você. O que foi aquilo?

— Nada. Quando ela vestiu o traje para te encontrar, deixou as roupas que usava na nave. De brincadeira, eu estava usando as botas dela, de salto alto, quando ela voltou duas horas depois. Ficou a tarde toda com raiva de mim.

— Só isso?

— Precisou da Shae convencê-la de que fico mais sensual com salto alto. No meio da noite a Sue veio para meu quarto, depois que você dormiu, para me pedir desculpas. Voltamos juntas para você. Mesmo esgotada de cansaço, foi maravilhosa pelo resto da noite. A reconciliação é a melhor parte das nossas brigas.

Barulhos na escotilha atraíram nossa atenção. Mais uma vez eu era flagrado junto com uma das minhas esposas, ambos completamente nus. Shae não evitou o comentário, admirando a nudez de Bia:

— Parabéns. Vejo que meus conselhos serviram para alguma coisa.

Bia não se alterou.

— Meu bem, eu sou uma boa ouvinte. Quando chegarmos em casa vou te agradecer como se deve.

Sue cortou a conversa, antes que a missão fosse esquecida.

— Anne, Nathan é todo seu. Temos vinte minutos antes que a janela se feche.

Minha médica preferida assumiu o controle.

— Bia, você é mais macia que essas poltronas. Pode apoiá-lo enquanto exerço minha função? Prenda a respiração.

Só vi aquele spray já conhecido apontado em minha direção, enquanto Bia me abraçava pelas costas e me puxava de volta para a poltrona, contra o corpo nu dela.

Acordei com Bia e Anne fechando minha camisa. A loirinha continuava sem as roupas dela, o que fazia tudo parecer surreal. As outras pareciam estar habituadas com aquela nudez. Sue reassumiu o comando, na falta da Blue.

— Cinco minutos para a desacoplagem. Nathan, está acordado? Hora de atualizar suas informações. Modificamos os misseis, para corrigir os tempos de detonação. Havia uma diferença prejudicial de alguns segundos. Não conseguimos consertar o casulo de fuga. Adaptamos um dos misseis.

Tive que interromper.

— Sue, você está indo rápido demais. Minha cabeça ainda está tonta. O que tinha de errado com o casulo?

— Bia, você não contou?

— Essa parte não, Sue. Desculpe.

— Ok. Voltando ao início. Nathan, o casulo foi sabotado. Se entrasse nele, não haveria oxigênio até o resgate. Outra coisa, está na história. A Condor Dois nunca decolou. Foi cancelada na Base de Júpiter. Alguém realmente se esforçou para que você nunca retorne.

— E como é que eu volto? Vocês vão me levar para algum lugar?

— Não podemos ser vistas. Já providenciamos outro jeito, devidamente registrado de acordo com os novos fatos. Você vai salvar a Terra duas vezes hoje. Como ia dizendo, adaptamos um míssil. Retiramos a ogiva e todos os equipamentos desnecessários, para que você possa usá-lo como casulo. Tem um alcance muito maior, chegando até onde seu resgate estará. Troquei o piloto automático da Condor. Coloquei um dos nossos. Vai te dar tempo de se alojar no míssil e está programado para te lançar para fora, enquanto o resto acontece. Ligamos a ogiva retirada do míssil no sistema de propulsão da nave. Os osciladores vão duplicar a capacidade da última explosão, a definitiva.

— Espere. Os engenheiros das FAD ficaram dois dias preparando tudo isso. Vocês mudaram tudo em menos de uma hora?

— Querido, eles não têm acesso aos computadores quânticos que nós usamos. E a maioria dos cálculos, trouxemos prontos de casa. A Bia nos contou tudo o que vai acontecer nas próximas horas.

Bia ainda estava nua e abraçada comigo. Me virei para ela e a beijei de uma forma que ela nunca poderia chamar de beijo amador.

Sue pigarreou, retomando as atenções.

— Resumindo. Você deve dizer a eles que ligou o piloto automático para fazer uma última inspeção. Achou uma falha no casulo. Retirou uma ogiva de um dos misseis e a ligou no sistema de propulsão. Depois adaptou o míssil para usá-lo como casulo. Entrou nele e partiu ao encontro da Condor Dois. O resto é história. Entendido?

— O resto não é história. São vocês. Como poderei, algum dia, retribuir tudo isso?

Bia mordiscou minha orelha e respondeu:

— Eu já disse isso. Você é especial e nos transforma em rainhas. Acha pouco?

Não tive resposta. Por desconhecer o que para mim era futuro.

— Dois minutos para desacoplagem. Nathan, odeio dizer isso, mas não temos tempo para beijos de despedida.

Ignorei a Sue, visivelmente com ciúmes da Bia.

Beijei a loirinha de novo. Depois a boca perfeita da Anne. Depois a maravilhosa Shae. Quando cheguei na beirada da escotilha, puxei a Sue para um abraço apertado.

— Marque um alvo e eu atiro. Este eu jamais vou errar.

Foi um longo beijo, onde coloquei tudo o que eu sentia por aquelas mulheres. Quando a soltei os olhos de esmeralda estavam mais brilhantes do que nunca, quase lacrimejando.

Saltei no buraco, usando a pilha de misseis como escada para voltar ao meu posto no comando da Condor. Recoloquei meu capacete.

O comunicador me trouxe a voz da Bia:

— Sue está conferindo se não esqueceu nada, como se isso fosse possível. Cada vez que te encontra ela fica mais maluca. Enquanto ela não volta o comando é meu. Desacoplando agora. Nesse asteroide sem gravidade, decole com pouco empuxo. O piloto automático vai retomar a rota. Você tem doze minutos para se espremer dentro do míssil, antes do lançamento. A Base de Júpiter vai te conectar a qualquer momento. Te vejo em nosso casamento, amor. Bye.

***

Todas as sirenes tocando e as luzes vermelhas piscando significavam o caos. A população inteira sentiu o impacto e corriam para seus postos de batalha, seguindo os protocolos para os quais foram exaustivamente treinados.

Na Ponte de Comando, o único local da nave onde os alarmes eram substituídos por pequenas luzes nos painéis, o Capitão gritava ordens:

— Subir escudos! Controle de danos, reporte! Telemetria, reporte! Enfermaria, a postos!

Um minuto depois, os relatórios começaram a chegar.

— Controle de danos para Ponte: Nenhuma avaria. Fomos atingidos por um míssil convencional, na estrutura lateral dos hangares de carga. Explodiu sem causar danos, mas talvez tenha arranhado a pintura.

— Enfermaria para Ponte: nenhuma vítima. Fora o fator psicológico de termos sido atingidos por um míssil, ninguém se feriu.

— Telemetria para Ponte: captamos uma minúscula nave kandoriana se afastando. Foi quem disparou o míssil. Está fugindo.

O Capitão reagiu como podia:

— Iniciar perseguição! Travar raios tratores. Quero essa nave. Ninguém ataca um cruzador das Forças Armadas de Defesa e sai impune.

Todos sentiram o empuxo dos motores mônicos sendo acelerados, mesmo estando muito abaixo da velocidade da luz. Se necessário, o cruzador Picard II podia atingir Warp 30, mergulhando no hiperespaço a qualquer momento para ressurgir no outro lado da galáxia.

O Capitão interrogava o segundo oficial:

— Alguém consegue explicar por que esse inseto nos atacou?

Embora toda a equipe de comando trabalhasse juntos há quase vinte anos, o segundo oficial ainda era o mais experiente.

— É uma nova prática de piratas, Capitão. Explodem a porta do compartimento de cargas, roubam qualquer coisa que puderem alcançar e desaparecem em segundos. Essas naves minúsculas conseguem ser muito velozes e se escondem em qualquer lugar. É só pousar num meteorito e desligar os motores, para evitar a geração de calor.

— Então esse pirata é muito azarado. Não conseguiu explodir a porta e será capturado, para aprender a lição. Artilharia, como estamos?

Os oficiais da artilharia não pareciam muito satisfeitos.

— Capitão, podemos baixar os escudos, para facilitar a captura. A nave kandoriana só tinha um míssil, está desarmada agora. Mas não conseguimos travar os raios tratores.

— Por que não?

— O pirata é maluco. Faz manobras que nunca vimos. Até parafusos.

— Abra o leque. Mesmo sendo minúscula não precisamos usar raios concentrados.

— Ele deve conhecer nosso arsenal. Muda de rota constantemente. Ora está em cima de nós, ora embaixo, ora dos lados. Detesto admitir, mas é um piloto muito bom. Se chegar ao Cinturão de Asteroides vamos perdê-lo.

O segundo oficial interveio:

— Senhor, existe um alerta para o Cinturão. As FAD estão tentando explodir aquele meteoro em curso de colisão com a Terra. Se conseguirem, as ondas de choque podem chegar até aqui. Não será nada bom, considerando a massa desta nave.

— Acionar a monitoração de longa distância! Se captarmos a explosão, mergulhamos no hiperespaço. Temos tempo de pegar o pirata. Já temos identificação?

— O registro informa ter sido roubada de um hangar em Ceres, há poucas horas. Parece que não o pegaremos, Capitão. A navezinha penetrou no cinturão. Perdemos o sinal.

— Mas que droga. Como vamos explicar isso?

— Telemetria para Ponte: Senhor, outra ocorrência.

— O que é agora?

— Nossa monitoração pegou um sinal novo. Parece que é outro míssil dentro do cinturão, vindo em nossa direção.

— Eu sabia. O pirata pediu ajuda. Levantar escudos! Preparar contramedidas! Desta vez não seremos pegos de surpresa. Quanto tempo para nos alcançar?

— No curso e velocidade atual, seis minutos.

— Monitore! Fator de ataque, tonelagem, tudo o que puder.

A tensão começou a crescer. Dois minutos depois a Telemetria voltou a se manifestar.

— Telemetria para Ponte: Capitão, tem alguma coisa estranha.

— Informe.

— O míssil é um dos nossos, sem nenhum registro de roubo. Classe fotônica, mas não tem assinatura de fótons. Está desarmado. Emitindo um sinal que não faz o menor sentido.

— Que sinal?

— Mayday!

— É hoje. O que mais falta acontecer?

— Telemetria para Ponte: Senhor, concentramos a monitoração no míssil. Tem sinais de conter um corpo.

— O quê? Os piratas usaram um míssil fotônico como esquife mortuário? Nos devolvendo um corpo?

— Pior que isso, senhor. Tem sinais vitais. O corpo está vivo.

— Travar raios tratores! Quero esse míssil a bordo, assim que estiver ao alcance. Esse dia vai entrar para a história.

— Telemetria para Ponte: Capitão, captamos uma explosão classe supernova, do outro lado do cinturão. Ondas de choque magnéticas vão nos alcançar em oito minutos.

— Imediato, traçar rota para Marte, dobra cinco. Vamos sair daqui assim que o míssil esteja capturado.

— Não há tempo, Capitão. Temos o míssil no raio trator, mas oito minutos não é suficiente para abrir e fechar o compartimento de carga. Haverá despressurização.

— Segundo oficial, calcule o impacto de entramos no hiperespaço rebocando esse míssil.

— Isso nunca foi feito, senhor. Estou calculando.

Quatro minutos depois:

— Senhor, não haverá nenhum dano para a Picard. Mas o míssil e seu ocupante vão desintegrar.

— Telemetria para Ponte: Capitão, mais um dado inacreditável. As ondas de choque estão se retraindo. Não vão nos atingir.

— Mas o que vocês estão dizendo? Isso é impossível. Expliquem!

— Nossos sensores enlouqueceram. A leitura mostrou um pequeno buraco de minhoca se formando no local da explosão, recolhendo as ondas de choque e desaparecendo em seguida. Registramos tudo. Isso deve ser o maior fenômeno astrofísico do século.

— Abortar salto para Marte! Prossigam com a captura do míssil.

No momento em que o resgate foi completado, outras mensagens encheram os monitores.

— Capitão, relatórios chegando da Terra, de Marte e de Júpiter reportam que o meteoro foi destruído. Não existe mais ameaça para a Terra.

Uma alegre gritaria foi ouvida, de comemoração, manifestada por todos os presentes.

— Enfermaria para Ponte. Capitão, nosso visitante pede para falar-lhe. Quem estava no míssil é o Agente Nathan, Gama Um. Um pouco amarrotado, mas saudável e consciente.

— Tragam-no até a Ponte, imediatamente. Quero explicações.

Nathan entrou na ponte poucos minutos depois, acompanhado de dois soldados. Trocou continências com o Capitão.

— Sou Marcus Thompson, Delta 65, Capitão da Picard II. Não precisa se apresentar, Gama Um, todos na Força o conhecem. Poderia nos explicar o que fazia dentro de um míssil fotônico?

— Antes, Capitão, poderia confirmar a situação do meteoro que ameaça a Terra?

— Acabamos de receber os informes. Foi destruído. A ameaça não existe mais.

— Quem bom ouvir isso. Então minha missão funcionou. Fui eu quem lançou a bomba para explodir o meteoro. Minha nave.

— Do que está falando? Não fomos informados.

— Estranho. Pensei que a Frota Picard soubesse. Se minha missão falhasse, os cruzadores seriam a próxima medida. Eu pilotei uma Condor carregada com 63 mísseis contra o meteoro. Quando encontrei meu casulo de fuga danificado, adaptei um míssil para substitui-lo, liguei a ogiva no reator da Condor e a lancei contra o meteoro. Eu devia estar agora numa Condor de apoio, lançada de Júpiter. Porque estou nesse cruzador?

— Imediato, confira o que houve com qualquer nave Condor nas últimas horas. Gama Um, a frota Picard tem acesso a esse tipo de informação. O senhor está aqui por puro acaso. Estávamos perseguindo um pirata quando captamos a explosão. Um fenômeno impediu que as ondas de choque nos atingissem, o que seria fatal para o senhor.

— Pode explicar, Capitão? O que o pirata fez? É importante. E que fenômeno foi esse?

— Pode parecer estranho, mas fomos atingidos em cheio por um míssil, com zero danos. E um buraco de minhoca se formou no lugar da explosão, pelo tempo suficiente para puxar as ondas de choque de volta.

A conversa foi interrompida pelas luzes vermelhas e as sirenes disparando novamente. O Capitão deu um pulo na cadeira onde estava.

— O que é agora? Outro míssil?

— Capitão, alerta máximo. Estamos em Defcon-1. Todas as naves convocadas para defender a Terra.

— O informe anterior não disse que a ameaça foi anulada?

— Estado de guerra, senhor. Declarada pelo Rei Maniuk, da Constelação de Orion. As esquadras kern estão a caminho da Terra, prometendo exterminar a raça humana.

— Nathan, como isso é possível? Você conhece os kerns e o Rei.

— Capitão, não responda a convocação até sabermos do que se trata. Acesse o Centro de Crises em Saturno. Verifique o teor da declaração do Rei. Eu abro o canal, tenho nível 1.

Nathan seguiu até o primeiro terminal, usado pelo oficial de comunicações, para assinar o requerimento. Uma tela se iluminou, mostrando o documento confidencial.

— Capitão, parece que sou o pivô de mais essa crise. Veja aqui. Minha nave Condor de apoio foi cancelada pelo comando da missão em Saturno. Meus seguranças kerns descobriram e informaram o Rei. Segundo ele, eu me arrisquei para salvar o planeta e fui deixado para morrer. É uma traição que o Rei não perdoa, pior que um assassinato. Como eu era protegido da deusa deles, o castigo kern será contra toda a raça humana.

— Isso é loucura.

— Imagine quando o Rei souber que meu casulo foi sabotado.

— Mas o senhor não morreu. Precisamos reverter isso.

— Concordo. Vamos abrir um canal de comunicação com o Rei Maniuk. Eu tenho um acesso exclusivo.

Os operadores e o Capitão estavam céticos, até a imponente figura azul do monarca surgir na tela panorâmica.

— Majestade, preciso atualizar as informações que lhe foram enviadas. Perdoe a intromissão, mas o assunto é crítico.

— Agente Nathan? Fui informado que estava morto. Estou recebendo informações falsas?

— Não, Majestade. Realmente houveram duas tentativas de me matar. Mais uma vez, devo minha vida à deusa Yvetha.

— Ela esteve com o senhor?

— Eu não a vi pessoalmente desta vez, mas sinto a presença dela, muito forte. Majestade, como o guerreiro que é, qual a chance de um míssil explodir no casco de um cruzador espacial e não produzir nenhum dano?

— Se for disparado por um kern, nenhuma chance. Meus guerreiros destroem cruzadores, mesmo usando um único míssil.

— E se a intenção do atirador não for destruir, mas apenas chamar a atenção?

— Nesse caso, exigiria uma habilidade extraordinária. Teria que ser um piloto muito bem treinado. Porque a pergunta?

— Um piloto atingiu o cruzador onde estou, sem provocar nenhum dano e conseguiu escapar. Vejo um ato da deusa.

— Ela age de forma surpreendente. Mas não prova que foi ela.

— E quem mais consegue manipular um wormhole, para absorver ondas de choque no momento mais crítico? Eu estaria morto se as ondas não fossem detidas.

— Isso sim tem a característica da Deusa da Natureza. Tem registros desses eventos?

O Capitão balançou a cabeça, acenando afirmativamente.

— Temos, Majestade. Podemos transmiti-los quando desejar.

— Então, Agente Nathan, isto o torna ainda mais especial. Não conheço ninguém que tenha sido salvo pela deusa duas vezes.

— Majestade, a deusa não estava protegendo só a mim. Ela me guiou na destruição do meteoro que aniquilaria a Terra. E permitiu que tivéssemos esta conversa, ao atrair esta nave para o meu resgate.

— Se conseguir provar que foi ela, posso poupar sua espécie, mas não inocenta os que tramaram sua morte.

— Estamos transmitindo os dados. E posso garantir com a minha palavra que a presença dela é muito forte, mesmo que eu não a tenha visto em pessoa.

— Sua fé em nossa deusa é digna de admiração. O senhor honra o meu povo e nossa cultura.

— Proponho um acordo, Majestade. Eu lhe entrego os traidores que tramaram contra minha vida e em troca o senhor revoga a declaração de guerra.

— A ofensa não foi apenas contra o senhor. Por ser um protegido, eles desrespeitaram a deusa. Concordo que merecem uma punição kern. Já os identificou?

— Terei os nomes dos covardes traidores em breve. Mas preciso da vossa ajuda para desmascará-los.

— Fale.

— Preciso que sua esquadra siga para Saturno e cerque a base FAD. Um comando deve ocupar a base e exigir a entrega dos traidores.

— Minha equipe será rechaçada se fizer isso.

— Não, se for protegida por nossos Espíritos das Sombras. Eu estarei lá para entregar os covardes. Não haverá invasão, são meus convidados. Resolveremos tudo de um jeito que a deusa fique satisfeita. Justiça, sem fazer inimigos.

— É um argumento poderoso. Vou contatar a esquadra. Esteja lá, Nathan, para cumprir sua palavra.

A tela se apagou.

O Capitão encarava Nathan.

— Se sua estratégia é ganhar tempo, devo lembrar que estamos em Defcon-1 e todas as nossas naves estão indo para a Terra. A base não tem defesa. O que está pretendendo?

— Capitão, pode me levar a Saturno, com o pé na tábua?

— Não conheço essa expressão, mas sugiro irmos rápido. Imediato, rota para Saturno, dobra 20. Saia do hiperespaço com distância suficiente para não cairmos no meio da esquadra kern.

— Só mais uma coisa, Capitão. Preciso fazer outra ligação para um número privativo. Posso?

Um aceno apontando para o monitor foi a permissão. Nathan pareou o biologger, permitindo que o áudio fosse direcionado para o sistema de som da Ponte de Comando. Uma voz feminina que ele conhecia há muito tempo ecoou na sala:

— Identifique-se e diga qual a emergência.

***

A base das FAD, apesar de colossal, ainda era uma nave espacial pairando ao lado dos anéis de Saturno, com os mesmos recursos de uma nave tradicional. Incluindo uma Ponte de Comando, que no momento estava sendo usada como Quartel General para os oficiais responsáveis pela *Defense Condition* de nível máximo, a Defcon-1.

A operação só podia ser deflagrada com a presença dos dois líderes máximos das instituições terráqueas: Alpha Um das FAD e o Presidente da CEE. O protocolo exigia que cada um estivesse acompanhado de pelo menos três assessores de alto nível. Quatro ministros acompanhavam o Presidente, representando a CEE e Delta Um junto dos Alphas Oito e Doze eram os representantes das FAD. Mais trinta pessoas, entre técnicos e soldados formavam a população da Ponte de Comando, cercada de monitores em todas as paredes e nas consoles centrais.

Os líderes permaneciam em pé, andando em volta do enorme painel holográfico no chão de um dos cantos da Ponte, onde eram transmitidas graficamente todas as informações recebidas dos satélites de vigilância. A imagem da Terra ocupava o centro do painel, cercada por um enxame de vagalumes luminosos.

Alpha Oito estava radiante:

— Nosso esquema de defesa precisava deste teste. Vocês verão como vamos rechaçar aqueles animais azuis. Quantas naves já responderam ao Defcon?

Um dos operadores consultou um monitor, respondendo prontamente:

— Três mil e quinhentas, senhor, incluindo sete cruzadores Picards e trinta Nimoys.

Alpha Doze concordava com o Oito.

— O escudo formado é impenetrável. Mesmo que percamos algumas naves, os inimigos serão totalmente destruídos. Vai servir de lição para qualquer outro que queira nos atacar.

Alpha Um e o Presidente não pareciam tão confiantes. Foi o militar quem se manifestou.

— Os kerns podem ter preparado alguma surpresa. Não acredito que o Rei Maniuk tenha conquistado toda a Constelação de Orion sem conhecer estratégias de combate espacial.

O Presidente parecia apreensivo.

— Eu soube do oficial de vocês que partiu na missão suicida. Usou uma técnica de combate kern. Lançar a própria nave contra o inimigo. Se eles fizerem isso, vão causar um estrago considerável.

Oito respondeu.

— Nathan era um tolo, Presidente. Sempre foi. Só um tolo aceitaria fazer uma coisa assim. Ele podia não envelhecer, mas nunca soubemos que pudesse ser indestrutível. Tivemos sorte que o meteoro foi pulverizado, ao custo de uma única Condor.

Doze completou:

— Não havia necessidade de sacrificar outra nave. O wormhole formado destruiu tudo o que estava próximo da explosão. Somos gratos ao Nathan, o sacrifício dele salvou a Terra.

Alpha Um também mostrava apreensão.

— E por causa dessa economia de uma nave a Terra está novamente ameaçada. Devíamos ter lançado a Condor e avisado o Rei antes do incidente.

A conversa foi interrompida por um alarme, disparado num dos consoles centrais. O operador informou no sistema de som.

— A esquadra kern emergiu do hiperespaço. Contagem de naves em andamento. Estimativa inicial mostra quase duas mil rapinas, classes Adaga, Cimitarra e Ponta-de-Lança.

Oito esfregou as mãos.

— Eu não disse? Naves minúsculas, quase de brinquedo. Nossos cruzadores vão pulverizá-las.

Alpha Um não gostou.

— Errado, Oito. Quanto menores as naves, mais difícil de atingi-las. Vão nos dar trabalho. Espero ter Agulhas suficientes. As grandes virão depois.

Outro alarme disparou, com mais intensidade. Outro operador se fez ouvir.

— Senhor, tem coisa errada. A esquadra não seguiu para a Terra. Vieram para Saturno. Estão nos cercando.

Mal ele acabou de falar, as transmissões na tela holográfica se apagaram. Alpha Um reagiu:

— O que foi isso? O que está acontecendo?

Vários operadores agitados apertavam botões em todos os consoles. Até que um encontrou o problema.

— São bloqueadores, senhor. Geram interferência em frequências que não conhecemos. Nossas comunicações de longa distância foram cortadas. Perdemos imagens internas e externas. Estamos cegos e mudos. Só temos telemetria básica.

Alpha Um explodiu.

— Estão vendo? Táticas de batalha básicas. Isole o comando e os inimigos ficam vulneráveis. Maniuk sabe o que faz! Sem comunicações, nem temos como chamar nossas naves. Até perceberem o que está acontecendo já seremos poeira espacial.

O operador voltou a falar.

— Senhor, temos um pedido de contato, da esquadra inimiga. Liberaram uma frequência.

— Abra o canal, ponha na tela.

Um kern enorme, mais azul do que o normal, usando armadura semelhante ao que a deusa usou séculos antes, se apresentou.

— Sou o Almirante Tobrukun, no comando desta esquadra. Quem detém a maior autoridade entre vocês?

O Presidente ficou calado, deixando o problema para o colega militar.

— Sou Alpha Um, comandante das Forças Armadas de Defesa da Terra. A que se deve esta violação de nossa autonomia? Seu Rei declarou guerra à Terra, Saturno é território neutro.

— Viemos buscar os covardes traidores da sua espécie, os que assassinaram um dos seus, protegido de nossa deusa. Não aceitamos este tipo de ofensa. Nos entregue os assassinos e pouparemos todos os demais.

Todos voltaram os rostos para os pálidos Alpha Oito e Alpha Doze.

O comandante humano tentava achar uma saída.

— Não posso entregar meus oficiais. Não houve nenhum assassinato. Nathan se sacrificou conhecendo os riscos. Ele foi voluntário.

— Ele contava com a nave de apoio que não foi enviada. Isso é traição. Vocês o deixaram para morrer, o humano que se propôs a salvar o seu planeta. Não vamos discutir mais, vou buscar os covardes. É sua última oportunidade de sobreviver. Se resistirem, saibam que a deusa não será benevolente, quando ela mesma vier se vingar.

A ligação foi cortada.

Alpha Um interrogava os companheiros.

— O que ele quis dizer com buscar? Delta Um, os acessos para esta sala estão bem protegidos?

— Claro que sim, tenho quatro comandos Delta fazendo a segurança desta sala. Mais de trinta dos melhores soldados especialmente treinados.

Outro alarme começou a piscar.

— Senhor, novidades. Um dos nossos cruzadores rompeu o bloqueio. É a Picard II.

Alpha Doze comemorou.

— Excelente, agora vamos ver. Quantas naves inimigas abatidas?

— Nenhuma, senhor. Não registramos nenhum tiro, de nenhum dos lados. A Picard veio direto para a doca de atracação, sem nenhuma resistência.

Alpha Um gritou.

— Travem todas as docas, em todos os níveis. É um cavalo de troia. Estudei isso na Academia, há muito tempo.

Os políticos não reconheceram a expressão. O Presidente perguntou:

— O que isso quer dizer?

— Que tomaram a nave. Aparenta ser nossa, mas deve estar recheada de inimigos, para nos pegar de surpresa.

Outro operador:

— Senhor, a porta do deck principal foi aberta.

— Não notei nenhuma explosão. Explique!

— Foi aberta por dentro. Estou captando um acréscimo de vinte sinais vitais vindos pelos corredores.

— Quantas baixas? Nossos deltas devem estar reagindo.

— Nenhuma, senhor. Os sinais estáticos não apresentam variações. É como se todos os nossos estivessem dormindo.

— Reconheço essa técnica. Coagos entram pela retaguarda, eliminam a resistência com dardos anestésicos e liberam o acesso frontal. Se os Coagos querem vingar o Nathan, nós estamos perdidos.

O nervosismo se apossou de todos. Alpha Um não via saída.

— Todos os que tiverem armas, apontem para a porta. Atirem em qualquer coisa que entrar. Alphas, trouxeram as suas?

O Presidente se manifestou.

— Onde estão seus homens? Estavam aqui agora mesmo...

— Covardes. Talvez eu devesse tê-los entregue...

Uma porta nos fundos se lançou ao meio da sala, arrebentada do batente, pelo outro lado. Doze coagos se materializaram em pontos estratégicos da sala, provavelmente vindos do buraco deixado por aquela porta. Apontavam as lendárias espadas mortais para todos os que estavam armados. Duas duplas passaram pelo buraco, arrastando os dois Alphas desaparecidos. Uma dupla com silhuetas femininas. O coago maior, um homem com mais de um metro e noventa e musculoso, falou com uma voz forte, abafada pelo capacete.

— Alpha Um, ordene que deponham suas armas. Já temos o que viemos buscar.

Sem opção o jeito foi concordar.

— Soldados, soltem as armas. Coagos, sabem que isto é um motim punível com Corte Marcial, não sabem?

— Já vamos esclarecer isso. Diga para abrirem a porta.

O comandante concordou com a cabeça, sinalizando na direção de um dos operadores. Assim que a porta foi aberta um grupo de quinze assustadores guerreiros azuis entraram seguindo o Almirante Tobrukun, todos empunhando pistolas sônicas. Mais quatro coagos acompanhavam os azuis.

— Almirante, esta invasão viola todos os acordos vigentes na Confederação das Galáxias.

— Estes dois são os humanos covardes traidores da sua raça?

O coago grandalhão se intrometeu.

— São traidores e covardes, mas não são humanos. Não passam de polimorfos disfarçados. Em Orion são conhecidos como Chiropters.

— Impossível. Alphas não podem ser substituídos. Temos controles rigorosos de vigilância no alto escalão. — O Alpha maior não aceitava a acusação.

O enorme coago retrucou.

— Eles estão muito aperfeiçoados na camuflagem. Nós também, em quebrá-las.

O grandalhão guardou a espada, fazendo-a retrair para dentro do cabo. Sacou uma pequena pistola semelhante às armas kerns, disparando raios sônicos contra os dois prisioneiros, em baixa potência, para não os explodir. Ambos começaram a vibrar, exibindo várias formas em sequência, até estabilizar na forma de enormes morcegos.

— Coagos, não os matem!

A voz veio da porta, onde mais um grupo usando uniformes das FAD adentrou na sala. Os dois na frente eram oficiais, os outros quatro eram soldados delta.

— Eu prometi que entregaria esses párias ao Rei, como condição para revogar a declaração de guerra.

Alpha Um foi o primeiro a reagir:

— Nathan, você não está morto?

— Não, senhor. A deusa teve trabalho, mas garantiu minha sobrevivência.

— Ela te mandou outra nave de apoio?

— Sim, a Picard II. Mas não foi só isso. Por influência dela eu descobri meu casulo de fuga sabotado e consegui adaptar um míssil para escapar da explosão. Os registros da Picard II documentam tudo o que aconteceu.

— Então realmente houve uma tentativa premeditada de assassinato!

— Sim, senhor. E devo declarar que não existe nenhuma violação dos acordos galácticos ou motivos para Cortes Marciais. Tanto os kerns quanto os coagos aqui presentes são meus convidados. Não fizeram vítimas e nenhum tiro foi disparado.

O Capitão Thompson precisava falar alguma coisa.

— Eu testemunhei os convites, senhor. Os registros estão na Picard.

Alpha Um viu a oportunidade de recuperar o comando embotado.

— Estes dados novos mudam toda a situação. Almirante, pode levar os dois inumanos. Todos fomos vítimas de uma grande conspiração.

— Graças à deusa e ao Agente Nathan. É realmente um humano de palavra, respeitador da justiça. Justifica a proteção da deusa. Pela autoridade a mim investida pelo Rei Maniuk, eu revogo a declaração de guerra. Podemos nos retirar. Sabemos lidar com Chiropters.

Os soldados kerns colocaram algemas energéticas nos dois morcegos e saíram todos da sala, seguidos pelo Almirante.

147

Os coagos evaporaram como se nunca tivessem existido, na frente de todos os presentes boquiabertos. Só a dupla feminina permaneceu. Uma delas caminhou na direção de Nathan, retirando o capacete.

Em toda a história das FAD, mesmo quando se chamava OTAN, jamais houve registro de um coago se apresentar sem capacete. Muito menos uma jovem e linda mulata sorridente.

— Nathan, o Professor solicita uma conversa particular com você, quando for possível. É claro, quando toda essa confusão estiver terminada. Não é emergência.

— O professor é aquele mais alto, certo? Ele pediu para você interceder, Marcela?

— Ele não pediu. Eu fui voluntária.

— Vocês foram espetaculares. Obrigado. Estenda meus cumprimentos para toda a equipe.

— Farei isso. É um prazer trabalharmos juntos.

— Vou marcar uma hora tranquila. Aviso vocês.

— Ótimo. Nos vemos por aí.

Marcela deu dois passos para trás, recolocou o capacete, fez meia volta e evaporou no ar. Nathan reconheceu o gesto de quando a Sue colocou o capuz, acionou a invisibilidade e saiu correndo pela campina. A coago não usou teletransporte, apenas sabia como se tornar invisível. Explicava muita coisa.

O painel holográfico voltou a se acender quando o bloqueio das comunicações foi desativado.

O Capitão Thompson exclamou, quando recuperou a capacidade de falar.

— Nunca pensei que viveria para ver tudo o que aconteceu hoje.

Alpha Um acompanhou o pensamento.

— Eu tenho acesso aos coagos há muitos anos e nunca tive contato pessoal com nenhum deles. — E voltando ao profissionalismo. — Operadores, retirem a condição Defcon-1, voltamos ao 5.

O Presidente foi outro que recuperou a fala, se dirigindo aos ministros:

— Isso merece uma comemoração em larga escala. Vamos para a Terra, quero organizar tudo por lá.

Confirmando que tudo estava normalizado, Alpha Um exigiu:

— Nathan, Thompson, quero seus relatórios em uma hora, no meu gabinete.

Todas as naves kerns retornaram quase que simultaneamente para o hiperespaço.

Eu ganhei uma medalha especial, raríssima, por ter salvo a Terra duas vezes no mesmo dia.

Cinco anos depois, em 2253, fui convocado pelo comandante supremo para uma reunião particular. Eu desconfiava qual seria o assunto, por isso cheguei bastante ansioso.

— Nathan, vou direto ao assunto. Estou me aposentando, hoje é oficialmente meu último dia de trabalho. Considero uma vitória estrondosa poder fazer meu sucessor, eleito por unanimidade por toda a cúpula Alpha. Os doze integrantes votaram a favor do nome que eu sugeri.

— É fruto do seu excelente trabalho, senhor.

— A partir de amanhã você definitivamente não é mais um agente. Parabéns, Comandante Nathan, você é nosso novo Alpha Um.

Assim, me tornei um dos quatro nomes mais poderosos e mais influentes do Sistema Solar, ao lado do Presidente da CEE, da Diretora da LightYear e de Madame Lagartana. Sem falar no respeito que gozava na Constelação de Orion.

Devia me sentir realizado, mas não estava. Faltava a parte mais importante. Eu precisava me casar. Cinco vezes.

Segunda Parte
Elas

Shae

A cerimônia estava marcada para as 15 horas. Isso não importava para as duas irmãs, se arrumando desde o horário estimado em que o sol nasceu na distante casa delas.

— Sumi Shae, pare de pentear esse cabelo. Já é a decima vez que você muda tudo.

— Preciso estar perfeita, Kami, esta é a noite especial.

— Não é uma recepção noturna, boba. Você acha mesmo que o solteiro mais cobiçado de toda a galáxia vai notar a sua presença? Ele deve receber mais de trinta pedidos de casamento por dia, de homens e de mulheres. Até de alienígenas.

— Ele só é solteiro porque ainda não me viu!

— Até parece. Depois você voltará frustrada e vai descontar em mim. Não quero isso para você, irmãzinha.

— Se ele não me vir hoje, verá outro dia. Fique tranquila, não chorarei no seu colo.

— Só quero te proteger. Devia pensar mais no discurso que deve ler, e menos no comandante Nathan.

— Já decorei o discurso. É uma das minhas estratégias. Afinal, sou uma formanda em Estratégias.

— A Força Lambda não é assim tão importante. Pode ser que Alpha Um nem apareça.

— Fiz questão de mandar o convite nominal há seis meses. Minha orientadora deixou colocar os seis nomes, de todas as formandas. O Comandante é organizado, respondeu que aceitava e disse que anotou na agenda pessoal dele.

— Deve ter sido algum assessor. Ele deve ter uma centena de pessoas para ler os e-mails dele.

As duas irmãs moravam juntas nos alojamentos universitários da Base das FAD em Saturno. A mais velha, com 28 anos, Sumi Kami-Shaenaka estudava Propulsão Espacial, enquanto a mais nova, Sumi Ueno-Shaenaka com 23, estava se formando em Estratégias de Guerra, um curso novo e mais rápido. Os orgulhosos pais continuavam morando na Terra, no extremo oriental do Continente Central, numa ilha antigamente chamada de Japão. Eram esperados para assistir a formatura da filha caçula.

Shae, a que não gostava de usar o nome Ueno, se esforçou muito nos cinco anos de duração do curso. Tinha facilidade para se concentrar e aprender todos os aspectos das disciplinas apresentadas. As excelentes notas a credenciaram para obter a Cadeira Seis, vaga na época, no concurso para admissão na Força Lambda, o setor de suprimentos das Forças Armadas de Defesa da Terra. A irmã, igualmente esforçada, ansiava para obter uma dificílima colocação na Divisão de Engenharia da Força Delta, muito mais concorrida. A segunda opção seria um trabalho civil, nos estaleiros LightYear, mais bem remunerado e muito mais complicado de conseguir.

— Ueno Shae, vamos logo. Temos que pegar o pai nas docas civis, antes que eles se percam nessa Base enorme. Mamãe nos mata se perderem a sua formatura.

— Ela pode guiá-lo, já veio aqui várias vezes. Preciso prender a fita dourada. Comprei especialmente para hoje.

— Detalhista! Só quero ver quando tiver que desmanchar tudo, quando voltarmos. Ainda bem que mamãe estará aqui, para ajudar.

— Meu bem, hoje eu não volto para cá. Irei para minha nova residência, casada!

— Detalhista e sonhadora! Louca! Se tivesse tempo, eu pegaria essa fita para mim.

No horário marcado, o pequeno Anfiteatro Circular da Base, também usado como sala de holoprojeção, estava lotado com cerca de quarenta pessoas. No lado destinado aos projetores principais foi montado um palco, onde uma mesa abrigava as seis placas de titânio, decoradas com pedras garimpadas nos anéis e o nome gravado das formandas. Numa delas, as pedras formavam a letra grega Lambda, ao lado do número seis, indicando que a aluna saía da Universidade direto para a ativa. As seis moças estavam sentadas de um lado da mesa. Naquela turma não havia nenhum rapaz. No centro do Anfiteatro, todos os integrantes da Força Lambda que não estavam de serviço, aguardavam o início da cerimônia de formatura das Estrategistas, saudando a chegada da nova companheira. Os convidados ficaram espalhados mais ao fundo.

A primeira fileira tinha um lugar reservado para o convidado de honra. Alpha Um, o Comandante supremo das FAD, chegou cinco minutos adiantado, acompanhado pela escolta pessoal. Dois guerreiros kerns e dois soldados Delta, se posicionaram em pé nas laterais do anfiteatro, observando tudo.

O primeiro discurso foi feito pela orientadora das alunas, falando do esforço de cada uma, da importância do curso e terminando pedindo uma salva de palmas para as seis Estrategistas integrantes da Turma de 2290.

O segundo discurso foi feito por Lambda Um, um ex Oficial de Ciências da Força Delta, promovido para o Batalhão dos Suprimentos vários anos antes, quando se feriu em combate. O assunto foi a importância daquele segmento, básico para as Forças Armadas, mantendo toda a infraestrutura em funcionamento constante. Elogiou o esforço das alunas, destacando a que foi aprovada em todos os testes, antes mesmo de estar formada. Recebeu outra calorosa salva de palmas.

O terceiro discurso foi o da Oradora da turma. Mesmo tendo ensaiado dezenas de vezes, Shae subiu ao palco tremendo. Não conseguia segurar o handlet para ler o texto. Abandonou o aparelho sobre a mesa e discursou de memória, recitando as palavras que havia decorado.

Falou que havia optado por Estratégia inspirada por um homem que começou a carreira como estrategista, depois se tornou um atirador de elite, aprendeu a pilotar caças e salvou a Terra duas vezes em um mesmo dia. Sempre criando estratégias para manter a paz.

Sofreu em função destas iniciativas, atraindo a atenção de inimigos e a proteção de uma deusa. E por tudo isso era respeitado e admirado em duas constelações. Ela terminou pedindo a salva de palmas, para todos os que se inspiram naquele homem e para o próprio estrategista. Foi ovacionada.

Se queria a atenção do convidado, conseguiu. Nathan não desviou os olhos dela por um segundo sequer.

Lambda Um voltou ao palco, para a entrega das placas. Começou a chamar as moças, em ordem alfabética. Ueno-Shaenaka era o último nome. Quando chegou a vez dela, Alpha Um interrompeu:

— Lambda Um, por favor, posso entregar esta?

— Será uma honra, Comandante.

Nathan subiu ao palco, pegando a placa. Chamou:

— Lambda Seis, suba. Shae, é como te chamam, certo?

Ela subiu, novamente trêmula.

— Faço questão de recebê-la nas Forças Armadas, Lambda Seis. Esta placa simboliza o início de uma carreira brilhante. Sou um privilegiado ao poder entregá-la a você.

Shae segurou a placa com as duas mãos, para não a derrubar. Agradeceu desconcertada.

— Obrigada, senhor. Digo, Alpha Um. Digo, senhor Nathan.

— Estou curioso. Como você disse, eu comecei como estrategista. Sei ler os sinais. Sei que você me enviou um convite há seis meses. Vi que decorou o discurso, escrito a meu respeito. Vejo que a fita no seu cabelo interage com a iluminação desta sala, destacando sua beleza. Tudo isso faz parte de uma estratégia, meticulosamente planejada. Quero saber o objetivo da sua missão. Pode me dizer, Shae?

A tremedeira aumentou. Desmascarada assim, na frente de todo mundo. Sem volta. Shae respirou fundo, para não gaguejar, e disse o que sentia de uma só vez:

— Eu quero ser sua esposa! Aceita casar comigo, Nathan?

Nathan sorriu. Também respirou fundo, antes de responder.

— Estratégia perfeita. E vitoriosa. Aceito!

Shae arregalou os olhos amendoados, tentando decidir se ria, chorava ou pulava de alegria.

Nathan se virou para a plateia:

— Força Lambda e convidados, todos vocês são testemunhas de que esta jovem me pediu em casamento e eu aceitei. Pelos protocolos vigentes temos 48 horas para registrar nossa união. Nesse meio tempo, estamos em licença pré-nupcial, com todos nossos compromissos suspensos.

Voltando-se para Shae:

— Já posso beijar a noiva?

— Só depois que a noiva beijar você!

Sentindo as pernas bambas ela se atirou ao pescoço do marido, procurando apoio para não cair. O beijou com toda a paixão acumulada em 23 anos de vida, batendo a placa nas costas dele.

As outras formandas iniciaram um coro:

— Case comigo também.

— Quero ser sua segunda esposa.

— Serei a terceira, mas case comigo.

— Eu te amo, Nathaaaannnnn.

Kami só não entrou no grupo porque estava apoiando a mãe desesperada, chorando copiosamente. Sumi Sam, o pai, estava estático, sem assimilar completamente o que havia acontecido.

Nathan perguntou baixinho, quando conseguiu respirar:

— Quer ficar em sua formatura ou quer conhecer nossa casa?

— Quero ir aonde você for, agora mesmo.

Os dois se dirigiram para a saída da sala, de mãos dadas, cercados rapidamente pelos quatro guarda-costas. Ao passar perto de Kami, Shae assoprou um beijo na direção da irmã estupefata, enquanto sorria vitoriosa.

***

Duas horas depois, a *Rede Dinastia de Notícias*, fervia sob o comando da matriarca Elizabeth Candango, mais conhecida como Beth Segunda. Com 82 anos de idade, ela ainda conseguia gritar com todos os editores e jornalistas presentes.

— Como deixaram isso acontecer? Quem era o responsável pela cobertura? Bando de incompetentes, bem que meu velho pai dizia: se quer algo bem feito, faça sozinha.

O Editor chefe, trinta anos mais novo, já conhecia aquelas explosões da chefa nervosa, e nem ligava mais.

— Beth, ele nunca se casou em 313 anos. Como podíamos prever que seria hoje?

— Nathan sempre foi nossa melhor fonte de notícias. Isso tinha que acontecer a qualquer hora. Eu mesma o pedi em casamento três vezes. Aquele cafajeste sempre me ignorou.

— Ele ignorou até o pedido da diretora da LightYear. Sempre achei que não gostava de mulher.

— Você pensa isso porque nunca saiu com ele.

— Como é, Beth? Quando isso aconteceu? É uma notícia bombástica.

— Minha vida particular não é da sua conta. E se publicar alguma coisa a meu respeito, considere-se na rua. Quero notícias! O que sabemos da felizarda?

— Até agora nada importante. É uma estudante comum, recém-formada em Estratégia. Passou nos testes para a Força Lambda, estava recebendo o posto na formatura, quando aconteceu.

— O que ela tem a ver com alienígenas?

— Nada.

— Não pode ser. Nathan só pensa nos extraterrestres. É uma obsessão dele.

— Foi derrotado por uma humana. As primeiras imagens da formatura estão chegando. Preciso confirmar, mas acho que a moça é a oriental mais bonita, a que foi oradora.

— Essa que está no palco? Eu não tinha olhos puxados, mas era bem mais bonita.

— Na época que pegou o Nathan?

— Esqueça isso, se não quiser cobrir os garimpos nos anéis de Saturno, sem escafandro! Para onde foram?

— Nossos espiões disseram que saíram de Saturno em quatro naves civis, na direção da Terra. Os correspondentes na Lua informam que as quatro saíram do hiperespaço há menos de uma hora e se separaram. Uma foi para Dallas, uma para Johanesburgo, uma para Irkutsky e a quarta desapareceu na Amazônia. Deve ser a do Nathan, ele conhece aquela floresta como a palma da mão.

— Pois eu acho que ele deixou pistas falsas. Pode estar num hotel de luxo aqui mesmo em Madrid, nos fazendo pensar que foi para os outros espaçoportos. Ele gosta de hotéis caros, com banhos de imersão e aqui tem vários. Conheci alguns. Antes que fale besteira, foram visitas para matérias oficiais.

— Aposto na Amazônia.

— Não importa onde seja. Descubra onde estão. Suborne caranguejos e cascudos se precisar. Quero imagens da lua de mel, as mais picantes possíveis.

— Isso vai demorar. O que publicamos até lá?

— Tudo o que temos é que a moça é linda, oriental e estrategista. Pegue algumas imagens do rosto dela. Vamos publicar várias manchetes para ganhar tempo. Sugiro "Alpha Um derrotado em seu próprio terreno", "Uma humana nocauteou o homem que não envelhece" e "A estratégia vencedora da Primeira Dama".

— Ela não é Primeira Dama. Esse título pertence a esposa do Presidente da CEE.

— Aquela lagartixa enrugada? Deixe-a comigo. Essa menina será o que quisermos que ela seja. Vai facilitar conseguir uma entrevista exclusiva, assim que você a encontrar.

— Vou preparar os textos.

— Faça isso. Eu é que devia ter sido a primeira dama, a cinquenta anos atrás. Aquele cafajeste ainda me paga...

Bia

A Base Saturno das FAD, construída no formato de um enorme cilindro, era encimada por um domo transparente, a cúpula onde estava instalado o maior Restaurante do complexo. Permitia uma linda visão panorâmica de boa parte dos anéis de um lado e do outro lado via-se todo o polo norte do planeta gasoso, mudando de cores conforme refletia as luzes do sol e das estrelas.

Cinco mulheres ocupavam uma mesa no lado dos anéis, indiferentes à paisagem cósmica.

O grupo conspirava abertamente, no horário de almoço. Todas elas integrantes do Esquadrão Kappa. As quatro solteiras eram identificadas pelos números Doze, Nove, Cinco e Sete e a casada, pelo número Onze. Discutiam o futuro da humanidade, composta por elas mesmas.

Na frente de cada uma, um prato individual havia sido servido pelos androides garçons, contendo três pílulas de cores e sabores diferentes, contendo os pedidos feitos no painel horizontal usado como mesa.

— Acho que não precisamos chamá-la. Não vai acrescentar nada. – A Sete era claramente a mais invejosa da turma.

— Também acho, será até um favor. Ela prefere ficar na frente daqueles computadores. Nem veio almoçar com a gente. – A Cinco parecia não ter opinião própria. Sempre concordava com alguma das outras.

— Não sejam injustas. Foi ela quem descobriu a inspeção, e foi exatamente por ficar lendo tudo o que aparece. – Doze defendia a ausente.

— Mas, Doze, que chances a Três pode ter? Ela até pode ser legal, mas não neguem que é meio esquisitinha. – A Sete insistia em reduzir a concorrência.

— Eu concordo com a Doze. Mesmo sem chances, não seria justo deixar a Três de fora. Sei que ela é obcecada pelo Comandante. – A Cinco tentando emitir uma opinião.

— Não é mais do que nós. Eu li a entrevista que a Primeira Dama deu para a RDN. Ela também era obcecada e vocês viram onde chegou. – A Nove tenta ajudar.

— Não queira nos comparar com a Shae, Nove. É uma das melhores estrategistas da Força. Nós somos apenas arquivistas. – A Doze sempre com o pé no chão.

— E somos tão lindas quanto ela, mesmo sem aqueles olhinhos puxados. Bem, exceto a Três, gordinha, estrábica e desengonçada. Aqueles óculos são horríveis. Ela nem é arquivista, é apenas historiadora. – Comentário típico da Sete.

— Vocês estão fugindo do assunto. Se vamos pedir o Comandante em casamento, precisamos ter foco, como a Shae fez.

— Tem razão, Doze. Os documentos que arquivei esta semana dizem que aumentou a quantidade de pedidos para Nathan, depois dele ter se casado. Shae mostrou que é possível. Ele é o único do alto escalão que tem só uma esposa. – A Nove sempre atenta.

— E já se passaram três anos. Nesse período Zetha Dois se casou cinco vezes. Tem duas esposas e três maridos. – De novo, a Sete.

— Vi vários documentos antigos, do tempo que casamentos poligâmicos eram proibidos. Só foram permitidos depois do êxodo para o espaço. Devia ser uma época horrível, imaginem, se casar só com uma pessoa. – A Cinco não sabia se mastigava uma pílula vermelha ou uma azul. A expressão de dúvida já durava vários minutos.

— Ainda bem que estamos em outra época. A média no alto escalão é de quatro esposas e dois maridos para cada oficial. Principalmente aqui na Base. Na Terra é um pouco mais baixa. Arquivei as estatísticas ontem. – O prato da Nove já estava vazio. Ela tentava prender alguns fios dos cabelos vermelhos esvoaçantes, remexidos pela brisa artificial.

— Então, uma de nós precisa entrar para essas estatísticas. – A Sete queria estar em todas as listas.

— Vamos em frente, mas a Três deve participar, para fazer número. Vamos cercar o Nathan quando vier fazer a vistoria e nos declaramos todas ao mesmo tempo. Vamos obrigá-lo a escolher uma de nós. – A Doze jamais deixaria a amiga de fora.

— O seu marido aceita, Onze? – Sete, a invejosa, mastigou a última pílula, aquela com sabor de chá de hortelã.

— Se meu outro marido for o Nathan, ele vai ter que aceitar. Deixarei que fique com a Shae, como prêmio de consolação.

Terminado o horário de almoço, todas retornaram juntas ao piso Kappa, usando um dos espaçosos elevadores turbo pneumáticos.

Na mesma tarde, uma hora depois, Alpha Um chegou acompanhado pelos quatro guarda-costas, pelos Kappas Um e Dois, e mais cinco assessores. Era uma visita de inspeção rotineira, para a verificação dos novos protocolos de segurança, para evitar vazamento de qualquer uma dentre milhares de informações confidenciais, armazenadas naquele núcleo computacional.

Vários operadores foram selecionados aleatoriamente, respondendo perguntas dirigidas pelos assessores, representantes dos hackers do Batalhão Delta e dos Tethas. Depois de duas horas a inspeção terminou, com os dados coletados sendo levados para análise posterior. Um processo de auditoria padrão.

Nathan esteve bastante atento, observando de perto os interrogatórios e todos os operadores presentes, como se procurasse uma falha. Era a primeira vez que vinha pessoalmente ao Kappa, o setor de arquivos. Perto do final, foi cercado por seis jovens operadoras, recitando uma única frase em uníssono:

— Nathan, case comigo!

Kappa Um tomou a frente, visivelmente embaraçado.

— Desculpe, Comandante. Isto não estava programado. É fora das nossas rotinas, espero que não conste de nossa avaliação.

— Sim, posso imaginar, Kappa Um. Mas espere, vamos entender do que elas estão falando. Moças, qual o objetivo disso?

A que tinha o símbolo Kappa Doze bordado no uniforme deu um passo à frente.

— Estamos declarando nosso amor pelo Comandante Alpha Um e o pedindo em casamento.

— Não posso me casar com todas as seis.

— Sabemos disso, Comandante. Como sabemos que é um homem justo. Propomos um desafio.

— Nathan, isso não passa de uma brincadeira de mau gosto. Deixe que eu resolvo isso mais tarde.

— Tenho alguns minutos, Kappa Um. Vamos ouvir a proposta delas. Qual é o desafio?

— Você nos faz uma pergunta, para cada uma de nós. Qualquer coisa. A melhor resposta define sua próxima esposa.

— Eu disse, é uma estupidez.

— Faz tempo que não sou desafiado. Aceito, com esta condição: minha decisão será final e irrecorrível, mesmo que não agrade todas. Pode ser assim?

Elas sorriram. A armadilha estava dando certo. Doze acenou com a cabeça, concordando em nome das companheiras.

— Minha pergunta será a mesma para todas vocês. Quero que me respondam com o coração, numa frase curta. Se achar necessário pedirei explicação. Doze começa: por quê quer se casar comigo?

Doze sorriu:

— Por que serei a melhor esposa que poderá ter.

— Onze, sua vez.

— Sou experiente e dedicada, saberei cuidar muito bem de você.

— Nove?

— Sempre darei o melhor de mim, em tudo o quer for necessário.

— Cinco?

— Sonho em ser sua esposa desde que era criança.

— Sete?

— Nunca achará uma esposa como eu.

— Três?

A voz saiu baixa, de um rosto avermelhado pela timidez:

— A história tem todas as respostas que procura.

— Não entendi essa resposta. Pode explicar?

— Sou historiadora. Sei tudo a seu respeito. A história tem as informações para responder todas as suas perguntas.

— Um exemplo?

— Seus inimigos. Quem lucraria com as guerras.

— Você sabe isso?

— Eu, não. Mas a história sabe. Para descobrir preciso de tempo, e de dados confidenciais que apenas uma esposa poderia ter.

Nathan sorriu. Virou-se para Kappa Um:

— Viu, meu amigo? Estas salas escondem maravilhas inimagináveis. — E voltando-se para a Três:

— Qual o seu nome?

— Brigitta Zehren Ruef, meus amigos me chamam de Bia.

— Ótimo, Bia. Te darei todo o tempo que precisar. A todos os presentes, declaro que aceito o pedido de casamento feito pela Kappa Três, a Bia. Pelos protocolos em vigor, minha atual esposa tem 48 horas para concordar com esta união. Nesse meio tempo, eu e Kappa Três estamos em licença pré-nupcial, com todos os nossos compromissos sociais suspensos.

As outras Kappas se entreolhavam sem acreditar naquele desfecho.

— Meninas, isto encerra minha participação em seu desafio, dentro das regras. Bia, antes de me acompanhar para conhecer sua nova casa, posso beijar a noiva?

Bia não conseguia se mexer, paralisada pela emoção. Mal conseguiu levantar os braços, para envolver Nathan e receber o beijo do marido. Nathan a pegou no colo, indiferente ao peso dela e saiu, seguido pelos guarda-costas.

Kappa Um se voltou para as moças:

— Todas em minha sala dentro de 10 minutos. Vamos discutir algumas regras para que isso nunca mais se repita.

Bia acordou ouvindo um estranho zunido. Estava numa cama enorme, no que parecia ser uma caverna. Completamente nua, confirmando que não foi um sonho. Ela mesma havia arrancado todas as roupas as jogando no chão, quando chegou naquele quarto, em companhia do marido. Tateou em volta até encontrar os óculos, confirmando que estava em uma caverna. O barulho vinha de um androide doméstico polindo suas botas. As roupas estavam cuidadosamente dobradas sobre uma cadeira. Vestiu-as rapidamente, incluindo as botas devolvidas pelo androide. Ignorou os armários e os espelhos, seguindo para a porta principal do aposento, aberta. Um aroma delicioso, de comida quente, vinha de outra sala mais distante. Várias outras portas, todas abertas, indicavam haver mais cavernas como aquela onde acordou. Outros quartos. Seguiu em direção do aroma.

Reconheceu a mulher, sem nenhum esforço. Estava vestida num baby-doll branco, quase transparente, processando alguns alimentos sólidos. A outra sorriu, quando a viu.

— Bom dia, querida. Venha comer alguma coisa, deve estar faminta.

O aposento lembrava uma moderna cozinha, com todos os equipamentos típicos. Mas estava cercada por paredes de rocha pura, iluminadas por espelhos cuidadosamente colocados para trazer a luz do sol de algum lugar distante, e era decorada por equipamentos antigos saídos de algum museu. O homem que não envelhece devia gostar da decoração histórica, junto dos equipamentos modernos. Num dos lados do enorme cômodo, uma grande mesa de cristal com seis lugares ajudava a espalhar a luz. A mulher naquela roupa vaporosa, atingida em cheio pela iluminação natural/artificial, brilhava como se fosse uma deusa, colocando frutas coloridas para flutuar dentro do esterilizador sub gravitacional, aumentando o efeito mágico.

— Você é a Shae. É muito mais bonita do que os noticiários mostram.

— Você também é, Bia.

— Eu nunca estive em noticiários.

— Não até ontem. Está em todos os canais esta manhã. A Dinastia achou uma foto funcional sua, fez alguns retoques e a está transmitindo direto. Uma das manchetes diz que a segunda Primeira Dama foi encontrada nos arquivos.

— Eles já sabem?

— Somos notícia, meu bem. Eles descobrem tudo. Foi o mesmo comigo. Nos transformam em celebridades em poucas horas.

— Onde está Nathan?

— Foi pescar nosso almoço. Deve voltar em duas horas.

— Onde estamos? Parece uma caverna.

Bia caminhava devagar, com medo de tropeçar e dar um vexame na presença da Primeira Dama, a mulher que derrotou Alpha Um, o solteiro mais disputado do universo. Considerada uma lenda pelas demais solteiras. Aquela divindade que estava sorridente a poucos metros.

— Estamos dentro de uma montanha. Nossa casa foi escavada no interior de uma ilha rochosa, no Mar da China. Obra secreta de um grupo de Tarântulos, amigos no Nathan. Estamos cercadas por uma floresta de corais que impede o acesso pela superfície, mas nos fornece uma praia particular belíssima, onde Nathan pratica pesca submarina. Também temos uma piscina natural de água da chuva e um pomar com muitas frutas exóticas, algumas consideradas extintas. Nathan colheu algumas goiabas esta manhã, venha provar. Já estão esterilizadas. O Nathan adora, elas devem lembrar alguma coisa no passado dele.

— Servem para matar a sede?

— Sim, também fiz suco. E são fortificantes. Um conselho: tome todas as vitaminas que puder nestes primeiros dias. Foi o que me manteve em pé, na minha primeira semana com Nathan. Ele é uma máquina incansável. E é um doce, prepara sucos e refeições fantásticas. Espere até provar o peixe.

— Você não fica enciumada?

Uma banqueta flutuante apareceu voando baixo. Quando Bia se sentou, estruturas automáticas se projetaram, fornecendo apoio auto regulável para costas e pés.

— Não. Quando cheguei de Saturno hoje cedo, ele já estava aqui na cozinha. Me beijou de uma forma inesquecível, como havia feito na minha noite de núpcias. Transbordando de felicidade, quase palpável. E me disse o motivo, numa frase: "Nossa esposa está aqui!". Foi como se ele tivesse recuperado um pedaço perdido do próprio corpo. Acredite, Bia, nós duas fazemos parte do Nathan.

— Então não vai me rejeitar?

— Nunca. Nathan te escolheu. Confio cegamente nele. Você veio para somar, não para concorrer comigo.

— Para mim parece um sonho, tenho medo de acordar.

— Se está aqui, você é especial, Bia. Sua vida vai mudar radicalmente, esteja preparada. Antes de me casar eu era apenas uma estudante. Agora sou considerada a Primeira Dama, convidada para todo tipo de evento, desde madrinha de formaturas até inauguração de hospitais com meu nome. Para todo lugar que olho tem jornalistas, físicos ou drones.

Shae continuou contando que até no trabalho, a responsabilidade aumentou. Que até havia recebido dezenas de ofertas de novos empregos, todas babaquices de parasitas, interessados em aparecer ou em favores junto ao alto comando. Pouquíssimos eram coisas sérias, de cunho social. A irmã, sem ter nada com o assunto, recebeu mais de trinta ofertas de emprego. Aceitou um verdadeiro no ano anterior, depois de se formar. Entrou como a engenheira responsável por um laboratório da LightYear.

— Foi ela quem me ajudou a superar estes três anos. Quando Nathan está comigo é tudo perfeito. Nossos compromissos é que atrapalham. Ele passa dias fora, ou eu é que fico fora e chego tarde. Minha irmã me faz companhia, sempre que pode. Não é isso que quero. Preciso do meu marido, ou talvez, de uma esposa. Acho que foi isso que ele quis dizer quando falou de você.

— Leio tudo a seu respeito, Shae. Parecia uma vida de prazeres, da alta sociedade.

— A imprensa pinta tudo com cores que não existem. Esse título, Primeira Dama, não me pertence. Foi inventado pela Beth Segunda, a dona da Rede Dinastia. Já gerou vários processos contra ela, mas continua rendendo dinheiro para a RDN. Ela paga os processos e ainda sobra muito. Já fui entrevistada algumas vezes, por aquela velha sem vergonha. Tem idade para ser minha bisavó e me fez perguntas íntimas. Ela até perguntou se Nathan ainda tem uma pinta na coxa. Respondi que não, que lambi a pinta até fazê-la desaparecer.

— Ela nunca publicou isso. Eu saberia.

— Claro que não. O que me enfureceu é que ele realmente tem uma pinta no interior da coxa. Como aquela velha enrugada saberia disso?

— Elizabeth Candango, a Beth Segunda, foi uma das namoradas do Nathan. Tem registros dos dois em hotéis, de sessenta anos atrás, antes que nós duas houvéssemos nascido. Sei tudo o que a história registrou sobre Nathan.

— Isso explica a inveja que ela tem de nós. É você que está aqui. Preciso te avisar. Nem todas as notícias que ela publicou hoje são agradáveis. Para resumir, tem várias com insinuações de que você é feia. Não admito que chamem minha esposa de feia.

— Não me importo. Como você disse, eu estou aqui, ela não.

— Concordo, mas ela merece uma resposta. Como estrategista, sugiro uma coisa: vamos mostrar a ela como está errada, no terreno dela.

— Não entendi.

— Você é linda, Bia. Vai voltar para Saturno depois de amanhã, exibindo para todos que Nathan não te escolheu por acaso. Vamos mudar sua aparência. Todas as outras agências de notícias devem te ver e mostrar quem você é realmente.

— Isso é possível?

— Vou te ajudar. Começando por um banho de imersão no meu quarto. É muito melhor do que espumas de banho. Tenho uma coleção de cremes e loções para pele, algumas te servirão. Depois vamos lavar e pentear seus cabelos. Sugiro manter a cor natural, amarelo canário. Tenho umas lentes corretivas, presente de uma sebaceana. Se ajustam e corrigem os olhos, sem alterar essa cor azul maravilhosa. Vão dispensar seus óculos. Enquanto suas roupas não chegam, use as minhas. Vão ficar justas, mas daremos um jeito. Para hoje, apenas uma camisola basta, você tem a mesma estatura que eu, só é um pouco mais cheinha. Aqui em casa ninguém usa uniforme. Quando estou sozinha nem uso roupas. Seu retorno triunfal, depois de amanhã, será no Galaxy Shopping, junto comigo. Passaremos por lá antes do trabalho.

— Todas aquelas portas, são quartos? Para hóspedes?

— Vou te mostrar a montanha toda. Você verá que são seis quartos, mas não temos hóspedes. Só os kerns das nossas escoltas conhecem a localização daqui. Nem minha irmã sabe o caminho. Os azuis respeitam demais o Nathan e transferiram esse respeito para mim. Suponho que farão o mesmo com você. Terá guarda-costas mais fiéis e dedicados do que se fossem humanos.

— Para que tantos quartos?

— Suponho que não seremos as únicas esposas. Depois de você, falta ocupar mais três quartos. Nosso apartamento funcional em Saturno também tem seis quartos, menores que os daqui, e uma enorme sala de banhos. Esteja preparada para isso também. Quero ver a reação do Nathan quando receber um banho de nós duas juntas.

— Shae, você é maravilhosa. Obrigada.

— Preciso voltar a Saturno esta tarde, mas amanhã cedo estarei aqui, para outra sessão de cremes. Aproveite sua noite, meu amor.

Bia se atreveu a dar um beijo rápido, na boca da Shae. Todo o rosto se avermelhou imediatamente. Shae aceitou e sorriu.

— Essa cor rosada na sua bochecha é linda. Quero ver como ficará quando for eu a te beijar. Tem alguma pinta?

— Vou arrumar algumas.

— Vamos para o quarto. Temos menos de duas horas para encontrar a esposa de Nathan escondida dentro de você. A reação dele ao te ver vai provar que minha estratégia está certa.

— Shae, estou entrando para a história pelas suas mãos, esposa.

Sue

A região do Oriente Médio, como era chamada as redondezas da península de ligação do Continente Central com o Continente Centro-Sul da Terra sempre foi um território de conflitos, por todos os motivos possíveis. Territoriais, econômicos, políticos e religiosos. Até a época do cataclismo, o território concentrava dois desertos e a maior concentração de petróleo subterrânea do planeta.

Depois da descoberta dos cristais de moonium e da inversão climática, os desertos se transformaram em florestas e a eliminação da palavra "combustível" do vocabulário terráqueo provocaram o declínio de tudo o que havia na região. As taxas populacionais praticamente foram zeradas. Porém o petróleo ainda existente no subterrâneo, abandonado por não ter mais serventia, continuava sendo uma bomba relógio.

Todos os alienígenas hostis aliados aos promotores de guerras e destruição, sabiam que bastava explodir o petróleo para desestabilizar o mundo todo. Talvez até mesmo destruí-lo, se conseguissem separar as placas tectônicas instáveis, no interior do planeta, se valendo de explosões controladas das inúteis reservas petrolíferas.

As FAD mantinham um rigoroso esquema de vigilância na região, ou pelo menos, pensava isso.

Nathan estava em mais um agitado e normal dia de trabalho, quando o gabinete foi invadido pelo comandante da Força Tetha, responsável pelo Planejamento Operacional.

— Alpha Um, temos problemas. Seu nome está envolvido.

— Já sei. Shae acabou de me ligar. Ela sabe que é uma armadilha. Colocou todos os Lambdas para trabalhar em uma alternativa viável. Nem Lambda Um consegue controlá-la.

— Não sei como ela consegue isso. Bia também está alvoroçada, estressando os Kappas. Você conseguiu um milagre, transformando uma menininha tímida numa líder nata. Suas duas esposas vão acabar tirando meu emprego. Para que um Batalhão de Planejamento Operacional se elas fazem tudo?

— Não se preocupe. Elas só se envolveram por que meu nome entrou no bolo. Você ainda tem toda a Força e uma Constelação para cuidar. Como estamos até agora, vamos rever?

— Certo. A Inteligência dos Deltas descobriu um grupo de terroristas controlando três campos de petróleo desativados na Península Árabe. Não são terroristas comuns. Repeliram os primeiros comandos com muita facilidade. Estão muito bem informados e equipados, prontos para a retaliação. Ameaçam explodir todos os três simultaneamente, se não cedermos a chantagem. Querem que você pessoalmente leve uma fortuna em dinheiro, e que as FAD abandonem a região. Dizem que é um preço baixo para que não detonem tudo.

— O que tem de verdade nisso?

— Os poços estão estrategicamente posicionados sobre três enormes bacias petrolíferas, cheias de gás e de óleo. As tubulações são antigas e frágeis. Mesmo uma explosão na superfície pode inflamar os gases e mandar toda a península para o espaço, destruindo metade da antiga Europa, todo o norte da antiga África e o antigo sudeste asiático. Toda a junção dos Continentes Central, Oriental e Sul-Central podem desaparecer. Se os poços explodirem ao mesmo tempo, existe a possibilidade deste planeta rachar em dois.

— A prioridade então é recuperar os poços, sem explodi-los. Um ataque aéreo parece fora de questão. Como os Deltas estão se arranjando?

— Como eu disse são terroristas bem informados e equipados. Criaram um bloqueio de comunicações sobre toda a região. Só rádios de curto alcance estão operando. Minha equipe e os deltas estamos criando uma corrente de pequenos transmissores, usando pequenas sondas de solo, para orientar nossas tropas de infantaria. Os deltas vão fazer uma tripla incursão, para chegar aos poços. Acreditamos que estejam minados.

Nathan se recostou na poltrona de espaldar alto, cruzando as mãos sobre o peito, numa expressão pensativa.

— Três comandos pequenos darão conta?

— São especialistas, o melhor que eles têm. Os relatórios que recebi dizem que Delta Nove e Delta Treze são engenheiros de demolição experientes, capazes de desarmar qualquer bomba em minutos. Mas não se comparam a Delta Sete, capaz não apenas de desativar armas, mas de criar novas. Além do doutorado em Física de Partículas, e formada em Engenharia de Armamentos, a Doutora Suellen Blackshadow tem especialização em combate na selva e é uma fuzileira workaholic. Jovem e bonita, só pensa em trabalho, nem você teria chances com ela.

Nathan sentiu uma pontada no peito. Mais uma brincadeira do destino.

— Eu vou! Se não aceitar esse desafio meu nome estará desacreditado. Chame Delta Um para traçarmos um plano. Não fale nada para Shae ou para a Bia, para que não tentem me impedir.

— Se for será morto. Eles não querem dinheiro, querem acabar com você. Seria mais lucrativo para eles, você é uma lenda.

— Então vamos frustrá-los. Nossa melhor estratégia é fazer o contrário do que eles esperam. Ganhar tempo para os comandos deltas cumprirem as missões deles.

Em dez minutos, um grupo de comandantes estavam no gabinete. Nathan puxou o assunto, iniciando uma conversa com o atual Delta Um, um antigo e experiente capitão de cruzadores Nimoy.

— Quero ir ao Oriente Médio, a junção dos três Continentes Centrais, resolver essa situação.

— É uma armadilha, você não teria nenhuma chance.

— É o que todos dizem, Delta Um. O que precisamos ver é como faremos isso sem confirmar o que todos dizem. Minha sugestão é um ataque aéreo direto.

— Enlouqueceu? Explode um poço e todos os outros vão junto.

— Novamente, é o que todos dizem. Ouçam. Irei num grupo de quatro Cimitarras kerns, armadas até os dentes. Mas não atiraremos nos poços. Cada uma vai pousar perto de um deles e a última no centro, todas com os bloqueadores de comunicações acionados, embaralhando todos os sinais, até os de curto alcance. Os terroristas não saberão em qual nave estou. Para me encontrar, terão que desativar os bloqueadores deles e nos vigiar, até liberarmos os nossos. Enquanto os distraio, nossos comandos entram e tomam os poços.

— Está brincando, não é? Eles nunca deixarão nenhuma nave pousar. Vão explodi-las antes.

— Por isso precisam ser Cimitarras. Rapinas Kerns não se deixam derrubar facilmente.

— As naves serão atacadas, todas elas.

— Quem se atrever a atacá-las será pulverizado. No ar ou no chão. Até terroristas sabem disso.

— Sem comunicações, nossos comandos deverão seguir sem saber o que fazer.

— Levaremos instruções pessoalmente. Sincronismo. Daremos uma hora para cada comando, antes de desligarmos os nossos bloqueadores.

— Talvez funcione. Vai criar confusão e surpresa entre eles. Nesse período, se não formos interrompidos, podemos ter nossa cadeia de transmissores terrestres funcionando. Outros comandos de apoio estarão na área.

— Precisa ser uma operação em conjunto, de todas as Forças.

Tetha Um, deixou a condição de ouvinte, entrando na conversa entre o Alpha e o Delta.

— Mesmo assim, precisamos de um plano B, para qualquer estágio que possa dar errado. Eles podem explodir alguma coisa sabendo que você está lá.

Delta Um parecia convencido.

— Sem comunicações precisa ser uma operação manual. Nathan, suas equipes devem invadir os locais e neutralizar qualquer inimigo, mesmo sem os comandos. Planos A e B simultâneos.

— Deixarei os pilotos nas naves, e entramos antes. Eu sou componente do Plano B, Theta Um. Sou piloto, atirador e sei me virar em operações de campo. Terei kerns e comandos delta para me apoiar. Posso não saber desativar as bombas, mas saberei ganhar tempo até os especialistas chegarem. As duas outras equipes farão o mesmo.

— E deve ter atração por missões suicidas.

— Acredite, Delta Um, a última coisa que pretendo é morrer. Como nos comunicamos com os terroristas?

— Querem um comunicado aberto, numa frequência secreta, transmitido sobre a Índia, no outro lado do Continente Oriental.

— Emita. Só diga que estou levando o resgate. Vou reunir as Cimitarras, piloto e três guerreiros em cada. Pilotarei uma, a ser escolhida no momento de decolar. Estaremos sobre a Península em T-100 minutos. Preparem as instruções que levaremos.

Os dois integrantes da escolta de Nathan foram voluntários, assim que souberam do plano, rapidamente conseguindo as quatro naves de guerra e mais treze guerreiros ávidos por ação. O grupo decolou da Base Saturno quinze minutos depois, em formação de ataque padrão dos azuis. Três naves formando um triangulo equilátero e a quarta no prolongamento de uma das arestas.

Saíram do hiperespaço na estratosfera da Terra, imediatamente mergulhando nas Linhas Ley, orientados pelo terráqueo, para evitar o atrito da atmosfera e fugir dos satélites de monitoração. As linhas, desconhecidas da maioria dos humanos, são tuneis energéticos que circundam o planeta, reveladas a Nathan por espectros saturninos ainda no tempo da ARA. No Século XX eram usadas como autoestradas para discos voadores.

Saíram da proteção da Linha Ley sobre o local antigamente conhecido como Egito, surgindo repentinamente nos radares, como as antigas lendas da Terra descreviam os OVNIs.

Nathan, na Cimitarra Dois, comandava a esquadrilha. Ligou no circuito de áudio das quatro naves.

— Eles precisam nos ver. Preparem-se para fogo antiaéreo. Vocês estão autorizados a destruir qualquer atacante e os canhões em solo que estiverem a mais de cinco quilômetros dos poços. Esperem trinta segundos para ligar os bloqueadores. Eles precisam de tempo para nos cercar. Depois ficaremos sem comunicação. Sigam o plano. Que a deusa proteja todos vocês.

O Capitão Kern respondeu.

— Estamos em nosso ambiente, Comandante. Orgulhosos por nos oferecer essa oportunidade de ação. Que a deusa que o protege nos acompanhe.

Como previsto, trinta caças surgiram de vários pontos, começando a atirar. Desde metralhadoras convencionais até bombas aéreas de fragmentação e misseis antiaéreos ar-ar. Os atacantes não se importavam em destruir o dinheiro do resgate. O uso de equipamentos obsoletos era uma evidente tentativa de evitar os modernos infiltradores, aparelhos que assumiam o controle das armas inimigas, de uso comum em batalhas aéreas. Bloqueadores eram a contraofensiva contra infiltradores, porém os azuis estavam preparados para usá-los não contra armas, mas de outra forma mais eficiente. A navegabilidade e blindagem das Cimitarras eram excelentes para evitar o impacto de projéteis físicos. Os bandidos esperavam um ataque com armas terráqueas, jamais uma ofensiva dos temidos guerreiros espaciais.

As Cimitarras se separaram, apenas se desviando do ataque, com manobras impossíveis de prever, enquanto a frota inimiga se multiplicava. Misseis terra-ar começaram a surgir vindos do solo.

Passados os trinta segundos iniciais, os bloqueadores kerns foram acionados. Todos os sistemas de navegação dos atacantes, incluindo os dos mísseis e bombas, entraram em colapso. Começou o contra-ataque. Quatro guerreiros em cada Cimitarra, cada um com quatro mãos, treinados para nunca errar um tiro sequer, passaram a disparar os canhões desintegradores simultaneamente. O céu virou uma panela de pipocas, com explosões para todos os lados. Apenas na nave de Nathan dois canhões não estavam sendo usados. A nave previa quatro braços para pilotar e atirar ao mesmo tempo. Ele se concentrava nas manobras, como havia visto os guarda-costas particulares fazerem por uma centena de anos.

Uma nuvem negra de fuligem, das naves e misseis desintegrados, caiu sobre o solo, prejudicando a visão dos que atiravam para cima. Nathan e os outros três pilotos mergulharam em voos rasantes, desintegrando toda a bateria de canhões antiaéreos com pontaria milimétrica, evitando atingir os deltas em solo.

Poucos minutos depois e não se ouvia mais nenhuma explosão. Resistência eliminada, como era padrão em ataques surpresas dos guerreiros azuis. Nathan pousou ao lado do P1, o poço alvo do grupo comandado por Delta Sete. Equipados com biologgers detectores de calor e movimento, Nathan e dois guerreiros com armas em punho correram na direção das enormes torres enferrujadas. O terceiro permaneceu na nave, pronto para responder a qualquer ataque.

Sem comunicações, os pequenos aparelhos de pulso não conseguiam a telemetria necessária para observar dentro das estruturas metálicas.

Um tiro sônico abriu um buraco na parede ao lado de uma porta enferrujada. Do lado de dentro, sinais térmicos fracos indicaram a presença de duas pessoas. Nathan seguiu na frente, seguido de perto pelos dois guerreiros.

A cerca de dez metros da fonte de calor, no canto mais escuro do local, seria arriscado continuar. Os kerns apontaram as pistolas sônicas, enquanto o comandante intimou:

— Somos das FAD. Saiam com as mãos para cima!

Uma voz feminina respondeu:

— Não atire. Somos Deltas!

Nathan reconheceu a voz. Correu, esquecendo a prudência.

Delta Sete estava sentada no chão, perto de uma poça de sangue, segurando uma arma. Uma faixa rasgada da manga estava amarrada ao braço esquerdo. Ao lado dela, um outro soldado parecia inconsciente.

— Sou a Delta Sete, em missão oficial. Foi você que explodiu a parede?

— Sim, estou com guerreiros kerns. Está ferida? O que houve aqui?

— É só um arranhão no braço. Delta 15 está seriamente ferido, é quem precisa de socorro médico. Os outros seis estão mortos, lá atrás.

Fomos emboscados, depois de entrarmos por uma passagem subterrânea.

Nathan se virou para um dos guerreiros.

— Leve o Quinze para a nave. Diga ao vigia para aplicar os primeiros socorros para estabilizá-lo e volte aqui. Me traga um estojo de curativos para o braço dela.

O guerreiro obedeceu sem discutir. Pegou o soldado com os braços inferiores, o levantou sem esforço e saiu, segurando as armas sônicas nas mãos de cima.

— Sabe onde estão as bombas?

— Antes das comunicações caírem captei vinte inimigos espalhados atrás destas paredes, deste lado. Deduzo que protegiam as bombas. É onde estão as brocas. Se eu fosse explodir um poço petrolífero, colocaria explosivos de retardo nas pontas das brocas e outros convencionais nos cabos que as sustentam.

— Temos como chegar nelas?

— Explodindo a parede talvez. Mas teríamos que passar por vinte guerrilheiros fortemente armados.

— Consegue andar? Preciso de luz para o seu curativo.

— Consigo. Fiquei tonta quando recebi o tiro, mas não foi nada sério. Ou outros não tiveram essa sorte. Não consegui protege-los.

— Venha comigo. Se apoie em mim e não force o braço, para não perder mais sangue. Não se preocupe, acontece neste nosso trabalho. Já passei por isso. O importante é que você está viva para completar a missão.

— Ainda não me disse. Você é de qual Força?

— Da cúpula.

Quando saíram para um local mais iluminado ela viu o símbolo e só então conseguiu ver o rosto. Não conseguiu evitar o choque.

— Alpha Um? É você? – Olhava para o rosto conhecido por toda a Força, arregalando os olhos verdes como esmeraldas, provocando a liberação de uma onda de sentimentos no corpo do Comandante.

— Sim. Muito prazer, Delta Sete. Posso te chamar de Sue?

A pulsação dela disparou, provocando outro sangramento no braço. Gotas de suor surgiram na testa.

— Isso muda tudo. Devo cancelar minha missão. A sua segurança é prioridade absoluta. Vamos sair daqui.

— Sue, tenho contraordens. Fomos nós que interrompemos todas as comunicações, até as de curta distância. A prioridade é desativar as bombas, antes que as comunicações sejam restauradas e elas possam ser disparadas remotamente. Vamos sair daqui só depois que estiverem inúteis.

— Tenho ordens explicitas do Comando Delta. Proteger Alpha Um antes de qualquer outra coisa.

— Minha autoridade é maior. Eu revogo essa ordem. Não sei como desativar bombas. Você é a prioridade. Sou eu que devo protegê-la e não o contrário.

Duas lagrimas escorreram dos olhos esmeralda.

— Não.... Não posso fazer isso.... Não posso ser mais importante que você.

— Neste momento você é. Não pode recusar, é uma ordem direta.

O guerreiro voltou com o estojo, o entregando para Nathan.

— Me dê seu braço. Vamos estancar esse sangue. Suponho que você vai precisar das duas mãos.

O guerreiro presente contou a situação para o segundo. Ambos esperavam ordens. Nathan as ditou, enquanto limpava e enfaixava o braço da fuzileira. Falou para o guarda costas.

— Ela é importante aqui, não eu. Precisamos de velocidade. Você é mais forte e mais rápido do que nós, humanos, principalmente com ela ferida. Quando abrirmos um buraco nessa parede, corra com ela no seu colo até as brocas. Nós daremos cobertura. Depois que passarem vamos atrás de vocês.

— Isso vai fechar nosso caminho de fuga.

— Sei disso. Depois que as bombas estiverem desativadas, usarei meu biologger para reativar as comunicações e pedimos apoio. Nossas vidas dependem da Delta Sete.

— Entendo, senhor. Leve uma das minhas pistolas.

Nathan virou-se para o outro guerreiro.

— Atire em tudo o que se mover ou que olhar em nossa direção. Se concentre na direita, eu cuido da esquerda. Sem pausa. Prontos? Sue?

— Eu não acredito que estamos fazendo isso. É surreal demais. Vamos acabar logo!

Os três se posicionaram. Sue parecia uma criança no colo do gigante azul.

Nathan disparou a arma sônica contra a parede. Pulou em seguida no meio da poeira, atirando para qualquer coisa que parecesse um inimigo. O segundo guerreiro fez o mesmo, seguido pelo que correu levando Sue. Algumas passarelas sobre um abismo levavam até uma broca monstruosa, no centro da enorme construção. Tubulações de diversos tamanhos emergiam do buraco, como se fossem tentáculos de um polvo.

Balas ricocheteavam em volta dos quatro, diminuindo à medida que cabeças explodiam. Nathan e o kern não erravam tiros, mas eram prejudicados por causa dos inimigos estarem espalhados em todas as direções.

O guerreiro corredor parou em uma reentrância da broca, depositando a caronista em pé no piso. Os outros dois chegaram em seguida, se espremendo no local apertado. Os espaços para refrigeração da broca eram tubos ocos longitudinais, de um metro de largura por vários de comprimento, desenhados acompanhando a circunferência da ferramenta. Sue achou um apoio para os pés, se encostando na parede posterior. Nathan conseguiu outro apoio ao lado dela. Os dois guerreiros se espremeram na frente dos humanos, cada um vigiando um lado.

Sue estava nervosa.

— Não vejo bombas, Nathan. Devem estar dentro da broca.

— Essa coisa é oca?

— Em vários pontos, para a refrigeração interna. Deixe ver se acho alguma entrada.

— Se minaram os cabos de sustentação, podem nos derrubar no buraco junto com as bombas.

— Então tem algum detonador acima de nós. Alguém consegue ver alguma coisa?

Um dos guerreiros apontou para cima.

— Lá, é um detonador, tenho certeza. Mas é pequeno e não temos como chegar nele sem levar tiros.

— Nathan, vejo outro por esse buraco aqui. Mas não vejo nenhuma entrada. Deve ser por cima.

— Pode ter mais de dois detonadores?

— Não acredito. São caros e estes resolvem o problema. Sem comunicações são caixas ociosas.

— Se os desativarmos, as bombas explodem?

— Não, a menos que alguém venha até aqui acender um pavio.

— Ótimo.

Nathan devolveu a pistola sônica para o kern e pegou a própria pistola, no coldre que carregava.

— Vou inutilizar aquele lá em cima.

Sue concordou.

— É um tiro de precisão. Se acertar, alguém terá de vir aqui substitui-lo. Posso fazer isso, sou atiradora.

— Esse é meu, também sou. Inutilize o interno. Tem visão?

— Com certeza, Comandante.

Os kerns explodiram mais duas cabeças enxeridas, enquanto Nathan fazia pontaria. A bala espalhou alguns pedaços do aparelho, a quinze metros de altura. Um segundo tiro o derrubou.

Sue só atirou uma vez. Haviam explosivos muito perto desaconselhando uma segunda bala.

— Inutilizados. Só precisamos guardar essa posição, até os outros comandos chegarem.

— Tem certeza disso, Sue? Posso chamar a cavalaria?

— Absoluta, Comandante.

Nathan acionou o biologger, usando um código de emergência numa frequência não bloqueável. A nave do lado de fora respondeu, desativando o bloqueador local. O biologger da fuzileira se acendeu.

Ela reportou.

— Delta Sete para Comando Delta. Bombas do P1 temporariamente desativadas. Estou guardando o local. Solicito apoio. Protocolo D-35.

— Copiado, Delta Sete. Seu apoio está a caminho, chegará em sete minutos.

Nathan não parecia satisfeito:

— Sue, onde está o seu Comando?

— No Cairo.

— Isso não foi uma comunicação de curta distância. As comunicações foram restabelecidas. Quer dizer que os inimigos também podem se comunicar. Confira o perímetro.

Ela acionou os vários controles de telemetria do biologger. Ficou pálida ao ver o resultado.

— Os reforços chegaram. Não os nossos, os deles. Tem mais de quarenta se posicionando para atacar. Não vamos durar sete minutos.

Nathan agiu friamente. Acionou o próprio biologger.

— Cimitarra Dois, acionar protocolo C-3-5-0. Repito, Protocolo C-3-5-0.

— O que fazemos agora, comandante?

— Esperamos, Sue.

— Não quero morrer assim. Tenho direito a um último desejo?

— Não vamos morrer. Não aqui e não hoje. Quando pretendia me pedir?

— Do que está falando?

— Você sabe.

— Nunca falei disso para ninguém.

— Seus olhos e seu corpo te traem. Vejo suas reações.

Ela olhou bem fundo nos olhos dele e suspirou, resignada.

— Se vou morrer, que seja casada. Me aceita como esposa?

— Aceito, Delta Sete, Suellen Emerald Blackshadow. Me dispensa de chamá-la de Doutora?

Mais duas lagrimas rolaram dos olhos verdes brilhantes.

Nathan se virou para os kerns, assistindo a tudo, calados.

— Vocês dois são testemunhas. Ela me pediu em casamento e eu aceitei. Farei a declaração assim que sairmos daqui.

Sue questionou, controlando a emoção.

— Como tem essa certeza? Espera pela deusa protetora?

— Quase isso. Tenho amigos de prontidão. Espíritos das Sombras são muito mais eficazes do que exércitos. Pergunte a eles.

Nathan puxou a nova esposa para o beijo apaixonado, ansiosamente desejado pelos dois. Os kerns sorriam, satisfeitos por trabalhar com alguém que conhecia e respeitava as tradições deles.

Vários ruídos chegaram de todas as direções acompanhados do som de disparos e de gritos. Ao fim de dois minutos os barulhos cessaram, assim como o beijo. O biologger de Nathan começou a piscar.

— Alpha Um, pode sair, o perímetro está limpo. Pela quantidade de cabeças explodidas, parece que perdemos o melhor da festa. Por que não nos chamou antes?

— Estávamos com problemas de comunicação, Marcela. Te devo mais uma.

— Vamos melhorar isso, para o futuro. Estamos aperfeiçoando uma tecnologia revolucionária. Aguarde nosso contato. Temos que ir, vamos nos juntar às equipes que foram conferir os outros poços e desaparecer. A imprensa sabe da movimentação de tropas aqui, tem um enxame de jornalistas e drones a caminho. Não queremos encontrá-los. Tenha um bom dia, Comandante.

— Vamos querida, vou te mostrar sua nova casa e te apresentar nossas duas esposas.

— Tenho que fazer os relatórios.

— Depois. Você está em licença pré-nupcial. Não é uma ordem, é um pedido. Para mim, a prioridade sempre será minhas esposas.

Na Base de Saturno, Shae e Bia estavam saindo da sala onde foram parabenizadas por quatro comandantes. Delta Um estava radiante.

— Vocês foram demais. Lambda Seis, sua iniciativa em descobrir como se bloqueia sinais de uma região inteira foi espetacular. Kappa Três, identificar os antigos satélites de comunicação que os terroristas estavam usando foi de primordial importância. Não teríamos resolvido a crise em tão pouco tempo sem o trabalho de vocês duas.

De volta para a sala de trabalho de Shae, elas ainda comentavam a reunião. Shae era a mais incomodada.

— Não gosto dele. Não falou da atuação do Nathan e das equipes. Nem comentou que foram os meus seguranças pessoais que destruíram os satélites.

— Eles já voltaram? Quero ir para casa. Os meus saíram com Nathan.

— Não, Bia, mas não se preocupe. Se não chegarem logo, você vai comigo. Minha Fusca-Ovo está numa doca civil. Não tem velocidade de dobra, mas é bastante confortável.

— Voar na velocidade da luz é melhor do que nada. E uma hora inteira com você não é tão ruim assim. Tem piloto automático, né?

Uma Lambda passou correndo pelo corredor, gritando para elas:

— O marido de vocês está nos noticiários. Já viram?

Shae nem precisou procurar um canal. Estava em todos.

Nathan ao lado de uma mulher com uniforme dos fuzileiros, declarando ao universo que aceitou o pedido de casamento dela. Os dois cobertos de poeira.

Shae comentou, com uma pitada de melancolia na voz.

— Bia, de alguma forma eu sabia. Ele não precisava ter ido nessa missão, bastava enviar os coagos. Nathan não foi salvar o planeta, foi lá para buscá-la.

— Mesmo com aquela expressão de cansaço, de quem saiu de uma guerra, ela é um espetáculo. Viu os olhos verdes? A pele morena? O curativo no braço?

O brilho nos olhos azuis da Bia acendeu alguma coisa dentro da Shae. A melancolia foi substituída por um sentimento de urgência.

— Vamos logo para casa. Ela deve estar esgotada, precisando de um bom banho quente e de cuidados. Vou requisitar um caça mônico agora mesmo. Estaremos lá em dez minutos.

— Quando chegarmos, deixe a cozinha comigo, Shae. Vou processar uma refeição reforçada, cheia de vitaminas. Você cuida dela, no banho.

O entusiasmo da Bia era contagiante. Um brilho faiscou nos olhos castanhos da Shae:

— Já pensou, Bia? Agora temos uma fuzileira Delta como esposa. Nós três podemos dominar o mundo.

— Nathan já nos deu todo o Sistema Solar, querida. Sinto que nosso destino é mais longe. Agora só faltam duas.

Anne

A pequena lâmpada no painel usado como mesa começou a piscar no meio da manhã, indicando que havia uma visita. Nathan conferiu os registros particulares no biologger, confirmando que não havia nenhum compromisso agendado. Visitas surpresa geralmente significavam alguma das esposas, de passagem.

Apertou o botão consultando a androide executiva:

— Diga, KX-2-3-8.

— Sigma Um está aqui pedindo uma audiência não agendada.

— Libere a entrada.

A segurança nos gabinetes dos oficiais de mais alto nível havia sido reforçada depois dos ataques e substituições ocorridos nos últimos séculos. Até as secretárias foram substituídas por androides armados, equipados com todo tipo de sensores e monitores bio-thermo-comportamentais. As antigas secretarias biológicas foram remanejadas para outros departamentos, recebendo polpudos salários, para evitar subornos. Mesmo assim, eventualmente alguma era desmascarada pelas concorrentes cibernéticas.

KX-2-3-8 era um dos últimos modelos desenvolvidos pelo Laboratório LightYear, construído com a aparência de uma antiga boneca Barbie moldada em plástico simulando pele humana, em tamanho natural, equipada com Inteligência Artificial. Usava saias, decote e cruzava as pernas, eliminando o clima mecânico de fundo de garagem dos modelos anteriores. Muitos visitantes desavisados as convidavam para sair, desconhecendo que estavam na presença de uma arma mortífera, equipadas com telemetria e arsenais de demolição completos.

A mulher que entrou no gabinete de Nathan era 100% humana, apresentando um corpo escultural, vestida com o tradicional uniforme branco e o avental característico do Batalhão médico. Sigma Um mal aparentava ter 40 anos, embora já estivesse com mais de 60.

— Você está cada vez mais linda, Norma. A ginástica te faz muito bem. A que devo essa visita? Meu Plano de Saúde venceu?

Ela se dirigiu direto para o amigo, o cumprimentando com um ligeiro beijo na boca.

— Como se você tivesse um, Nathan. Continua lindo e saudável como no primeiro dia em que o vi, a mais de trinta anos atrás. Queria que o tempo tivesse parado para mim como parou para você.

— Você não estaria exibindo toda essa beleza e maturidade acumulada que tem hoje.

— Sempre um cavalheiro. E eu, sempre vou fingir que acredito em você. Sei que é um homem ocupado, então não vou roubar muito do seu tempo.

— Estou à sua disposição, Norma. Nenhuma crise nesta manhã.

— Em outros tempos eu pegaria essa deixa e te levaria para um hotel, para um daqueles maravilhosos banhos de imersão. Só não faço isso agora, em respeito às suas três esposas. Soube que são maravilhosas.

— Você é perfeita demais para mim, Norma. Eu teria estragado você se nos casássemos.

— Ainda um cavalheiro e um mentiroso. Não me queixo. Tivemos nossos momentos. Sei que não voltarão mais.

— Senti um toque de melancolia. O que houve?

— Hoje é meu último dia de trabalho. Estou me aposentando. Consegui comprar uma propriedade em Alfa Centauri. Vou terminar meus dias como latifundiária.

— Esses dias estão muito longe de acontecer, Norma. Vai ficar entediada. Quero o endereço. Ainda vamos passar tardes muito agradáveis vendo aquelas estrelas multicoloridas.

— Só se você me prometer que leva compotas de goiaba, aquelas que só você sabe onde existem.

— Compro de amigos na Amazônia. Prometo que levarei.

— Temi que te acontecesse alguma coisa na Batalha dos Poços. Mandei um pelotão para ajudar. Reportaram muitas baixas.

— Só do comando da Delta Sete, foram seis, mais um oficial grave e um ferimento leve nela. Os dois outros comandos tiveram quatro baixas em cada e muitos feridos, incluindo guerreiros kerns. O doutor Cezar medicou minha esposa, antes de sairmos de lá.

— Ele é muito bom. E a sua fuga foi espetacular. Algum dia precisa me contar como desapareceu da vista daquele exército de drones repórteres.

— Eu estava numa nave de guerra kern, equipada com geradores de interferência. Drones não são páreo.

— Estou gastando seu tempo. Preciso aprender a desaparecer com a mesma velocidade.

— Se esta é uma visita de despedida, vamos almoçar juntos. Libere sua mesa no Clube de Oficiais, usaremos a minha. Vou te apresentar minhas duas esposas que estão na Base hoje. Sue está na Terra.

— Desculpe, mas não tenho tempo de almoçar hoje. Muitos compromissos ainda. Mas quero te convidar para uma recepção amanhã, na minha casa de Madrid. Vou passar o cargo oficialmente para minha sucessora.

— Alguém que conheço?

— Ela esteve na Batalha dos Poços, mas se desencontraram. É uma cirurgiã com especialização em medicina azul. Foi ela quem recuperou todos os kerns feridos, enquanto a equipe do Cezar cuidava dos humanos.

Nathan previu outro golpe do destino. Tentou disfarçar.

— Meus seguranças não foram feridos, mas comentaram alguma coisa sobre uma médica. Foi bastante elogiada.

— Tenho orgulho da minha fadinha dourada. Jovem, esforçada e linda. — Norma piscou um olho enquanto completava. — Você precisa conhecê-la!

— Fada dourada? É algum código?

— É como a chamo. Uma alusão ao sobrenome dela: Goldfairie.

— Qual o nome completo?

— Anne Julie Goldfairie. Nasceu na grande ilha ocidental.

O coração de Nathan disparou. Foi difícil disfarçar na presença da médica e antiga namorada.

— A ilha antigamente era o Reino Unido. Tinha muitas lendas com fadas por lá. O nome da doutora me parece familiar. Devo ter lido esse nome em algum registro. Farei o possível para comparecer.

— Não falte. Quero até fazer uma aposta com você.

— Aposta? Sobre o quê?

— Minha sucessora. Acredito tanto nela que vou apostar um pote de compota de goiaba. Se você perder, eu levo o pote comigo para Alfa Centauri. Se você ganhar, comerei toda a compota na sua frente.

— Esperta. Você ganha de qualquer jeito.

— Para quem se importa com a silhueta, será um castigo enorme. Mas não perderei.

— Aceito. Qual a aposta?

— Eu não consegui te levar para o altar. Minha fada conseguirá. Aposto que você só sai da minha recepção, acompanhado da sua quarta esposa!

Nathan sabia do desfecho, mas jamais esperou que fosse assim. O destino realmente não dá trégua.

— Norma, você enlouqueceu? Só fazem dois anos que me casei com Sue.

— Aposta é aposta. Vai desistir? Garanto que se perder você sai ganhando.

— De qualquer forma, te levarei um pote amanhã. Devo ter um em casa.

— Estarei esperando tão ansiosa quanto você. Te vejo amanhã.

Ela deu outro beijo rápido e saiu, deixando um Nathan com a pulsação acelerada. Sem saber como encontrar a nova Sigma Um, sua esposa prometida, sem poder pedi-la no momento em que a visse. Norma sempre teve aquele dom. O conhecia bem demais.

No dia seguinte, Shae e Bia saíram cedo, para o trabalho em Saturno. Haviam dormido juntas, no quarto da Bia. Ele e Sue levantaram mais tarde, depois dela adormecer exausta deitada no peito dele. As pesquisas com nanobots no laboratório australiano da LightYear a estavam consumindo terrivelmente. Estava cansada, mas não perdia nem uma hora nas pesquisas. A parte boa era que a Austrália ficava a poucos minutos do Mar da China, embora ela fizesse um voo ioiô indo até o núcleo do planeta e voltando, para manter secreta a localização da caverna. Ele sabia qual seria o resultado do projeto, embora não pudesse falar nada. Trajes de invisibilidade ainda não existiam.

Quando ficou sozinho em casa, pegou um traje de gala, o colocou na nave particular e partiu para a Amazônia, atravessando o centro da Terra. Os seguranças o aguardavam na antiga Base Gama de Brasília, reformulada para suportar o enorme tráfego de um centro de distribuição da Frota Mercante Lagartana. Os negócios nas Américas, agora chamadas de Continente Ocidental, estavam crescendo vertiginosamente.

Aproveitou a nave particular para visitar a aldeia de caçadores, já transformada em cidade, para comprar mantimentos: carnes dos animais nativos e frutas, incluindo compotas de goiaba. Nunca usava as naves da Força para atividades particulares, evitando dar motivos para as investigações da imprensa, que já o tinham como um alvo permanente, principalmente o pessoal da Dinastia.

Depois de almoçar com os amigos e resolver um assunto pessoal falando com os lagartanos, seguiu para Madrid, com o coração aos pulos.

Conhecia o local da casa de Norma, onde a havia levado muitas vezes, depois dos fins de semana em hotéis luxuosos, passando todo o tempo juntos dentro de banheiras de hidromassagem. Num planeta onde agua é um dos bens mais valiosos, aqueles banhos de imersão eram o maior luxo possível. Só desfrutados pelos pouquíssimos membros da elite, como por exemplo, o Comandante supremo das FAD.

Elite que estava em peso na recepção oferecida por Norma. Trinta anos no comando do Batalhão Médico, exercidos com seriedade e competência, a transformaram numa celebridade natural, conhecida e admirada por todos os que haviam precisado desde uma receita contra enxaqueca até o reimplante de um membro destroçado.

A academia de ginastica particular havia sido transformada em um enorme salão de festas, para comportar todos os convidados. Nathan avançava poucos metros por vez, sempre detido por um conhecido, seja da Força, seja das muitas organizações patrocinadas ou patrocinantes da Força Sigma. Norma havia criado uma poderosa rede de hospitais, clínicas e escolas, junto com a iniciativa privada. Um verdadeiro império paralelo, no momento sendo transferido para as jovens mãos de Anne Goldfairie.

Nathan a encontrou quase duas horas depois que chegou, dentro de um grupo de admiradores sem patente, provavelmente desocupados da CEE. O mesmo rosto, o mesmo sorriso, o mesmo uniforme já com o emblema Sigma Um, sem o avental e principalmente, a mesma boca que o torturava a quase três séculos. Tinha vontade de beijá-la, pegá-la no colo e correr para a nave, mas a quantidade e importância dos presentes o detinham. Sem falar no zumbido irritante dos vários drones repórteres, quase se chocando contra as cabeças mais altas.

O círculo de admiradores se abriu ao verem quem se aproximava.

— Vim cumprimentá-la, Doutora. Seja bem-vinda ao pequeno universo de Comandantes das FAD. Suponho que será minha médica de hoje em diante.

— Obrigada, Comandante Alpha. Mas se as lendas forem verdadeiras, o senhor é a única pessoa conhecida que não precisa dos meus serviços.

— Podemos caminhar enquanto conversamos? Estes drones aquecem muito o ambiente.

A intenção era afastá-la dos demais convidados.

— O salão está todo cheio. Não iremos muito longe.

— Então vamos sair deste salão. Conheço um jardim que não deve estar lotado.

— Conhece a casa da professora Norma?

— Sim, muito bem. Eu a ajudo a desenvolver o Sigma desde que ela estava na sua posição, assumindo o Comando. A conheci dois dias depois que tomou posse.

— Não sabia disso. Ela fala muito do senhor, mas é reservada quando o assunto é pessoal.

— Norma é fantástica. Exige que eu faça um checkup a cada dois anos. Protocolos. Suponho que essa tarefa será sua, agora.

— Vou assumir alguns pacientes regulares dela, mas não todos. Não conheço tantas especialidades quanto ela. Ainda não vi a lista.

Chegaram à porta envidraçada separando a sala de ginástica do jardim. Do lado de fora a temperatura e a falta do ruído ambiente estavam infinitamente melhores. Algumas cadeiras em um canto longe das paredes criavam um ambiente mais íntimo.

As grandes folhagens verdes se agitavam com a brisa, como se estivessem saudando o casal. Anne evitou pisar nas pedras do calçamento. Caminhar sobre a grama baixa passava uma impressão de suavidade. A própria brisa, era uma lembrança de que estavam na Terra, não dentro de alguma estrutura espacial. As cadeiras eram um convite irrecusável. Ela gostou de encontrar um lugar para se sentar. Nathan sentou-se ao lado dela, se esforçando para controlar tudo o que sentia.

— Fale-me um pouco de você. Está assumindo uma responsabilidade muito grande.

— Não tem muito o que falar. Sempre fui atraída pela medicina. Quando estudante li alguns artigos da Embaixadora Thalma de Naevus, a famosa médica sebaceana, que deu nome para o hospital modelo de Vênus. Fiquei fascinada. Depois fiquei sabendo dos avanços que a medicina kern trouxe para os humanos. Me especializei na medicina azul. A professora Norma leciona no Hospital Thalma e me recrutou para o Hospital e para o Sigma. Vim parar aqui. Deve ser coisa do destino.

— Sim, também acredito em destino. Acho que sei porque estamos aqui, tendo essa conversa. Você tem sonhos, Anne? Alguma coisa que queira realizar, de uma forma ou de outra?

Ela corou.

— Sim, acho que todo mundo tem sonhos. Mas o meu é complicado, não tenho esperança de realizá-lo.

— Vou te contar o meu. Sonho todas as noites com a minha quarta esposa. O destino me diz que quando a encontrar, devo me agarrar à oportunidade, pois se perdê-la nunca mais a recupero.

Nathan estendeu as duas mãos, segurando as dela.

— Se você sente a mesma coisa, Anne, me peça em casamento.

Ela tremeu, como que acometida por um calafrio.

— Foi a Norma, não foi? Ela que armou isso!

— Não. A Norma me convidou para vir conhecê-la, mas não sabe nada disso. Talvez desconfie, ela é muito sagaz.

— Contei a ela uma vez o motivo de ter estudado medicina kern. Você está falando sério?

— Eu sou Alpha Um. Não posso e nem tenho o direito de mentir. Cada célula do meu corpo está esperando uma confirmação sua.

— Se me quer como esposa, por que não pede?

— Anne, aceita se casar comigo?

— É o meu sonho impossível. Não acredito que está acontecendo. Sim, eu aceito.

O beijo para selar o acordo foi a prova de que nenhum dos dois estava mentindo. Nathan, o estrategista, continuou.

— Mas preciso de um favor. Que você me peça. Repita esse pedido, na frente de testemunhas, antes que eu faça a declaração.

— Não conseguirei. Com a emoção que estou sentindo, se entrar no meio deles, vou ficar sufocada e talvez nem consiga ficar em pé.

— O destino trabalhou muito bem. Nos trouxe aqui, para este jardim, esta casa, esta recepção, com a intenção de nos unir. Você não precisa entrar na multidão, apenas deixe que a vejam.

— O que quer dizer?

— Lá em cima, tem um drone nos observando. Vou chamá-lo.

Nathan acenou. O ruído ficou mais forte, quando o aparelho se aproximou, ligando uma potente lâmpada.

— Se podem captar meu áudio, pisquem essa lâmpada duas vezes.

A luz piscou e repiscou.

— Anne?

Ela se levantou, olhando na direção da luz com o significado de uma nova existência:

— Quero que participem do que pode ser a minha felicidade. Comandante Nathan, aceita se casar comigo?

Nathan levantou a voz:

— Eu aceito. Declaro para todo o sistema solar, através deste drone, que Sigma Um me pediu em casamento e eu aceitei. Pelas nossas leis, minhas atuais esposas têm 48 horas para aprovar esta união. Nesse meio tempo Sigma Um está em licença pré-nupcial, com todas as atividades sociais suspensas.

O drone piscou a lâmpada várias vezes, como se estivesse agradecendo, captou várias imagens do jardim, do casal e levantou voo rapidamente. Precisava voltar a redação para transmitir o furo jornalístico exclusivo.

Norma apareceu na porta de vidro, atraída pelas piscadas luminosas.

— Então é aqui que se esconderam? Eu devia ter imaginado!

— Professora, estamos casados.

— Já? Pensei que seria mais para o final. Parabéns, fadinha!

— Anne, pode me dar uns minutos com Norma?

— Espero naquele banco mais distante. Podem conversar, mas não vou me afastar de você, nunca mais.

Nathan falou baixo:

— Deixei o pote de compota na recepção. Foi maravilhoso perder essa aposta. Como sabia?

— A primeira vez que entrou na minha sala, com aquela desculpa esfarrapada de me cumprimentar, eu vi. Mesmo sendo um perfeito cavalheiro, seus olhos mostravam decepção. Sei ler as pessoas, ou não seria Sigma Um por tanto tempo. Tentei preencher seu vazio da melhor forma possível, mas não foi suficiente. Quando percebi que Anne tinha potencial para ser minha sucessora, foi que entendi. Você procurava por uma Sigma Um, mas não era eu.

— Desculpe, Norma, se não posso mudar o meu destino. Você teria sido uma esposa espetacular. Deixei uma encomenda com a Frota Lagartana em seu nome. Uma dúzia de compotas de várias frutas. Mas posso ter exagerado na embalagem. Estão acondicionadas dentro de uma banheira de hidromassagem. A instalação será onde você determinar.

— É típico de você, obrigada. Não me faça chorar e estragar minha maquiagem. Desde que chegou, avisei seus seguranças que você sairia pelo solário, lá em cima. Sua nave já está lá. Vão logo. Anne, pode vir aqui, querida?

— Posso ajudar em algo, professora?

— Eu não queria fazer isso pelas suas costas.

Norma abraçou Nathan bem apertado e desferiu um longo beijo na boca do antigo namorado. Anne assistiu sem acreditar.

— Prometo que foi a última vez, fadinha. Cuide bem do seu marido, ou irei buscá-lo para mim. A escada fica naquele canto, à direita.

Nathan pegou Anne pela mão e a puxou na direção das escadas. Em poucos minutos estavam decolando, no momento exato que os biologgers dos convidados começaram a tocar, querendo confirmação de uma notícia bombástica recém transmitida.

***

O maior prédio de New Los Angeles projetava a sombra em forma de lança por toda a extensão da cidade. Hollywood paulatinamente ressurgia das ruínas. Era o primeiro edifício dos vários que tentavam trazer de volta a antiga glória da cidade, promovendo o retorno do turismo. Quem olhava os reflexos naquele espigão envidraçado pensava que o prédio tremia.

No septuagésimo segundo andar era verdade, naquele momento. A Diretora emitia gritos agudos, xingando todos os funcionários e atirando os objetos que conseguia pôr as mãos calejadas, na direção de qualquer um que passava na frente da porta.

— Incompetentes! Querem me destruir! Mais uma vez! Estão demitidos, todos vocês!

O Editor chefe tentava se aproximar, usando uma cadeira como escudo.

— Beth, não tivemos culpa. Pensamos que você faria a cobertura pessoalmente. Acalme-se, lembre-se do seu coração!

— Você é o pior! Nunca vou te perdoar. Devia ter me contado! E não se atreva a me chamar de velha!

— Você jamais será velha. Ninguém com 89 anos tem tanta energia!

— Se repetir minha idade de novo, arranco seus olhos com a língua junto! O que quis dizer com eu fazer a cobertura?

— A Doutora Norma é sua médica pessoal. Ela não te convidou?

— Aquela traidora xexelenta? Foi ela que roubou o amor da minha vida e agora deu o golpe final.

— Nem tanto, Beth. Norma deve ter quase a minha idade. Deve ter surgido na vida do Nathan bem depois do término do seu caso.

— Está me chamando de velha, de novo! Vou arrancar seu coração pelo buraco dos olhos! Não defenda aquela sexagenária.

— E de que golpe está falando?

— Não viu a notícia? Casada com Nathan. Dois vigaristas. Esse tipo de manchete só podia ser da Rede Global, aquele lixo.

— Beth, você devia ter visto a reportagem inteira. Não tem a nossa qualidade, a Dinastia teria feito muito melhor, mas mostra Nathan casado com a nova Sigma Um. Norma se aposentou.

— Bem feito. Aquela bruxa merece ser embalsamada sozinha. Devia pelo menos ter me convidado.

— Tem certeza que não recebeu nenhuma comunicação? Pessoal ou da Força Sigma?

— Acho que tem uma da semana passada. Nem abri, achei que era mais um pedido de doação para as obras sociais dela.

— Veja agora, por favor. Só para tirar a dúvida.

Beth Segunda pousou o troféu que segurava, e apertou alguns botões na mesa. Uma tela holográfica se formou, exibindo a caixa postal.

— Está aqui. Me convidando para uma recepção hoje, na casa dela em Madrid. Objetivo: receber a sucessora no comando da Força Sigma, a Doutora Anne Goldfairie.

— Está vendo? Você foi a única celebridade do planeta que não compareceu. Pensei que estaria lá com seu drone fotógrafo particular.

— Aquela droga de foca mecânico é horrível. Não sabe enquadrar as cenas. Gostava quando tinha focas humanos. Os rapazes que sabiam tomar um banho de imersão.

— Eles também, Beth? Bom, agora temos o nome da quarta Primeira Dama. O que vamos fazer com essa informação? Ainda podemos quebrar o furo da Global.

— Estou enviando o nome para a Editoria Social. Em minutos saberemos tudo dessa franguinha. Se ela tiver algum relacionamento com alienígenas, teremos uma notícia que vale a pena.

— Espere, essa Doutora não foi quem cuidou dos feridos azuis na Batalha dos Poços? Publicamos várias reportagens, até a Norma nos elogiou.

— Bingo. Acho que vou deixar você ficar com um olho. Então Nathan tinha duas noivas naquela batalha. Vamos fechar o cerco. Primeiro uma estrategista. Depois uma historiadora seguida de uma fuzileira delta. Agora uma médica de aliens. Quando costurarmos isso, teremos o plano dele.

— Talvez o casamento com três beldades daquele nível tenha acabado com ele. A médica deve ser para tentar uma recuperação.

— Você não conhece aquele homem. Nem um harém conseguiria deixá-lo cansado. A médica pode ser para recuperar as meninas, coitadas.

— Cuidado. Quando você disse que a segunda era feia, elas reagiram duro. Aquela repaginação da Bia foi melhor do que nossas figurinistas conseguiriam. E foi a Global que deu o furo, quando as encontrou no Galaxy Shopping, nos chamando de míopes.

— Porque está me lembrando disso? Não gosta do seu olho?

— Se fizermos qualquer insinuação, agora são quatro para nos combater. Aquela delta não é de brincadeira. Engenheira de armas, fuzileira, atiradora de elite e tem olhos verdes inacreditáveis. Prefiro tê-la do mesmo lado.

— Pegue o que temos da Sigma e publique uma reportagem elogiosa, destacando que somos os primeiros a ter o nome dela. Não importa se não for verdade. Depois ligue para a Norma e marque uma consulta de emergência. Diga que estou passando mal.

— Norma se aposentou. O que você tem?

— Eu a conheço muito bem. Deve estar como interina, enquanto a franguinha curte a lua de mel. Não tenho nada, mas quero uma daquelas pílulas de vodca que você esconde em seu armário.

— Não tenho vodca, são de uísque. Como sabe disso?

— Ainda sou a melhor jornalista daqui, sei de tudo. Se vou interrogar a Norma, para extrair tudo dela, preciso pelo menos chegar com uma taquicardia. Vá buscar essa pílula. E diga a todos que estão recontratados.

— Eles sabem. Foi a sétima vez que nos despediu. Uma para cada ano que Nathan está casado.

Blue

— Alvo travado. Você está morto, verde.

— Isso não vale, vermelha. Você trapaceou. Fez manobras ilegais.

— Verde, em batalhas espaciais não existem regras. Inimigos não te matam pedindo permissão. Ouvi isso do Grande Azul.

— Mas é impossível escapar. Você estava no meu alvo, fez um parafuso e apareceu repentinamente atrás de mim. Chamo isso de trapaça.

— Eu chamo de sobrevivência. O parafuso foi só para te distrair, enquanto deixava você passar. Não pensou que eu ficaria na sua mira o tempo todo, não é?

— Como faz isso? Essas manobras?

— Muitos anos de treino. Precisa educar sua cabeça, literalmente, para suportar a pressão G por todos os lados. Seu cérebro vira geleia. Precisa confiar muito na sua nave, é o que vai te manter inteiro. Com o tempo você aprende a se manter consciente e até a pensar. Não tente fazer isso sozinho, e tenha certeza de que tem espaço livre para voar sem se chocar em nada enquanto estiver no modo geleia.

— Foi o Grande Azul que te ensinou?

— Não, ele me mata se souber que faço isso. Dirá que é outra de minhas estripulias. Por falar nele, tenho uma convocação para voltar ao palácio, imediatamente.

— Posso treinar mais um pouco?

— Pode, desde que seja treino padrão. Não se atreva a fazer nada diferente, enquanto estiver sozinho. Isso é uma ordem, entendido?

— Sim, Capitã. Vou escoltá-la até a reentrada. Isso é treino padrão.

— Te vejo no jantar, Líder Verde. Tente me acompanhar.

As duas pequenas naves Adaga aceleraram e mergulharam em direção de Alnitak, a enorme constelação de estrelas azuis. A nave que seguia na frente penetrou na atmosfera do maior planeta enquanto a segunda arremeteu de volta ao espaço. Bastou poucos minutos para a primeira aterrissar nos jardins do palácio real. Um segurança surgiu de trás das arvores retorcidas que ladeavam o jardim, circundando o espaço coberto por pequenas folhas brilhantes e correu ao encontro da nave invasora.

— Ele a está esperando. Deseja que guarde sua nave?

— Sim, por favor. Não pretendo sair novamente hoje.

Momentos como aquele faziam a felicidade completa do jovem segurança, um rapaz do tipo faz-tudo no Palácio. Guardar aquela nave em especial significava uma das maiores provas de confiança que podia receber. Jamais contaria a ninguém, nem mesmo para o Rei, quem fez a estripulia de ensiná-lo a pilotar.

Mais alguns minutos e a guerreira entrou sozinha no grande salão do trono, passando por todos os guardas sem ser importunada.

Rei Maniuk a recepcionou, falando sério.

— Eu chamei a Princesa, não uma guerreira.

— Ela não virá. Foi sequestrada por mim. Só a liberto depois que receber o resgate.

— E qual é o resgate desta vez?

— Acho que ela vale um beijo.

O Rei seguiu até a guerreira, a tirando do chão enquanto a beijava na testa e esfregavam os narizes. Pai e filha sempre inventavam alguma brincadeira, quando estavam sozinhos.

— Estava treinando com seu irmão? Como ele está, quero dizer, como piloto?

— Arthak é muito impetuoso, mas aprende rápido. Preciso contê-lo, para que não abuse.

— Acha que está pronto para ser o Capitão da Esquadra Real?

O Rei a devolveu para o chão, quando chegaram ao trono.

— Está pensando em me demitir, papai?

— Demitir, não. Pensei em promovê-la, embora isso me seja doloroso.

— Temos alguma crise que eu não estou sabendo?

— Isso seria impossível. Você conhece todas as crises, mesmo antes de chegarem a mim. É outra coisa. Sente-se, precisamos conversar.

A Princesa se alojou no assento da Rainha, como gostava de fazer desde criança.

— Me conte tudo, papai. O que ainda não sei?

— Como está seu estudo da cultura terráquea?

— Depois de trinta anos dos deles? Culturalmente posso me passar por uma humana, uma mulher, como eles chamam as fêmeas. Aprendi tudo. Que são uma espécie belicosa, odeiam e matam qualquer criatura que não considerem rigorosamente igual, mesmo outro semelhante. Se auto flagelam por detalhes fúteis, como pigmentação da pele, formas de expressão, variações de gênero ou níveis culturais. Chegaram ao ponto de assassinar um Deus deles. Dentro da cultura universal, são uma subespécie.

— Nosso povo passou por uma história semelhante. Temos sorte de termos a deusa, para guiar nossos caminhos. E a deusa agora está protegendo os humanos. Ela está à nossa frente, vendo uma evolução que não conseguimos enxergar. Precisamos ajudá-la.

— O que está querendo me dizer, papai?

— Como monarca tenho a obrigação de procurar melhores condições para nosso povo. Os guerreiros que enviei para o Sistema Solar Terráqueo, me falam maravilhas daquele lugar. O comandante militar lá é um humano que respeita nossa deusa e nossas crenças. Foi tocado. Protege e defende os nossos, mas isso não basta, pois eles sentem falta das famílias e dos que ficaram aqui. Pretendo criar uma colônia espacial para nosso povo, no Sistema Terráqueo.

— Isso vem de encontro com o desejo da deusa. Ela o nomeou para abrir nossos caminhos no espaço.

— Essa profecia ainda não se cumpriu totalmente. Sinto que tem mais. Como o comandante terráqueo me disse uma vez, ele e eu sentimos a presença da deusa, muito forte. É como se ela estivesse ao meu lado todos os dias. Preciso fazer alguma coisa.

— Quais são os planos?

— Para formar uma colônia no espaço, nossas fêmeas, as mulheres como você as chama, precisam se sentir confiantes e protegidas, para seguirem os maridos. Preciso criar condições para que isso aconteça. Vou dar o exemplo, enviando minha própria filha para passar um tempo por lá.

— Está me mandando embora, papai?

— Nunca. É temporário. A duração você decide: uma semana, um ano, um século. Pensei nisso depois que recebi um convite do comandante militar terráqueo. Ele nos convidou para ocupar uma cadeira no conselho de guerra deles. É uma honra muito grande.

— É uma nomeação simbólica. Está pensando em me enviar?

— Primeiro pensei em Khruyczek, nosso Ministro do Espaço. Mas ele é político demais. Você é minha filha e a herdeira legal do trono. Tem o direito de falar em meu nome, além de ter minha confiança absoluta. Conhece a cultura local. É a escolha lógica, e me enche de orgulho.

— O que posso fazer em um conselho de guerra?

— Você será a minha representante. Ajude os humanos a evoluir e cuide dos nossos que estiverem por lá. Seu irmão será o Capitão da Esquadra Real, continuando subordinado e protetor da Princesa. Convoque nossas forças se achar que é necessário. Não precisa me pedir permissão, já que falará em meu nome.

— É muita responsabilidade, papai. Não sei se sou capaz.

— Você é Yvetha Galanos Maniuk. Carrega os nomes de uma deusa e de um rei. Está destinada a grandes feitos, desde que nasceu.

— Como os humanos estão aceitando isso?

— Eles ainda não sabem que escolhi você. Pensam que é Khruyczek quem vai assumir o cargo. Confio que o Comandante Nathan vá te prestar as devidas homenagens. Outra coisa: mandei construir sua nave particular, para que não permaneçamos distantes. A chamei de Ceifadeira.

— Uma palavra humana. Mitologicamente, tem um significado sinistro. É a arma utilizada pela morte.

— Exato. É um aviso para que ninguém atravesse o seu caminho. Tem espaço para toda a sua bagagem e a da sua comitiva.

***

Nathan sofria com a ansiedade. Alguma coisa devia estar errada. Fez tudo como a história pedia, ou pelo menos, que ele tinha conhecimento.

A proposta de Alpha Quatro anunciando a intenção de se aposentar foi o gatilho. Bastou convencer os outros dez componentes da cúpula de comando das FAD de que uma aliança mais forte com os Kerns seria vantajosa para os dois lados. Um representante kern entre os doze Alphas, selaria a presença terráquea como uma das mais influentes de todo o Terceiro Universo.

Não precisou dizer que tinha interesses pessoais naquela decisão.

O Rei Maniuk se mostrou receptivo, quando fez a ligação interplanetária com o convite. Mas alguma coisa não se encaixava. O monarca deixou escapar que pretendia enviar alguém, talvez o Ministro do Espaço, na nova condição de representante fixo de Alnitak.

Não seria a Alpha Quatro desejada por mais de três séculos.

Os dois seguranças azuis da Guarda Pessoal foram desviados de função, por ordens diretas do Rei. Estavam preparando acomodações para uma comitiva de sessenta membros, algo que não combinava com um simples representante, mesmo que da realeza. Além das acomodações, haviam pedido hangares para naves enormes, segurança reforçada, decoração relacionada com o planeta deles, suprimento de comida especial fornecida diretamente por Vênus e mais alguns outros detalhes. Como se estivessem criando duas extensões do palácio real, uma na Base de Saturno e outra na Terra.

Quando Nathan os interrogava, questionando se o Rei pretendia vir pessoalmente, recebia a mesma resposta.

— É confidencial. Não temos acesso à essa informação.

Até que o dia chegou. Toda a Base estava tensa, com a notícia de que uma nave real partiu de Alnitak com destino a Saturno, escoltada por trinta Cimitarras. Emergiria do hiperespaço a qualquer momento. Mas não informaram quem estava a bordo. Todas as apostas sugeriam que era o próprio Rei Maniuk, trazendo alguém para assumir o posto de Alpha Quatro.

Nathan e todos os influentes das FAD, incluindo as quatro esposas, estavam no hangar aguardando a nave misteriosa, acompanhados por uma centena de drones repórteres. Quando as luzes de sinalização começaram a piscar, indicando a passagem de naves pelas comportas atmosféricas, todos se retesaram. Duas Cimitarras batedoras surgiram, planando lentamente, com todas as armas engatilhadas. Esquadrinhavam o local, a procura de ameaças.

Delta Um acalmou os presentes.

— É um procedimento de rotina, quando escoltam alguém importante. Pediram autorização para esta varredura.

Como que satisfeitas, as duas naves recolheram as armas e pousaram, deixando espaço para a nave maior que surgiu logo em seguida. Tinha o tamanho aproximado de quatro cimitarras, sugerindo ser quatro vezes mais mortal. Mesmo com as armas recolhidas era assustadora, combinando com o nome: Ceifadeira.

Uma plataforma se abriu por baixo do nariz, depois que a nave pousou. Um grupo de dez guerreiros kerns apareceu, se perfilando em duas fileiras, deixando espaço para o visitante de honra.

O Ministro do Espaço de Alnitak, Khruyczek, veio depois dos guerreiros, parando no início da plataforma. Se posicionou ao lado do guerreiro mais próximo e levantou um dos braços superiores, pedindo a palavra. Antes que começasse a falar, ela surgiu.

Nathan foi o primeiro a perder a voz. Os dois seguranças kerns se ajoelharam, ao ver quem era. Todos os presentes se emudeceram.

A mulher azul estava vestida com um traje longo, roxo com decorações douradas, abotoado até o pescoço, como um grande casaco.

As pernas, protegidas por um tecido negro brilhante, da mesma cor que as botas, apareciam pelos cortes laterais no traje, iniciados na cintura. Usava os cabelos azuis escuros sobre a cabeça, presos por uma tiara com o símbolo da Casa Real de Maniuk, esculpido numa enorme safira, cortada transversalmente. Os quatro braços estavam nus, cobertos de joias e adereços. No pescoço, um colar abotoado por uma pedra que devia ser um diamante, segurava uma capa da mesma cor que o traje, com vários metros, apoiada em pequenas plataformas flutuantes para impedir o contato com o chão. O rosto adolescente estava sério. As quatro mãos seguravam um cetro, cravejado de joias.

Khruyczek aproveitou o impacto da visão para anuncia-la:

— Tenho a honra de lhes apresentar a Princesa Yvetha Galanos Maniuk, filha e herdeira do nosso amado Rei Maniuk. Neste momento solene ela abdica de sua posição de Capitã da Esquadra Real de Alnitak, para assumir um posto no Conselho de Comando das Forças Armadas de Defesa da Terra.

A Princesa desceu a plataforma até parar na frente do Ministro. Todos os presentes, incluindo os drones, não conseguiam tirar os olhos dela. Esperavam qualquer coisa, menos um encontro com uma Princesa adolescente.

Nathan precisou reunir toda a coragem para superar mais um golpe do destino, caminhando até a Princesa.

— Eu sou Nathan, ocupo o posto de Alpha Um, comandante das Forças Armadas. É uma honra recebê-la entre nós, para ocupar o posto de Alpha Quatro, em nossa cúpula de comando.

— Reconheço o senhor, Comandante. É muito respeitado entre meu povo, como o protegido da deusa. Espero estar à altura da responsabilidade que está me atribuindo.

Apesar do rosto com aparência juvenil, ela falou como uma mulher experiente, acostumada a tomar decisões. Completou.

— Meu pai lhe envia um presente. Este cetro está em nossa família por mais de dois mil anos. Simboliza a união entre nossas estrelas, e a partir de agora deve simbolizar uma nova união entre nossos povos, ainda mais duradoura.

— Eu também tenho um presente para o Rei, mas se não se importa, pretendo entregá-lo pessoalmente na primeira oportunidade que for a Orion. Neste momento, tenho um pedido pessoal para Sua Alteza, a Princesa.

— Para mim?

Nathan estendeu as duas mãos para receber o cetro. Ao pegá-lo, segurou uma mão da Princesa e não a soltou. Alguns guerreiros da Guarda Pessoal dela se agitaram.

— Aceito o presente, mas quero que a união entre nossos povos seja mais sólida do que um cetro ou qualquer objeto possa simbolizar. Este cetro deve ser mantido em poder de alguém da família que o acolhe por tanto tempo, de uma forma compartilhada.

Yvetha estava confusa, sem entender porque tinha a mão segura ou aquelas palavras. Nathan se ajoelhou, sustentando o olhar fixo nos olhos negros dela:

— Princesa Yvetha, aceita se casar comigo?

Todos os presentes prenderam as respirações por uma eternidade, fazendo um silêncio sepulcral registrado pelos drones como tendo durado 20 segundos. Seria a maior gafe interplanetária de toda a história se a resposta não fosse ainda mais surpreendente.

— Sim, eu aceito. Levante-se, marido.

A dúvida se instaurou entre os guerreiros kerns. Indecisos se cumprimentavam o novo príncipe ou se arrancavam a cabeça do usurpador.

Nathan se posicionou ao lado da princesa, segurando a mão dela com mais força, se virando de frente para o lado com a maior concentração de drones:

— A todos os que nos veem, presentes ou não, declaro que estou celebrando meu casamento com a Princesa Yvetha Maniuk neste momento. Pelas leis terráqueas em vigor, minhas atuais esposas têm 48 horas para confirmar esta união. Neste período todos os nossos compromissos sociais, meus e da Princesa, estão suspensos.

O próximo passo foi tranquilizar os guerreiros.

— A Princesa sairá daqui em minha companhia. A partir de agora sou o responsável pela segurança dela. A defenderei com minha vida, se necessário. Vou levá-la para um local secreto, mas é necessário que continue assim. Os guerreiros que me acompanham conhecem o local e podem atestar que é seguro, mas não estão autorizados a revelar a localização para ninguém. Não nos sigam. Peço que vocês se instalem nos locais que foram especialmente preparados e aguardem o retorno da Princesa com novas orientações, em dois dias.

Nenhum dos guerreiros se moveu. O Ministro tentou ajudar. Estava tão aturdido quanto os demais, mas possuía a experiência para resolver todos os tipos de conflitos.

— O Rei confia no Comandante Nathan. Podem confiar também.

Nenhum dos guerreiros se moveu. Aceitar o comando de um estranho seria uma desonra para a Guarda Pessoal da Princesa.

Yvetha resolveu o impasse com uma única frase:

— Façam o que meu marido pede!

E se virando para o Ministro:

— Libere a escolta real, Khruyczek. Eles podem voltar para Alnitak.

— E eu, Alteza? Devo voltar?

— Só se for o seu desejo. Quero convidá-lo para ser nosso Embaixador na Terra. Meu pai me deu autonomia para tomar minhas próprias decisões. Precisarei de ajuda, se vou acumular funções domésticas.

— Será uma honra aceitar e poder servi-la, Alteza. Farei tudo o que estiver ao meu alcance. Conversaremos assim que estiver de volta. Cuidarei de tudo até lá. Avisarei o Rei desta nova situação.

Nathan ouviu toda a rápida conversa. Não ficou impressionado, sabendo com quem estava lidando.

— Você age rápido. Parabéns, esposa.

— Não tanto quanto você, marido. Me leve para esse local secreto. Estou ansiosa por dois dias sem compromissos.

***

Anne estava na cozinha, preparando algumas frutas para o desjejum. Estava distraída, colocando-as no esterilizador, onde flutuavam sob as lâmpadas ultravioleta. Foi surpreendida pela figura curiosa que a observava desde a porta.

— Acordou cedo, Princesa. Venha.

— Você é a Anne, certo? É muito mais bonita do que nas imagens que vi.

— Viu imagens minhas?

— Sim. Recebi um dossiê sobre o Comandante Nathan, incluindo todas vocês. Não esperava conhecê-las numa situação tão inusitada.

— Foi uma surpresa para nós também. Está com fome?

— São frutas cultivadas em Vênus? Gosto delas.

— Estas não. Vieram direto da floresta amazônica. São nativas, mais saborosas do que as cultivadas em estufa. Venha provar esse mamão.

Anne ofereceu um pedaço da fruta descascada. Yvetha a segurou pelo pulso, mordendo um pedaço sem sujar a própria mão. Continuou segurando, gentilmente.

— Gosta de receber comida na boca, Princesa?

— Não tenho esse hábito. Geralmente processo meu próprio alimento. Você a ofereceu com a mão, seria falta de cortesia tirá-la de você.

— Entendo. Mas porque continua segurando meu pulso?

— Não é um costume do seu povo? Nathan ficou segurando a minha mão ontem, quando ofereci o cetro.

Anne riu alegremente.

— Não, Princesa, não é nosso costume. Seguramos mãos por longos períodos quando queremos manter o contato com alguém que gostamos. Contatos curtos são apenas um cumprimento.

— Desculpe, preciso aprender mais. Não tenho prática, só conheço a sua cultura em teoria.

— Não precisa se desculpar. Só achei estranho. Pode segurar minha mão quando quiser. Coma este outro pedaço.

Desta vez foi suficiente para duas mordidas, novamente mantendo o pulso seguro. Depois da segunda, Yvetha começou a lamber os dedos de Anne, os limpando.

— Esse é outro costume seu?

— Sim. Quando alguém nos alimenta, e gostamos, precisamos consumir tudo. É nossa forma de agradecer a gentileza.

— Gostei disso. Temos muito que aprender uma com a outra.

— Se tiver outra fruta, ficarei honrada em alimentá-la.

— Temos muitas. Vou pegar. Essa camisola ficou muito bem em você. É uma das minhas.

— Me desculpe, de novo. Não tive a intenção. Encontrei no quarto do Nathan.

— Nós deixamos camisolas em todos os quartos. Nunca sabemos em qual vamos acordar. Pode usá-la à vontade. Quando as suas chegarem, encontraremos lugar para espalhá-las.

— Vocês não têm quartos próprios?

— Sim, temos. Esta casa tem seis quartos. Um sempre esteve reservado para você. Só não sabíamos quando viria.

— Vocês me esperavam? Isto estava premeditado?

— Não. Quer dizer, de certa forma. Sempre soubemos que Nathan planejou ter cinco esposas. Ele foi nos encontrando e nos trazendo para cá. Eu fui a quarta, há três anos. Faltava uma depois de mim, e hoje você está aqui. Agora estamos completas.

— Quem é a favorita dele?

— Não entendi.

— Meu pai tem três esposas. Minha mãe é a favorita e isto me concede direito ao trono.

— Não sabia. Aqui não tem favoritas. Nathan nos ama igualmente e nos trata da mesma maneira carinhosa e apaixonada. Não tem competição entre nós, todas temos os mesmos direitos. Cada uma é cuidada e protegida pelas outras.

— Está dizendo que posso ter os mesmos direitos que vocês?

— Claro. Você é uma de nós, a partir do momento em que Nathan te pediu.

— Mas ele disse que é por dois dias.

— Você não entendeu. Nossa lei nos dá o direito de recusar a nova união em 48 horas, se acharmos que você não é adequada. Jamais faremos isso. Foi o Nathan que te escolheu e nós respeitamos as decisões dele. Se está preocupada em ser rejeitada, pode ficar tranquila. Falo por todas nós, conheço minhas esposas.

— Estou confusa. Este casamento é permanente?

— Sim, Princesa. Desde que você aceitou, na frente de toda a galáxia.

— Nathan me colocou contra a parede, usando uma expressão humana. Se recusasse não haveria clima para a minha permanência. Eu teria que entrar em minha nave e partir. Seria uma desonra para mim, para meu pai e para o meu povo.

Anne a encarava fixamente, perplexa, olhando bem no fundo dos olhos negros. Duas lágrimas rebeldes surgiram, escorrendo pela face, sem cerimônia.

— Você não o ama!

— Anne, não faça isso. Não suporto ninguém chorando, vou chorar junto. Deixe-me explicar.

Yvetha a abraçou, esquecendo que tinha uma força descomunal, quando comparada com humanos. Anne tentou, mas não conseguiu se livrar dos quatro braços.

— Me dê só um minuto, antes de me julgar.

— O que tem a dizer? Que veio se divertir por dois dias? Com o nosso Nathan?

— Não, Anne. Eu posso ter racionalizado ontem, antes de aceitar. Mas minha decisão não foi racional. Estou acostumada com homens que se ajoelham me pedindo em casamento. Já aconteceu algumas vezes. O jeito como Nathan me encarou, sustentando meu olhar, foi totalmente diferente. Todos os outros abaixaram as cabeças, ele não. Me despiu naquele momento, vendo a mulher que sou, não uma

Princesa. Ele me desarmou. O sim veio de dentro de mim, não do cérebro.

— O que isso significa?

— Apenas que estou confusa querendo entender. Nathan me surpreendeu, de todas as formas. Passamos uma noite maravilhosa juntos. Eu não sabia que humanos podem se comportar como verdadeiros guerreiros kerns. Entendo disso, eu mesma sou uma guerreira. Posso ter exagerado um pouco. Ele está dormindo, exausto. Eu é que não consegui dormir nem um minuto.

— Ele está exausto?

— Por que o espanto?

— Ele nunca se cansa. Nós é que sempre ficamos exaustas. Nathan não é uma pessoa comum, os outros humanos não são assim.

— Li isso no dossiê. Me deixe terminar. Estudo sua cultura há mais de trinta anos. Vim para cá com um conceito sobre humanos que não estou encontrando. Não é só o Nathan. Você me surpreende. Me alimenta com a mão, me oferece sua roupa, me aceita como uma igual e até quer compartilhar os direitos que te pertencem.

— Não estou fazendo nada demais. Nós somos assim, eu e as meninas.

— É isso que me confunde. Não sei o que estou sentindo. Tem uma energia diferente emanando de vocês, me atraindo. Quero fazer um pedido. Preciso da sua ajuda, aliás, de todas. Me ensinem a ser uma de vocês. Conheço a história do Nathan, o protegido da deusa, desde que era menina. Sempre o admirei. Depois desta noite, vejo que admiração é o que sinto por meu pai. Por Nathan é outra coisa, mais profunda, mais desconhecida. Você sabe o que é para me ensinar?

— Yvetha, você é a Princesa. É você que deveria saber tudo!

— Não aqui, Anne. Deixei a Princesa do lado de fora. Sou apenas uma mulher, insegura e assustada.

— Temos que mudar isso. Vou chamar as meninas. Precisa se sentir uma verdadeira esposa do Nathan. Ele te escolheu, por algum motivo.

Duas batidas na porta aberta interromperam a conversa.

— Que bom, Anne. Me deixou sozinha no quarto. Nem me chamou para dar as boas-vindas à nossa esposa.

Yvetha relaxou o abraço permitindo que Anne se soltasse. Anne se recompôs, fazendo a apresentação.

— Esta é Shae, nossa especialista em recepção de novas esposas.

Shae caminhou até Anne, aplicando um beijo de bom dia na boca. Depois seguiu até Yvetha e repetiu o gesto.

A azul sorriu.

— Gosto desta forma de cumprimento. Posso retribuir?

Foi a vez da Princesa distribuir dois beijos, um em cada boca.

— Tem muitas coisas que precisamos te mostrar, Blue. Gosta de banhos de imersão? Nathan adora.

— Shae, olha o respeito. Ela é uma Princesa. – Anne nunca foi inconsequente como a Shae.

— Está tudo bem, podem me chamar de Blue. Parece bem intimista. Que tipo de imersão?

— Agua pura. Estamos cercadas por um oceano e temos nosso suprimento particular. Eu gosto de misturar perfumes e sais na água. Entrarei na banheira com você, para te mostrar como se faz.

— Parece interessante. Em Alnitak não temos muita água. Não temos esse tipo de luxo.

— Shae, Nathan está dormindo, exausto.

— Como é, Anne? Ela sozinha fez isso? Quero aprender.

— Temos muito o que aprender, e talvez até ensinar. Leve-a para o banho. Nathan vai querer a presença dela quando acordar. Vou processar uma refeição estimulante para os dois, sem pílulas. Já levo lá.

— Vamos, Blue. Vou te emprestar uma camisola das minhas. Ficará melhor do que esta antiquada da Anne.

— Shae, uma das suas, curtinhas, mal chegará na cintura dela.

— Exatamente, vai ficar muito melhor...

Resgates

Com apenas um ano de casada, Blue já estava totalmente integrada. Quando entendeu que a atração que sentia por Nathan e pelas quatro esposas se chamava amor, foi fácil libertar o sentimento e se deixar contaminar. Anne foi o gatilho. Shae, o dedo que fez o disparo. Bia e Sue

completaram o processo.

Numa quente manhã do verão de 2301, Anne havia levantado cedo, como sempre fazia, preparando frutas e sucos do jeito que as esposas gostavam. Mais uma vez foi interrompida por um abraço repentino pelas costas, com duas mãos azuis lhe acariciando os seios, enquanto outras duas se fechavam em volta da cintura.

— Adoro te encontrar aqui tão cedo. A Sue já saiu?

Blue soltou um seio e puxou o rosto dela gentilmente, para roubar o beijo matinal.

— Adoro quando você me encontra tão cedo. Não, ela está dormindo como uma criança. Esgotada como nas últimas semanas.

— Culpa sua?

— Gostaria que fosse. Também não é culpa do Nathan. É o trabalho dela. Disse que está tentando resolver o problema de uma arma que cria chuva.

— Ela consegue. É extremamente eficiente. Soube do disparador de relâmpagos que ela construiu com um bracelete meu?

— E deixou os deltas loucos com aquele novo uniforme de combate, baseado em nanobots. Mas acho que ela está trabalhando demais. Nem tem tempo para nós.

— É bom Nathan e Bia a estarem ajudando. Os três chegaram tarde ontem. Pensei que as duas ficariam com ele. Nathan saiu cedo para a reunião em Alpha Centauri. Quando saiu, peguei Bia no quarto dele e a levei para o meu. Está lá, dormindo abraçada com a Shae.

— Bia é um doce. Sempre querendo ajudar. Eu vi quando chegaram. Estava para ir dormir com você e a Shae, quando vi a Sue cambaleando de cansaço. Eu a levei para o meu quarto, dei um banho relaxante e ela apagou abraçada comigo. Deixei que dormisse a noite toda. Por falar nisso, a Bia me contou uma coisa outro dia que me deixou curiosa.

Blue sentou-se numa banqueta flutuante, na enorme cozinha funcional toda mecanizada, e puxou Anne para o colo. As mãos superiores voltaram a acariciar os seios da loira, enquanto as inferiores massageavam as coxas.

— Já sei. Sobre Nathan, certo?

— Dessa vez não. Sobre o seu pai.

Anne se virou, ficando de lado. Abraçou a cabeça azul, afagando os cabelos negro-azulados.

— Ei, isso é novidade. Me conta, Anne.

— Ela está estudando detalhes sobre a visita da deusa. Conseguiu acesso ao acordo original assinado por Nathan e o Rei, para a transferência de tecnologia médica. Seu pai exigiu a colocação de uma clausula restritiva, sobre a criação de guerreiros.

— Isso foi a duzentos anos. É difícil acreditar que Nathan foi um dos protagonistas. Meu pai eu entendo, é um guerreiro.

— É isso que me deixa curiosa. No nosso primeiro encontro, aqui mesmo nessa cozinha, você mencionou que Nathan agiu como um guerreiro. Como guerreiros são criados?

— Promete manter segredo? Nossos inimigos não podem nem imaginar isso.

— Claro, amor. Somos militares de carreira, treinadas em manter segredos.

— Certo, confio em você. Nós, os kernianos naturais, temos uma baixa expectativa de vida. Em unidades terráqueas, seria em torno de 60 anos. A deusa, através do Espírito das Nuvens, nos deu uma técnica para aumentar isso dez vezes. Quem recebe o tratamento pode viver até 600 anos, eventualmente um pouco mais. Inicialmente apenas os guerreiros eram tratados. Tem pouco tempo que meu pai autorizou o uso em sacerdotes e nobres. Gradualmente está liberando para outras castas. No futuro, pretendemos estender isso para toda a população, provavelmente, quando eu for a rainha. Meu pai sabe que não é imortal, embora eu quisesse que fosse.

— Porque só guerreiros? O tratamento é doloroso?

— Não, é cirúrgico, sob anestesia. Provoca aumento de força física, imunidade a doenças e interrompe o envelhecimento. Tem um efeito colateral: causa esterilidade. Mas é temporário, basta não renovar a carga e as capacidades de procriar e de envelhecer retornam, junto com a possibilidade de adoecer. Meu pai adiou uma recarga dele por dois anos, para que eu pudesse nascer.

— Como é essa carga?

— Cápsulas bioenergéticas corretivas, implantadas direto nos ossos. Cada uma fornece energia para 10 anos, depois um mecanismo hormonal no último estágio ativa outra cápsula. A nova inibe o hormônio impedindo que mais uma seja ativada, criando uma cadeia em sequência. Conseguimos implantar de uma até 8 capsulas em cada carga. Não tem como desativá-las enquanto tiverem energia.

— Você as tem?

— Recebi oito delas, quando tinha 19 anos. Ficarão ativas até quando completar 99. Hoje, tenho 62 anos e não preciso de anticoncepcionais. São feitas sob encomenda, de acordo com a matriz celular de cada pessoa.

— Explica você ser tão linda, maravilhosa e madura, com um rostinho de adolescente. Blue, tudo isso é fantástico. Minha vez de fazer uma confidência. Tenho acesso a todos os registros médicos do Nathan, recentes e do passado. Ele é estéril. Nós também não precisamos de anticoncepcionais. Tudo isso que está me contando se aplica a ele.

— É impossível, amor. Meu pai só estendeu o uso das cápsulas depois que a deusa passou por aqui. Nathan já tinha mais de cem anos quando isso aconteceu. Mal sabíamos de humanos nessa época.

— E se não foi a deusa que colocou as capsulas nele? E se fomos nós?

— Explique. O que está pensando?

— Bia já tinha chamado minha atenção. Os fatos mais marcantes da vida do Nathan são cíclicos. Aconteceram espaçados praticamente por 80 anos. E se coincidiram com as recargas?

— Alguma coisa estaria registrada. Fatos assim não passariam despercebidos.

— A história registrou o que aconteceu, mas não conta como foi. Bia sabe todas as datas exatas. Temos uma das melhores estrategistas da nossa época, a Shae, para calcular missões com precisão cirúrgica. Por falar nisso, eu sou cirurgiã, posso implantar qualquer tipo de cápsula em poucos minutos. Você pode consegui-las.

— Mas não temos como fazer isso. Já aconteceu. É passado.

— Supondo que seja possível, o que é preciso para criar essas capsulas?

— Minha equipe pode fabricá-las, se tivermos a matriz celular. DNA do Nathan, no seu idioma. Acontece que, supondo que seja possível, o DNA já está corrigido, portanto não indica mais onde as falhas estavam. As capsulas seriam inúteis.

— Então, precisa ser DNA de antes da primeira carga?

— Exato, fofura platinada inteligente.

— Se falta tecnologia, temos uma especialista nisso. Ela acaba de chegar. Sue, devia estar dormindo.

— Bom dia, meninas. Bem que eu queria. Tenho que estar na Austrália dentro de uma hora. Trabalho, trabalho e mais trabalho.

As duas a receberam com abraços e beijos na boca. Um dos braços azuis se desligou do corpo de Anne e abraçou a cintura da recém-chegada.

Anne continuava sentada no colo da Blue. Teve uma visão melhor dos olhos esmeralda.

— Precisa descansar mais, querida. Seus olhos estão perdendo o brilho. Isso é imperdoável.

— A Bia já acordou? Com a ajuda dela, talvez eu consiga voltar mais cedo.

Anne atacou de supetão.

— Ela também está trabalhando na máquina do tempo?

Os olhos de esmeralda se arregalaram. A expressão sonolenta desapareceu.

— Como vocês sabem? Ela falou? Isso é Top Secret nível máximo.

— Não, querida, ela não falou nada. Nós é que deduzimos.

— Como? Baseadas em quê? Deixei escapar alguma coisa?

— Calma, Sue. Eu e a Blue estávamos apenas conversando e surgiu uma necessidade. Da sua área. Só você pode ajudar.

— Do que estavam falando?

— Eu preciso do DNA do Nathan de antes do cataclismo. Conhece alguma forma de obter isso?

— Juram manter segredo?

— Claro, amor. Tenho nível Um e Blue é uma Alpha. Segredos são nossa matéria prima diária.

— Está bem. Amanhã pretendo fazer mais uma visita ao passado. Outro teste para entender a questão da chuva. Estou treinando Bia como minha copilota. Se está relacionado ao Nathan, posso fazer um desvio e pegar o que você precisa.

— Ótimo. Blue, querida, poderia acordá-las, enquanto termino o desjejum para todas? Temos que ter um plano amanhã cedo. Finalmente, começo a ver um objetivo para termos sido reunidas em torno do Nathan.

***

Nathan avisou que só voltaria na noite seguinte, preso por compromissos sociais, cheio de recepções. Anne teve oportunidade de planejar a missão inédita com calma, com as cinco dormindo no quarto dela.

Sue foi obrigada a revelar o motivo de tanto cansaço.

— Estou nesse projeto há quase um ano, junto com uma equipe de engenheiros cedida pela LightYear. Eu e Nathan somos os únicos que conhecem o projeto completo. Os demais só conhecem as partes em que estão envolvidos. Nathan exigiu segurança máxima, nem as Forças Delta ou Tetha sabem o que estamos fazendo. Construí a máquina no chassi de um transporte Hummer, transformando os osciladores de propulsão mônica em osciladores temporais. É o mesmo princípio das cortinas de neutrinos, mas moduladas para penetrar no tempo. Fiz alguns testes indo ao passado.

— Você comentou algo sobre chuva.

— Sim, Anne. Retirei todas as armas do Hummer. Deixei só um campo de força presencial e a camuflagem de invisibilidade. Os dois campos quando ligados juntos, combinados com os osciladores temporais, geram uma zona atmosférica de baixa pressão, provocando chuvas e relâmpagos por algumas horas. O teste de amanhã é para ver qual a intensidade do campo, se pode virar uma tempestade, e qual o tempo que a integridade da nave pode ser mantida.

— Qual o alcance de voo?

— Não testei, mas a expectativa é que consiga voltar 2000 anos, com segurança. Nathan proibiu viajar para o futuro. Coloquei travas criptografadas nos circuitos para impedir avanços além da data original da partida. Só retornos.

Anne se virou para as demais:

— Meninas, a Sue nos trouxe uma solução para algo que está nos incomodando. Já falei com vocês mais cedo, mas preciso que todas concordem. Sabemos dos fatos inexplicáveis que ocorreram com o Nathan. Se a Sue conseguir o DNA do Nathan no passado, temos uma explicação: fomos nós.

Bia levantou a mão.

— Se os fatos já aconteceram, o que ainda podemos fazer?

Sue foi quem respondeu.

— Quando decidi assumir esse projeto, querida, eu me perguntei a mesma coisa. Enquanto estudava compreendi uma coisa: chama-se paradoxo. A história sempre segue uma linha, que podemos considerar que seja reta, enquanto não sabemos o que vai acontecer. Quando existe uma possibilidade de interferir, como esta em que estamos agora, a linha ganha uma bifurcação. O simples fato de sabermos disso cria o paradoxo. Podemos deixar como está, sem saber qual desvio a história vai tomar. Pode ser o que já aconteceu ou pode ser a variante, onde nem sabemos se existimos. Ou podemos voltar no tempo e garantir que os fatos serão os conhecidos. Com o cuidado de não alterar nada, para não criar outra variante. Se nós estivemos no passado, isso precisa ser confirmado.

— Quer dizer que se não voltarmos lá, podemos nem existir? Se estivemos, vamos encontrar nós mesmas?

— Exato, Bia. A história pode seguir por outro caminho, mudando tudo. Mas não acho que vamos nos encontrar. Penso que só podemos existir em um momento, hoje ou no passado. Vamos passar de um momento para outro, mas continuamos sendo únicas. Físicas ou temporais, são as mesmas regras do hiperespaço.

— Então o que devemos decidir não é se vamos, mas como faremos isso.

— Você é a deusa dos fatos, Bia. Como sugere para pegarmos o DNA do Nathan, sem alterar nada?

— 2015. Ele dormiu por 5 minutos numa sala de dentista. Foi ele mesmo que deixou isso registrado. É um fato histórico, mas nem ele sabe como aconteceu. Posso identificar o local e a hora exatos.

Anne observou:

— Uma simples anestesia por estimulação na nuca provoca esse efeito. Shae, tem alguma coisa a dizer?

— Vocês estão pensando no passado e esquecendo do presente, Anne. Sue está cansada. Quanto tempo ela precisa para esse passeio?

Sue enviou um olhar agradecido para a jovem esposa oriental.

— Shae tem razão. Preciso de autorização do Nathan para sair com a nave. E de outra para conseguir um transporte da Austrália até São Paulo. Minha nave, a Watcher, não tem sistemas de propulsão. Só os flutuadores para manobras. Viagens no tempo são como mergulhos verticais. Saímos de um local e aparecemos no mesmo lugar, em épocas diferentes.

— Não precisamos do Nathan desta vez, fofura de olhos verdes. Eu sou uma Alpha, posso te convocar para qualquer missão. E não precisamos de transporte. Minha Ceifadeira tem espaço para levar uma Hummer. O que precisamos é de uma licença médica, de um dia, para você descansar. Certo, Anne?

— Certíssima, comandante Blue. Eu já devia ter assinado essa licença para a Sue, de uma semana inteira.

— Calma, meninas. Não precisamos de tanto tempo. Uma hora é suficiente. Apenas o deslocamento no presente, ida e volta até o Poço dos Sapos. Posso programar a volta para minutos depois da partida, não importa quantas horas eu fique no passado.

— Sue, aquele lugar é horrível. Os monstros com línguas pegajosas capturam presas a mais de dez metros de distância. O que foi, Bia?

— Só é horrível hoje, Shae. Em 2015 era um local turístico. Se tinha sapos, não chegavam a 10 centímetros. Por que escolheu esse lugar, Sue? Vai estar cheio de pessoas quando chegar.

— As pessoas vão debandar quando nós começarmos a tempestade. E é perto do endereço que você me passou. Por falar nisso, querida, conseguiu os objetos do museu que me falou?

— Que museu, Bia? – Anne levantou as sobrancelhas, curiosa.

— Nada de mais, Anne. O Museu de História da Base. Tem um depósito cheio de objetos antigos, a caminho do lixo. Consegui algumas notas do dinheiro daquela época e um avental branco, usado por professoras e enfermeiras. Vai servir em você também. Segundo a Shae nossos uniformes não devem ser vistos em 2015. Pelo que entendi agora, criariam outro paradoxo.

— Obrigada, Rapunzel. Por isso eu amo todas vocês. Não são apenas rostos bonitos, vocês têm cérebro. – Anne se deu por satisfeita.

— Então, está fechado. Shae, é com você. Por favor, amore, monte o plano de voo, com tempos, rotas e todos os detalhes que só você consegue pensar. – Sue estava ansiosa, pensando mais na execução do que no planejamento. O cansaço recomendava pedir ajuda.

* * *

A aventura começou na metade do dia seguinte. A Ceifadeira decolou no hangar dos oficiais da Base Saturno, levando duas Primeiras Damas para um passeio sem destino divulgado.

A Princesa havia dispensado a escolta, justificando que estava na companhia de uma fuzileira delta. Os guerreiros, mesmo a contragosto, não a seguiram, sabendo que seria impossível acompanhar a ex Capitã da Frota Real, se ela não quisesse ser acompanhada. A multidão de repórteres de plantão na Base não sabia disso e uma dúzia de naves civis decolou ao mesmo tempo, esperançosos de conseguir alguma reportagem com duas esposas de Alpha Um, provavelmente no Galaxy Shopping.

Assim que se afastou o suficiente, os bloqueadores de sinais da Ceifadeira foram acionados, a ocultando de todos os sensores em volta. A camuflagem de invisibilidade foi acionada, fazendo com que desaparecesse dos olhos biológicos. Totalmente invisível, Blue corrigiu o curso apontando para a Terra e mergulhou a nave no hiperespaço em Warp 10, frustrando todos os seguidores.

Menos de sete minutos depois, considerando a distância de uma hora-luz e o tempo de desaceleração, a poderosa nave real emergiu dentro da estratosfera da Terra, sobre o Atlântico Norte, imediatamente mergulhando no Triângulo das Bermudas, um dos principais locais de confluência das Linhas Ley. Penetrou num dos túneis energéticos, seguindo pela derivação passando sobre as ruínas da antiga cidade de Fortaleza. Protegida dos satélites de identificação e do atrito da reentrada, ainda com os bloqueadores ativados, se desviaram para o sul, em direção a Minas Gerais. Sobre Varginha, outro ponto secundário de confluência das linhas, a Ceifadeira mergulhou em direção ao solo, sem desacelerar. A cortina mônica de neutrinos garantiu uma viagem tranquila através do planeta, até emergir 12 minutos depois, dentro do piso inferior da caverna no Mar da China, usada como moradia pelas esposas de Nathan.

Uma ansiosa Bia já estava esperando.

— Por que demoraram tanto?

Seguindo o cronograma traçado na véspera por Shae, as três decolaram novamente, voando submersas através do Mar da China, das Filipinas e da Indonésia, até emergir na costa da Austrália, terminando o trajeto voando baixo pela superfície, até chegar na antiga Base Aérea de Katherine, local do laboratório secreto da Sue. A engenheira usou os flutuadores da Watcher, para a alojar com folga dentro do enorme compartimento de carga da Ceifadeira.

A próxima escala foi o Poço dos Sapos, em São Paulo, novamente cruzando através do planeta. O lindo parque de antes do cataclismo, usado por famílias inteiras como ponto turístico havia desaparecido há muito tempo. Só restava um imenso lodaçal, cercado por vegetação selvagem e habitado por criaturas descendentes dos sapos, com até três metros de altura. Nenhum cientista conseguia explicar como batráquios sobreviveram às chuvas acidas, posteriormente se alimentando de baratas, talvez radioativas, para se tornarem monstros modificados.

Blue devia permanecer cinco minutos flutuando sobre o lago de lama, a uma altitude de 10 metros, com todas as armas desintegradoras e sistemas de vigilância em prontidão, para o caso de alguma criatura saltadora aparecer. Sue programou o mergulho temporal para ficar três horas no passado, retornando quatro minutos depois da partida. Tempo suficiente para estudar o fenômeno atmosférico produzido pela Watcher.

Antes de sair, a fuzileira e a guerreira se despediram.

— Blue, só vou ficar fora por quatro minutos. Tome cuidado, querida.

— Meu amor, sou uma guerreira. Posso sobreviver por mais tempo do que isso. Já combati inimigos piores do que estes sapos.

— Eu acredito, mas meu coração fica apertado. Você ficará sozinha. Me sinto responsável por sua segurança.

— Só me dê um beijo e vá completar sua missão. Quando voltar, verá que continuo aqui, sã e salva, e me deixe retribuir.

Bia ficou boquiaberta ao ver a beleza do Parque do Ibirapuera, quando a nave chegou a 2015.

— Sue, esse lugar é lindo. Como se tornou aquele poço horrível?

— As pessoas nessa época viviam comprando um lugar no céu, sem se dar conta de que tinham um paraíso. A vingança da natureza foi impiedosa, destruindo tudo o que havia oferecido antes.

Estavam com os dois campos protetores ligados, o da invisibilidade e o escudo, flutuando a dez metros de altura, num um dia ensolarado e quente. Bastou um minuto para que a ventania começasse, e uma nuvem se formasse ameaçando esconder o sol.

— Bia, mantenha todos os sensores ligados e gravando. Preciso de dados de como essa baixa pressão se forma. Se ameaçar virar tempestade, desative o escudo, por alguns minutos. Vou sair. Tenho um encontro com Nathan.

— Tome cuidado, Sue. Essa época é bem diferente da nossa. Ignorância e violência são hábitos comuns.

— Não se preocupe, querida. Sou uma fuzileira delta. Posso ser ignorante e violenta, se necessário. Se aproxime da margem, vou saltar. Volto em meia hora.

— Não esqueça o avental.

Sue usou o gancho de escalada, acertando uma arvore e a usando como apoio para chegar ao solo. Vestiu o avental de enfermeira para esconder o uniforme e saiu andando calmamente do parque, protegendo os cabelos da ventania.

Chegou ao ponto de taxi, o serviço de transporte de aluguel da época, coincidindo com as primeiras gotas de chuva. O motorista do veículo comentou:

— Esse tempo de São Paulo é maluco. Vira de sol para chuva sem avisar. Nunca vi uma mudança de tempo tão rápida. Cinco minutos atrás não tinha nenhuma nuvem.

— Eu acho que o sol volta dentro de duas horas. Por favor, me leve a esse endereço.

Acostumada com naves espaciais atravessando a galáxia sem atrito, Sue estranhou o percurso lento, cheio de sacolejos e buracos pelo caminho. Foram longos quinze minutos de sofrimento e tensão, por ruas entupidas de outros veículos, barulhentos e fumacentos.

Foi um alívio quando chegaram ao destino. A estimativa de voltar para a nave na meia hora combinada estava ameaçada. Ela decidiu acelerar o cronograma.

Entrou no prédio pela porta da frente, como se fosse uma cliente normal, lembrando-se das plantas do local, as que havia estudado com Bia. Antes de chegar ao balcão onde seria necessária uma identificação, tirou o avental e o escondeu atrás de um vaso de plantas. Colocou o capuz e acionou a camuflagem do traje de combate, tornando-se invisível. Seguiu para as escadas que conduziam ao terceiro andar, evitando fazer qualquer barulho, mesmo subindo os degraus de dois em dois.

Encontrou a sala aberta onde Nathan já estava sentado, confirmando que a janela de tempo estava apertada. Voltou ao corredor, abrindo vidraças para permitir a entrada do vento. Derrubou outro vaso, para chamar a atenção da dentista.

Quando a mulher saiu da sala, entrou rapidamente e usou um dos tubinhos fornecidos pela Anne, um raio anestésico direto na nuca do Nathan. Sem perda de tempo, colheu a amostra de DNA, esfregando um palito no interior da boca do marido e o guardando em outro tubo. Saiu da sala quando a dentista terminou de fechar as vidraças.

No piso térreo recuperou o avental e o vestiu, desativando a camuflagem.

Outro taxi a levou de volta ao Ibirapuera, onde a chuva estava muito mais forte. Desta vez o comentário do motorista foi outro:

— A senhorita não é uma atriz da novela das sete? Com esses olhos só pode ser uma famosa.

— Não senhor. Sou só a assistente de um laboratório de análises. Por favor, podemos ir mais rápido? Tenho pouco tempo para entregar o material que vim buscar.

— Nessa chuva, dona? A cidade está travada. E o rádio diz que está chovendo só nessa região. Na represa que precisa, não chove nada.

Foram outros vinte minutos para o retorno. O motorista ainda tentou demovê-la da ideia de descer no parque, onde a chuva estava torrencial. Ela chegou na margem do lago com o avental totalmente ensopado, já que o traje era impermeável. Bia havia pousado na grama, a guiando pelo comunicador auricular, até a proteção do interior da nave.

— Você manteve as proteções ligadas o tempo todo?

— Não, só liguei depois de pousar. Já estava me preparando para ir atrás de você.

— Agradeço a preocupação, docinho. Atrasei por causa da chuva. Vamos logo embora, já provocamos muito estrago por aqui. Bia, o que era novela das sete nessa época? Quem eram as sete?

***

O sucesso da missão confirmou que elas estavam no caminho certo. Shae e Bia iniciaram imediatamente o planejamento das próximas quatro investidas ao passado. Na volta do Poço dos Sapos, Sue havia feito um voo de reconhecimento sobre mais um local em São Paulo, antecipando o próximo alvo.

A Princesa requisitou a confecção das capsulas bioenergéticas conforme as especificações recebidas da Anne. Ficaram prontas uma semana depois. No mesmo pedido elas solicitaram a confecção de três pés humanos, fornecendo três amostras diferentes de DNA. Oficialmente, seriam usados nas aulas de cirurgia de reimplante de membros, que a Sigma Um ministrava no Hospital modelo Thalma de Naevus.

Fizeram o mesmo percurso dez dias depois do primeiro. Blue e Shae permaneceram na Ceifadeira em 2301, planando sobre o local onde existiu um hospital no passado. Anne, Bia e Sue mergulharam até 2015.

Bia ficou dentro da Watcher, no estacionamento do hospital, monitorando o local e controlando o tempo, tentando evitar outra tempestade. Sue entrou no hospital pela porta da frente, usando o traje invisível, se dirigiu a uma porta de serviço lateral e a abriu para Anne, vestida com aquele mesmo avental branco obtido no museu. Ficou camuflada no corredor, vigiando, enquanto a médica se dirigiu para a sala do ortopedista.

No momento combinado Sigma Um voltou. As duas saíram pela porta de serviço, correndo para a Watcher embaixo da forte chuva. Só então puderam conversar:

— Como foi lá dentro, Anne?

— Tecnicamente, como o previsto. A dor que o trouxe aqui era de um abcesso no joelho. Não imagina como foi terrível vê-lo sofrendo, frágil e carente. Nem sabe beijar ainda.

— Você o beijou mesmo?

— Não resisti. Eu tinha que fazer alguma coisa. Foi um beijo amador, já que ele ainda não conhece a Shae. Não encontrei o nosso Nathan como o conhecemos, mas é ele, pude perceber. Ele precisa desesperadamente de nós, para se tornar o que é. Vamos embora, precisamos convencer a Blue da próxima visita.

— Se souber que você a chamou de criatura, ela arranca seus braços. Esse trecho eu ouvi claramente.

A missão seguinte estava pronta para ser executada três dias depois. Sue havia preparado as armas especiais, o reconhecimento do Porto de Casablanca, e haviam revisado todos os detalhes fornecidos pela Bia, várias vezes. Só faltava convencer a Blue. Anne era quem mais insistia:

— Blue, ele precisa de nós. Você devia ter visto como está carente. Parece uma criança perdida.

— Anne, eu faço qualquer coisa pelo Nathan e por vocês. Mas isso está acima da minha capacidade. Não conseguirei.

— Claro que consegue, Princesa. Você é uma vitoriosa.

— Não a esse ponto. Entenda, eu cresci admirando o humano protegido pela deusa. Meu povo o ama, graças a ela. Eu o amo, graças a ela. Agora vocês me dizem que tudo pode ter sido uma farsa, e que devo me fantasiar no lugar dela? É demais para mim.

— Não pense em farsa, Blue. Isso aconteceu há duzentos anos. A deusa ficou conhecida em mais de um Sistema Solar, ganhou mais alguns milhões de seguidores, uniu dois povos de espécies diferentes, salvou milhares de vidas. Ter uma participação ativa em tudo isso é motivo de orgulho. Você merece ter essa honra.

— Só porque tenho o mesmo nome dela? Isso não me dá o direito de usurpar um nome sagrado.

— Você não está usurpando nada. Estamos em outro Sistema Solar. Ela nunca esteve aqui. O que você vai fazer é ganhar terreno para ela. E pense, se a deusa estivesse ofendida, ela já teria se manifestado. Você nunca a ofendeu. Só trouxe glória para o nome que vocês duas compartilham.

— Anne, você faz tudo parecer simples. Não é bem assim. Bia me disse que foram 25 mortes. Não posso fazer isso, é um número fatídico. Vai me trazer má sorte para o resto da vida.

— Às vezes esqueço como kerns são supersticiosos. Não pense nisso. Não os conte. Qual seu número de sorte?

— Sempre fui favorecida pelo 18.

— Então, basta não os contar. Pense que eliminou 18 inimigos e que se teve mais algum foi de bônus.

— Anne, eu vou nessa missão, como disse, pelo Nathan e por vocês. Mas com uma condição: a qualquer sinal de que a deusa verdadeira está lá, eu desapareço. E tem outra coisa: não sei como aquela imagem dela com olhos dourados possa ser simulada. Sue tem alguma tecnologia para isso?

— Então você não sabe? Todas nós já te vimos com olhos dourados.

— O quê?

— Deve ser um efeito dos seus hormônios misturados com adrenalina. Seus olhos clareiam quando você está muito excitada. A Shae enlouquece ao vê-los. Ela diz que você liberta seu animal interior.

— É por isso que ela me provoca tanto?

— Sim. Eu prefiro quando acontece espontaneamente. Quer um banho de imersão comigo, antes de vestir sua armadura?

A viagem até 2093 aconteceu e terminou conforme o planejamento da Shae, sem nenhum desvio. Exceto a alegria contagiante da Blue, manifestada quando ela entrou na Watcher, depois de atravessar o escudo de invisibilidade. Os olhos dourados lentamente retornavam à cor original.

— A história está errada. Eu não matei 25 bandidos. Foram só 18. Não estou condenada. Amo o Nathan! Amo vocês!

Anne piscou um olho para Bia.

— Depois te conto.

Sue entrou nesse momento, retornando do teto da nave.

— Estou perdendo alguma coisa? Bia, feche a porta. Não temos isolamento acústico, alguém pode nos ouvir. Vamos embora, missão cumprida.

— Blue quer comemorar o sucesso.

— Depois que voltarmos, faremos uma festa. Blue, como fez aquele movimento circular? Quero aprender.

— Acredita se eu disser que não sei? Me deu vontade, como se estivesse em mim o tempo todo. Vamos treinar juntas, gostei da sensação. Foi como fazer um parafuso no espaço.

— Você fez um parafuso no espaço! Só que estava a pé...

A missão seguinte demorou uma semana para ser planejada. Bia não conseguia encontrar informações suficientes na história. Era como se alguém houvesse apagado um capítulo inteiro.

Nos registros de 2168 constava que a nave de Nathan caiu na floresta Amazônica, sem motivo aparente. Os destroços da nave foram encontrados alguns dias depois da queda, completamente carbonizados, com um corpo dentro. Uma nave da Base Gama de Brasília fez contato com Gama Três na tarde do terceiro dia, quando foi resgatado. Fora isso não havia mais nenhum detalhe.

Sue tentava juntar as peças:

— Se houve um incêndio, não foi no momento da queda. Nathan não sobreviveria ao fogo. Também não foi arremessado para fora, ou teria escoriações. Devemos supor que saiu andando talvez fugindo do princípio do incêndio ou de algum vazamento radioativo. E sobreviveu por três dias na floresta, mesmo sem treinamento especializado.

— Querida, você está esquecendo um fator importante. Nós.

— O que quer dizer, Shae?

— Se vamos até lá, precisamos considerar todas as possibilidades. Talvez a história não tenha registrado nada justamente por causa da nossa interferência. O incêndio pode ter sido provocado para esconder alguma evidência, da nossa passagem ou de outra coisa.

— Que tipo de coisa?

— Uma sabotagem, por exemplo. Se Nathan se feriu na queda, nossa médica preferida pode ter dado um jeito. Mesmo num caso de vazamento radioativo. Ele não precisa de treinamento na selva: nós temos uma especialista nisso.

— Porque não perguntamos a ele?

— Bia querida, se ele quisesse que alguém soubesse já teria nos contado. Seja o que for que aconteceu naquela floresta, acho que foi o próprio Nathan que manteve segredo.

— Mas Shae, acha que ele vai aceitar a nossa interferência?

— Precisamos acreditar que ele depende de nós. Sugiro irmos até lá e conferirmos. Se Nathan nos dispensar, voltamos. Vamos preparadas para qualquer possibilidade. Levaremos equipamentos para apagar e para provocar incêndios. Sue deve ir armada e pronta para ficar três dias na selva. Enquanto verificamos a causa da queda, você fica na Watcher monitorando tudo.

— Não sabemos o estado em que o encontraremos. Anne deve estar pronta para qualquer coisa, até para conter radiação.

— Concordo, Sue. Eu serei a menos útil quando chegarmos lá. Ficarei cuidando dele enquanto as especialistas trabalham. – Um brilho passava pelos olhos da Shae.

— Ei, vocês se divertem e eu fico só olhando?

— Bia, na próxima reservarei uma hora inteira para você ficar com ele, no asteroide. Prometo.

— Então, vamos interferir o mínimo possível. É como havíamos imaginado. Avaliamos a situação, deixamos Sue com Nathan e voltamos. Vamos buscá-la três dias depois. Sue, desculpe, mas tudo ficará nas suas mãos. – Anne se mostrando prática.

— Eu e Nathan, sem vocês por perto, durante três dias? Podemos partir já?

Demorou mais dois dias para carregar a Watcher com todos os equipamentos imagináveis, incluindo suprimentos médicos e de sobrevivência para uma semana. O estoque de peças sobressalentes foi revisto, para a possibilidade de serem atacadas. Todas as armas da Blue e da Sue foram incluídas no pacote.

Quando partiram estavam prontas para qualquer possibilidade, contra a floresta misteriosa. Outra novidade foi o piloto da escolta da Princesa, convocado para permanecer na Ceifadeira durante aquele voo, que para ele parecia sem sentido. A Princesa ordenou que a nave ficasse planando numa coordenada específica sobre a Floresta Amazônica, aguardasse 5 minutos, depois se dirigisse para outra coordenada 30 quilômetros ao sul, para planar por outros 5 minutos. Sempre com os sistemas de camuflagem, escudos e bloqueadores ativados. Invisibilidade total.

A Princesa pilotou a nave desde Saturno, por rotas desconhecidas, até chegar na primeira coordenada. Depois passou o comando da nave para o piloto e as cinco desapareceram no compartimento de carga. Nenhuma porta foi aberta, embora a Ceifadeira tivesse feito uma auto regulagem de altitude, como se tivesse perdido peso. Quase no fim dos cinco minutos, houve outro reajuste automático. A Princesa ordenou o segundo deslocamento, pelos comunicadores internos, onde tudo se repetiu.

No final, as cinco retornaram para a cabine de comando, alegres e sorridentes como um grupo de estudantes. A Princesa reassumiu o comando da nave e voltaram para Saturno, como se a missão de planar duas vezes sobre uma floresta tivesse sido um sucesso completo.

A Princesa gostou da atuação do piloto, embora tenha sido mínima. Na semana seguinte, ele foi convocado para repetir o mesmo tipo de viagem, desta vez no espaço. Duas paradas de 5 minutos cada sobre rochas mortas no Cinturão de Asteroides, entre Marte e Júpiter.

A primeira parada foi normal. A ordem para seguir em frente foi dada pela esposa guerreira, aquela que seria uma deusa em Alnitak, graças aos maravilhosos olhos verdes. Todos os kerns sabem que apenas as deusas possuem olhos coloridos.

Na segunda parada ele entrou em pânico, depois de esperar por 30 minutos e descobrir que a Princesa e todas as esposas haviam desaparecido.

***

A última missão foi a que exigiu o maior planejamento, pois todos os dados remetiam para fatos descomunais. Nathan salvou a Terra duas vezes, alegando a proteção da deusa.

Blue continuava negando que era divina, não sabendo como interpretar novamente aquele papel. Depois de muita discussão ela acabou concordando em ser a isca para atrair o cruzador Picard II.

Sue chegou a se candidatar, para aliviar a pressão sobre a Princesa, mas no final acabaram concordando que a especialização de cada uma faria diferença. A azul conhecia combate espacial, e a de olhos de esmeralda conhecia armamentos.

Bia trouxe todos os dados conhecidos sobre a Batalha do Meteoro, mas a grande incógnita permanecia. Nenhuma delas sabia como o wormhole apareceu para salvar Nathan no último minuto. Muito menos se podia ser provocado.

Shae trabalhou com as informações que tinha, procurando por uma solução que minimizasse a questão do wormhole. A melhor chance era acelerar o míssil que serviria como capsula de fuga, para que chegasse ao cruzador antes das ondas de choque, elas existindo ou não. Ela, Sue e os computadores Kappa trabalharam incansavelmente por três dias, até conseguir cálculos aceitáveis.

Envolvia a reprogramação de todos os mísseis, a troca do piloto automático e o lançamento do Nathan antes do originalmente planejado. Chegaram até a pensar em roubar a Condor de apoio e lançá-la, mas isso seria uma violação da história, um paradoxo inaceitável.

Sem alternativas, o plano de Shae foi posto em andamento. A Ceifadeira partiu de Saturno com a Watcher na barriga, onde já estava há um mês, com destino ao Cinturão de Asteroides. Fez uma parada rápida no asteroide Ceres, sobre as coordenadas onde existiu uma base muitos anos antes. Sem que o piloto soubesse, foi suficiente para que a Watcher se desmaterializasse dentro do compartimento de carga, para surgir no mesmo local em 2248. Na quase ausência de gravidade, os flutuadores rapidamente a levaram até o solo, onde uma guerreira kern vestida com a armadura de combate desceu. A pequena nave decolou novamente, sob o comando de Sue, desaparecendo no ar para voltar a aparecer em 2301, dentro da Ceifadeira.

Blue não tinha tempo a perder. Correu para os hangares da pequena base, procurando por uma nave kandoriana armada com um único míssil convencional. Quando a encontrou, precisou derrubar um vigia, um piloto distraído. Deixou o sujeito desmaiado e decolou com a navezinha. Não era a Adaga com que estava habituada, mas tinha uma boa navegabilidade. Kandorianos são ótimos construtores de naves. Existe uma lenda dizendo que a Centennial, a nave mais rápida conhecida, possui tecnologia kandoriana.

Seguiu para as coordenadas passadas pela Bia, usando um bloqueador de sinais portátil, para disfarçar a aproximação. A Picard II é uma nave imensa, fácil de ser vista de longe e enquadrada na mira. Possui vários pontos vitais, podendo ser desestabilizada por um único tiro. Kerns sabem como explodir naves assim, se pegá-las de surpresa, com os escudos abaixados. Não era o caso. Shae havia informado justamente o contrário, os pontos onde a nave é mais resistente. Fez pontaria em um desses pontos, ao lado da porta do compartimento de carga e atirou. Não esperou a explosão para fazer meia volta e acelerar, desligando o bloqueador. Conforme o plano, precisava ser vista e seguida.

Como previsto, o cruzador iniciou a perseguição, tentando fixar raios tratores. Foi divertido fazer malabarismos, como no tempo em que brincava com o irmão, ainda exercendo o posto de Capitã da Esquadra Real. Conseguiu atrair a nave gigantesca para perto do Cinturão, a colocando na rota onde seria interceptada pelo míssil trazendo Nathan. Agora era apenas uma questão de tempo.

Religou o bloqueador, acelerou a navezinha e penetrou na área dos asteroides, traçando uma rota para Dédalos.

A Watcher havia voltado para 2301 apenas o tempo suficiente para ser transportada até Dédalos. Sue mergulhou novamente no tempo, pousando no pequeníssimo asteroide para aguardar a Condor de Nathan. Bia, a ansiosa Rapunzel, não saiu dos controles até anunciar a chegada do marido. Ela o guiou pelo comunicador auricular até as duas naves estarem acopladas.

Anne e Shae iniciaram imediatamente a corrida contra o relógio, reprogramando todos os misseis, enquanto Sue trocava o piloto automático e depois desmontava um dos mísseis para transformá-lo em capsula de fuga. Gastaram uma hora em toda a operação, tempo em que Bia permaneceu com Nathan na Watcher.

Quando as três voltaram, tensas pela pressão do momento, Sue sentiu alguma coisa estranha ao ver Bia e Nathan totalmente nus, alheios ao que estava acontecendo. Guardou o mal-estar para não piorar tudo.

Depois que Nathan partiu, Anne se aproximou:

— O que foi, Sue? Você não está normal, posso ver.

— Não sei. Estou me sentindo estranha, desde essa manhã.

— Quer que te examine agora ou em casa?

— Não é físico, querida. Ou talvez seja a tensão em todas nós. A Blue estava com os olhos dourados esta noite. Não dormi nem um minuto.

— Podia ter dormido comigo. Ou nos chamado. Quando ela está acesa, uma de nós é pouco. Nem a Shae dá conta.

— Eu pensei em chamar vocês. Mas estava tão bom. E ninguém escapa de um abraço dela.

— Tenho alguns estimulantes, anti-fadiga. Quer? Mas depois terá que dormir à noite toda, quando chegarmos. Nada de festinhas.

— Acho que não resolve. Acredita que senti ciúmes da Bia com Nathan?

— Ciúmes? Não deveria. Ela tem tanto direito ao Nathan como qualquer uma de nós.

— Eu sei. Nathan percebeu. Viu como ele me beijou?

— Eu vou te beijar da mesma forma. Assim que chegarmos.

Bia gritou, de volta ao assento do piloto:

— Blue chegou!

— Bem na hora. Devemos estar a um minuto da explosão. Pode reassumir, Sue?

— Estou bem. Quando chegarmos em casa, vou querer um beijo de cada uma. Até da Bia.

A Princesa apareceu na câmara estanque servindo de porta, ofegando e retirando a máscara:

— Que alívio! Minhas cápsulas de oxigênio estavam no fim. Pensei que não chegaria. Como foi aqui?

— Como programado. Temos um minuto para sair. As ondas de choque vão arrasar a superfície deste asteroide.

— Tudo?

— Sim, Blue. Esqueceu alguma coisa?

— Não liguei o piloto automático na navezinha, preocupada com meu oxigênio. Só vou apertar 3 botões.

Sue e Anne gritaram:

— Blue, deixe! Não temos tempo!

Mas a guerreira já havia desaparecido, colocando a máscara de volta ao rosto e saindo pela porta. Voltou alguns segundos depois:

— É uma boa nave. Está voltando para Ceres. Espero que consiga.

— Sua louca! Espero que nós consigamos. Bia, tudo no máximo, rápido!

Sue correu para os controles, quando a vibração começou.

— A primeira onda já chegou. Segurem-se, temos que sumir antes da segunda.

As duas apertavam uma dúzia de botões, mas a vibração só aumentava.

— O buraco está nos puxando enquanto a onda nos empurra. Não temos propulsão. Vou desviar mais energia para o oscilador temporal, para não sermos arrastadas.

Uma explosão no painel lançou Sue e Bia para trás. Tudo se escureceu no momento em que as cinco perderam os sentidos.

Pré história

A cabine estava toda enfumaçada, com cheiro de queimado. Anne foi a primeira a despertar, correndo para examinar cada uma das esposas. Tirando a expressão de espanto, nenhuma foi ferida. Sue reagiu correndo para apagar algumas faíscas que teimavam em aparecer no painel, logo auxiliada por Bia.

Shae foi a última a recobrar a consciência, depois da Blue.

— O que aconteceu?

Sue começou a falar como um autômato, conforme examinava o painel.

— Tivemos uma sobrecarga, concentrada nos circuitos de localização. A placa principal explodiu. Os sistemas de apoio à vida são independentes, já estão se normalizando. Essa fumaça vai desaparecer em poucos minutos. Os outros sistemas se desligaram por precaução, para evitar maiores danos. Preciso reiniciar cada um deles. Vai demorar um pouco.

Anne pediu gentilmente:

— Tem algum sinal do meteoro? Corremos algum perigo?

— Não sinto nenhuma vibração, então as ondas de choque já devem ter se dissipado. Vou redirecionar um pouco da energia do suporte à vida para a telemetria, antes dos outros sistemas. Já saberemos como está lá fora.

— Anne, essa fumaça está me dando dor de cabeça. Tem alguma coisa para isso?

— Claro, Sue. Além do que carrego em meu cinto funcional, temos todo o estoque de suprimentos e medicamentos que levamos para a Amazônia. A Watcher é quase uma mini enfermaria.

— Meninas, tenho sinais do lado de fora. Nenhum sinal do meteoro ou de ondas de choque. Ou melhor, não tenho sinais de nada.

— Não entendi, Sue. Tem sinais e não tem sinais?

— Os monitores devem estar desregulados. Captam rochas, acidentes geográficos, algo semelhante a vegetação rala e atmosfera. Mas não vejo nenhum sinal dos satélites de orientação ou de qualquer coisa que lembre Dédalos.

— Você disse vegetação e atmosfera? Oxigênio?

— Sim, Blue. Mas não confio nestas leituras. Podem ser falhas.

— Ainda estou com minha armadura. Vou pegar uma nova capsula de oxigênio e vou lá fora conferir.

— Blue, se alguma leitura estiver correta, não estamos mais em Dédalos. Leve suas armas.

A guerreira passou pela comporta e saiu.

— Bia, como estão os bancos de dados?

— Os ativos morreram. Nosso plano de voo, incluindo como chegamos aqui estão salvos, mas não tenho como abrir. As chaves de criptografia foram apagadas. Vou recarregar a cópia de segurança dos dados, o que deve demorar uns 40 minutos, mas o resto só quando voltarmos para nosso hangar. E a navegação?

— Tenho uma placa reserva, posso consertar. Mas sem os dados não tem como saber onde estamos. Os cristais de moonium estão normais, mas os osciladores foram danificados. Tenho como recuperar capacidade para dois saltos temporais.

Um rosto azul, sem máscara, surgiu na comporta, abrindo completamente a rampa.

— Meninas, venham ver. Não estou acreditando.

As quatro saíram para um campo aberto, semelhante a uma estepe, cheio de rochas e pequenas arvores retorcidas, sem folhas. Existia oxigênio, embora em menor quantidade do que seria encontrado na Terra. Algumas montanhas um pouco mais distantes indicavam ser um planeta, não um asteroide.

Blue sorria abertamente. Ela desafiou:

— Olhem para cima.

O céu estava coalhado de estrelas, das mais variadas cores, fornecendo luz como se fosse o Sol das terráqueas. Duas enormes bolas azuis se destacavam. Blue se comportava como uma criança.

— Não são estrelas, mas micro galáxias. Aquela maior é Alnilam, mesmo estando mais longe. A outra é Mintaka. Alnitak está atrás de Alnilam. Passei minha vida voando em volta destas estrelas. Estamos no Cinturão de Órion, meus amores, meu lar.

— Blue, são lindas. Mas como chegamos aqui?

— O wormhole deve ter nos capturado e aberto uma fenda, Bia. Sempre tem um monte de naves pirilando por aqui. Só precisamos nos conectar com o transponder de uma delas para identificar a coordenada exata de onde estamos.

— Não reconhece este planeta?

— A olho nu, não. Tem milhares de planetoides como este por aqui, todos iguais. Até minhas grandes azuis estão um pouco diferentes, mais brilhantes. Cada planetoide oferece um espectro luminoso particular.

— Então vamos voltar à nave e reativar tudo o que pudermos, para caçar um transponder.

Meia hora depois, Sue e Bia tentavam entender o que estava errado. As outras três acompanhavam, ouvindo atentamente.

— Não encontro o defeito. A telemetria aparenta estar normal, mas não encontra nada. Nunca vi um apagão tão completo. Nenhum sinal de civilização, nem nas varreduras de longa distância. Bia, tem certeza que as antenas estão operacionais?

— Sue, você mesma já conferiu várias vezes.

Shae não suportava ver as duas tão ansiosas. Tinha que tentar ajudar, da forma como era especialista: usando a lógica.

— Meninas, vamos pensar um pouco. E se o que vocês estão procurando não existe?

— Explique o ponto, Shae.

— Vocês estão procurando o que existia em 2248. E se o buraco não apenas nos transportou no espaço, mas no tempo também. Podemos estar numa época em que transponders e sinais de navegação ainda não foram inventados.

— Shae, isso é terrível. Precisamos das duas informações para voltarmos: localização espacial e temporal.

— E se faltar uma delas?

— Não ajuda. Mesmo sabendo que estamos em Orion. Só temos energia para dois saltos. Se calcular errado o primeiro, chegaremos a outro ponto onde pode não haver dados confiáveis.

— Qual a margem de segurança?

— Quinhentos anos acho aceitável. Já existiam sinais antes do nosso tempo, satélites ou radio faróis. Depois do primeiro salto, precisamos saber com exatidão a distância para o segundo. O primeiro salto é crítico.

— Bia, os bancos de dados têm mapas estelares de Orion?

— Poucos, Shae. Porquê?

— As estrelas se movem. Se fotografarmos este lindo céu estrelado que está sobre nossas cabeças e compararmos com os mapas, podemos ter uma estimativa de idade espacial. Só não sei se a precisão estará dentro dos quinhentos anos.

— Sem uma alternativa melhor, acho que é uma boa ideia. Os bancos estarão restaurados em dez minutos. Se identificarmos algum acidente geográfico neste planeta que esteja registrado, pode ser um dado extra. Sue, mude a telemetria para a superfície. Vamos ver o que temos em volta.

— Certo, chega de transponders fantasmas. Vamos pôr o pé no chão.

— Blue, a diferença do brilho que você notou pode estar relacionada com a época?

— É possível, Bia. Mas para ser sensível a olho nu, teria que ser milhares de anos de diferença. Estaríamos na nossa pré-história.

A mudança de foco produziu resultados. A expressão da Sue mudou.

— Vejam aqui. Estamos a quinhentos metros de uma ravina, bem no centro de uma enorme área descampada. Só rochas e aquelas arvores esquisitas em volta. Vou aumentar o raio de cobertura. Esperem, peguei alguma coisa.

Todas as atenções se voltaram para os monitores.

— Os detectores de vida voltaram a funcionar. Tem pessoas no fundo da ravina e na beirada acima. Dois grupos separados, mas ainda não tenho definição para contá-las ou identificá-las. Só chegando mais perto.

— Nossas defesas estão operacionais?

— Sim, estavam desligadas quando o buraco nos pegou. Não foram afetadas. A baixa pressão nesta atmosfera pode ser mais lenta. Não teremos chuva tão rápida quanto na Terra. Os flutuadores podem ser usados normalmente.

— Sue, deixe Bia terminar aqui. Vamos lá ver quem são nossos vizinhos. Bia, acione a camuflagem e o escudo. Vocês não podem ser vistas de jeito nenhum.

— Assustada, Blue?

— Se estamos no meu passado, vocês são diferentes de tudo o que existe por aqui. Se forem vistas, serão caçadas e mortas como animais exóticos. Não se ofendam.

— Não nos ofende, Blue. Entendemos o que quer dizer. Você em nosso passado teria o mesmo tratamento. Não teria nenhuma chance de mostrar a pessoa maravilhosa que é.

— Sue, vista o traje de combate e pegue todas as armas. Meus ancestrais eram violentos.

— Certo. Ainda bem que adaptei o lançador de relâmpagos a um fuzil fotônico. Uma arma com duas funções. Mais os meus braceletes de escalada e uma pistola sônica e estarei pronta.

— Minha armadura, braceletes elétricos e minhas pistolas sônicas servirão. Pegue os comunicadores. Vamos.

Assim que as duas guerreiras saíram uma neblina começou a se formar em volta da Watcher, como se fosse uma nuvem baixa. Elas correram na direção da ravina, antes que a baixa pressão as denunciasse. Sue acionou a camuflagem do traje, correndo invisível.

Primeiro observaram o grupo que estava em cima. Uma dúzia de guerreiros kerns mal-encarados, com jeito de trogloditas, armados com espadas, lanças e um enorme estoque de flechas. Estavam se posicionando em pontos estratégicos para atacar o grupo de baixo.

Blue conseguiu um ponto mais distante, para examinar o segundo grupo. Não gostou do que viu. Falou baixo pelo comunicador auricular.

— Sue, é uma caravana de retirantes. Veja as carroças sem animais. Deve ter uns cinquenta, entre homens, mulheres e crianças, fugindo de alguma coisa.

— Estou vendo, Blue. Aquela tenda aberta no centro, deve estar protegendo feridos. Tem dois com roupas diferentes, devem ser os chefes. E não vejo armas.

— Não é só uma emboscada. Será um massacre. Não sei você, mas não admito isso. Soldados devem combater soldados. Se estiver cansada, deixe comigo. São apenas doze.

— Meu cansaço foi derrotado pela adrenalina. Você já deve estar com os olhos clareando. Deixe a metade para mim. Vou dar a volta e entro depois do seu primeiro tiro.

Os guerreiros nunca souberam o que os atingiu. Mal tiveram tempo de ver uma mulher disparando raios e trovões pelas mãos, quando outra saraivada surgiu do nada, por trás. Em poucos segundos os doze estavam carbonizados ou sem cabeça, espalhados entre as rochas.

O barulho dos disparos atraiu a atenção dos que estavam dentro da ravina. Os mais rápidos tiveram tempo de ver os raios e os movimentos da mulher, sincronizados com estouros iguais a trovões.

— Sue, os retirantes me viram. Vou até lá, tranquilizá-los e contar da emboscada. Fique por aqui e me dê cobertura.

— Pode deixar, não tiro os olhos de você e das redondezas. Pode haver mais destes mal-encarados. Não desligue o comunicador, sob hipótese alguma. Bia e as meninas estão nos ouvindo.

Blue desceu o barranco rochoso, sempre atenta à reação da caravana assustada. Caminhou em direção da tenda sem paredes, com os braços abertos, sinalizando que não estava atacando.

Um idoso caminhou ao encontro dela.

— O que deseja de nós, visitante?

A linguagem era inteligível para ela, apesar de carregada de um sotaque indescritível. A língua dos antigos. Reconhecida pelo tradutor acoplado ao comunicador intraauricular.

— Só vim avisá-los do perigo que correm. Um grupo de guerreiros armou uma emboscada lá em cima. Já cuidei deles, estão mortos.

— Matou guerreiros sozinha?

— Também sou uma guerreira. Sabe o motivo do ataque?

— Só podem ser os guarilos, uma tribo violenta com intenções de escravizar todas as outras. Estão destruindo as aldeias que não os aceitam, em ataques surpresa. A nossa foi a terceira.

— Para onde vocês estão indo?

— Tentamos chegar até as tribos das montanhas. Se as avisarmos com tempo, podem se organizar e repelir os ataques. Um dos nossos sacerdotes está ferido e não podemos avançar na velocidade necessária.

Uma voz falou no comunicador escondido dentro da orelha azul.

— Blue, posso curar esse ferido. Eles não podem perder tempo. Se concorda, peça para que o levem até você.

A Princesa pensou por um momento, considerando a oferta. Não havia o que perder.

— Tragam-me o ferido, quero vê-lo.

Anne se virou para Bia.

— Ela concordou. Querida, vou até lá. Não posso mostrar esse uniforme. Tem alguma coisa para escondê-lo?

— Capas de chuva. Tem uma azul com capuz que deve te servir, mas é enorme. Eu te levarei até a ravina.

— Como?

— Flutuando.

— Tem uma multidão em volta da Blue. Quer que eu salte sobre eles?

— Meu amor, assim que sairmos do chão este nevoeiro vai nos envolver como uma bolha. Logo vai virar chuva. Eles verão uma nuvem pousando e sairão de baixo, com certeza. Vou desligar o escudo só o tempo de você passar, combinado?

Os homens trouxeram o ferido enrolado em um cobertor, depositando-o aos pés da Blue, sem entender a intenção dela. Assim que o deitaram uma enorme nuvem chegou ao solo, assustando ainda mais os que estavam próximos.

Da nuvem surgiu uma figura estranha, com dois braços e coberta com a cor do céu. Parecia um monge. A figura caminhou até o ferido e se ajoelhou, como se examinasse o ferimento na perna, provocado por uma lança inimiga. Era impossível para o homem andar daquele jeito.

Anne manejava os instrumentos escondidos pela manga da capa de chuva, sem deixar que ninguém os visse. Rapidamente anestesiou e abriu a ferida, desinfetou tudo, cauterizou músculos e osso, e fechou tudo novamente. Uma dose de estimulante no pescoço e deu o trabalho por encerrado. Fez um aceno discreto para Blue.

A guerreira ordenou ao homem, secamente:

— Levante-se!

Sem sentir dor alguma, o sujeito obedeceu medrosamente, surpreso ao perceber que podia andar de novo. Os demais, mal acreditavam no milagre que acabaram de presenciar.

As duas pensavam numa estratégia para sair dali, quando uma mulher gritou no meio dos expectadores.

— Cure o meu filho!

Carregava um menino de uns dez anos, quase desfalecido, no colo. Os olhos da mãe estavam tão cansados quanto os do menino, indicando um sofrimento contínuo.

Anne se virou para a Blue e balançou a cabeça, afirmativamente. A azul caminhou até a mãe, retirando o menino dos braços dela e voltou, se ajoelhando ao lado da médica. Outra sessão de exames foi iniciada.

Anne falou baixinho, evitando que os outros ouvissem, embora nenhum dos presentes conhecesse a língua delas.

— Pneumonia. Tem agua nos pulmões. Vou cicatrizar os alvéolos e expulsar o líquido com cargas adequadas de micro-ondas. Estará novo em folha em dois minutos. Segure-o de bruços, com a cabeça mais baixa que o corpo. Isso!

Logo o menino começou a tossir e vomitar. Anne lhe aplicava o que parecia massagens e leves tapas nas costas. Os que estavam mais próximos temeram pelo pior, mas não interferiram. A mãe desandou a chorar. A crise passou rapidamente. Anne aplicou outra dose de estimulante, em volume menor, na nuca do garoto.

— Pode virá-lo. A tontura já vai passar.

O menino abriu os olhos, fitando as duas como que hipnotizado. Blue soltou um lado da máscara e sorriu, recebendo outro inocente sorriso de volta, estendido para Anne.

Sem se levantar, colocou o menino de pé, o ajudando a se equilibrar. Quando se sentiu confiante, ele correu para os quatro braços da mãe, aumentando ainda mais o choro dela.

As duas viajantes se puseram de pé, quando outra mensagem da Bia chegou, junto das primeiras gotas enormes de chuva. Uma nuvem ameaçadora havia se formado rapidamente cobrindo a ravina.

— Sue, peguei outro grupo de atacantes. Estão do seu lado, cerca de cinquenta metros à sua esquerda.

A resposta se fez ouvir em todos os ouvidos equipados com o comunicador.

— Já os vejo. Obrigada, querida. São uns vinte, afastados uns dos outros. Não tem como pegá-los individualmente. Vou ter que explodir um bom pedaço do barranco, com tiros fotônicos. Nessa umidade usarei um raio ofuscante para disfarçar os projéteis. Blue, aproveite a distração para cair fora daí. Acene quando estiver pronta.

Bia entrou no circuito:

— A borda da invisibilidade está a dois metros atrás de vocês. Quando se virarem desativo o escudo, enquanto vocês passam. O show é seu, Blue. Comande!

Yvetha fixou novamente a máscara e puxou Anne para o lado, retomando a atenção que estava no garoto. Falou alto, na direção do idoso.

— Se encontrarem sobreviventes os mandem de volta e digam que parem os ataques, ou mandarei toda a natureza contra eles. Sou Yvetha, a que responde vontade de viver com vida e vontade de matar com morte.

— Sobreviventes, senhora? Entre nós?

— Não! Entre os inimigos. Lá!

Ela levantou um dos braços superiores, apontando o dedo para o barranco na frente de onde a fuzileira estava escondida, orientando um relâmpago seguido de uma sequência de explosões, provocados pela rajada do fuzil fotônico delta. A avalanche de rochas e de inimigos soterrou um lado da ravina, mudando a geografia do lugar. Uma enorme nuvem de poeira tentou se levantar, mas foi contida pelas grossas gotas da chuva, caindo cada vez mais espessa.

Quando o ancião se voltou para as visitantes, não viu ninguém.

— Para onde foram?

O menino apontou um dedo na direção da nuvem se afastando, subindo para o lado do barranco perto da nova cratera, arrastando a chuva para longe.

Dentro da Watcher, flutuando ainda envolta pelo denso nevoeiro, Blue desabou numa das poltronas, recebendo o carinho das esposas, principalmente da Shae.

— Você foi fantástica. Te amo mais ainda. Agora escureça esses olhos e pare de falar como deusa, ou não respondo por mim.

— Pare com isso, Shae, sabe que não tenho controle. E o mérito nem é meu, trabalhamos em equipe.

— Tem controle sim. É só a Anne te dar um calmante. O que seria um enorme desperdício desses hormônios dourados.

Bia anunciou a volta da Sue.

— Capturei uma delta. Estou ficando boa nisso!

A de olhos verdes se jogou na poltrona ao lado da azul, ainda segurando o fuzil, sendo recebida por um par de braços direitos.

— Se algum dia eu voltar a dormir numa cama, será por uma semana inteira.

A volta de Sue deixou Bia eufórica.

— Nem pensar, querida. Venha aqui programar os dados para voltarmos. Não sei fazer isso. Depois eu mesma te darei um banho relaxante e te levarei para minha cama. Prometo te deixar dormir.

— Do que está falando, Bia? As fotografias do céu foram tão reveladoras? Já sabem onde e quando estamos?

— Nem foram necessárias. O banco de dados está restaurado. Está tudo nele. Eu e a Shae seguimos as dicas da deusa e já temos tudo o que precisamos. Local e data exatos.

— Dicas da deusa? Vocês a viram?

— Meus amores, a deusa está com a gente o tempo todo. Estou completamente apaixonada por ela, é maravilhosa.

— Bia, acho que a fumaça te afetou. Shae, o que fez com ela?

— Eu? Nada. É tudo verdade. Estamos no ano terrestre de 4350 A.C., no lugar conhecido como Ravina da Deusa. Isso com uma tolerância de 100 anos. Está tudo no Banco de Dados, na pasta sobre Orion, conforme as revelações da deusa.

Blue se antecipou, interrompendo a conversa da Sue.

— Shae, conheço a Ravina da Deusa. Estive lá centenas de vezes. Nem é uma ravina. É o nome do local onde fica o maior santuário da Deusa da Natureza, visitado por milhares de pessoas todos os anos. Batizaram o planetoide com o mesmo nome.

— Blue, você está falando de como será dentro de 7 milênios. O primeiro templo será construído naquela área que a Sue explodiu, daqui a 30 anos. É o local onde a deusa apareceu oficialmente pela primeira vez.

— O que está querendo dizer, Shae?

— Que é uma honra estar na presença de uma divindade, deusa Yvetha! Tenho permissão para ajoelhar?

— Mais uma que enlouqueceu! De novo! Anne, ponha juízo na cabeça delas.

— Blue, elas já têm juízo, e muito. Estou vendo os dados históricos. Concordo com elas. Você é a deusa! Sue, programe a data e o local, amor. Vamos terminar essa conversa lá em casa.

Desespero

O piloto da Ceifadeira não aguentava mais a ansiedade. Havia se passado uma hora desde que constatou o desaparecimento das cinco mulheres.

Não podia avisar o Rei, sem ter uma explicação plausível. O monarca faria perguntas para as quais não havia respostas. Estava na nave unicamente para obedecer uma ordem da Princesa, sem questionamentos. Mas não podia ficar eternamente no escuro e ocioso, se sentindo um inútil.

Fez a única coisa que podia. Uma ligação de longa distância. Uma voz robótica atendeu:

— Comando das Forças Armadas de Defesa da Terra. Em que podemos ajudar?

A saudação era um dos protocolos adotados pelo último comandante geral.

— Aqui é o piloto da Ceifadeira. Preciso falar urgente com Alpha Um. O assunto envolve as cinco esposas dele.

— Aguarde validação da sua chamada. Protocolo prioritário.

Demorou poucos segundos para que a ligação fosse transferida.

— Sou Alpha Um, o que está acontecendo?

— Senhor, é algo muito estranho. A Princesa e suas quatro esposas estavam aqui na nave há uma hora, mas não estão mais. Desapareceram inexplicavelmente.

— Aqui onde? Onde o senhor está?

— No Cinturão de Asteroides, entre Marte e Júpiter. Precisamente no asteroide Dédalos, depois de uma rápida passagem pelo asteroide Ceres.

Do outro lado da linha Nathan suspirou. Finalmente, a noite das revelações prometida por Bia há quase cinquenta anos estava chegando, quando o passado se juntaria ao presente. O que deveria ser um alívio se tornou uma preocupação. Mas o piloto não deveria saber disso.

— Fique tranquilo. Elas estão cumprindo uma missão secreta, sob minhas ordens. Não fale disso com mais ninguém. Me ligue dentro de mais uma hora, apenas para alinhamento.

Nathan não conseguiu se concentrar em mais nada, depois daquela ligação. Sabia de tudo o que aconteceu depois de Dédalos, mas jamais pensou no que teria acontecido com elas, depois que as deixou.

Nem mesmo a Sue sabia explicar as consequências exatas das viagens no tempo. Qualquer coisa fora do que a história havia registrado, podia provocar um desvio e alterar radicalmente o futuro. E se isso aconteceu, durante a Operação Meteoro?

Aquele wormhole jamais foi explicado. Ele havia convencido todos de que foi obra da deusa Yvetha, apenas porque era a melhor alternativa naquele momento, para beneficiá-lo, mesmo sem ter nenhuma evidência aceitável.

O desaparecimento delas neste momento podia ser a prova de que a história sofreu um desvio.

Perder as cinco ao mesmo tempo era uma coisa que jamais suportaria. E não via o que pudesse ser feito, sem saber onde ou quando elas estavam. O homem mais poderoso do Sistema Solar se sentiu completamente impotente. Era inútil fazer uma varredura no presente. O buraco de minhoca já havia limpado tudo no passado. Nem destroços seriam encontrados.

Fez a única coisa possível. Avisou KX-4-5-2 para desviar todas as ligações para seu biologger, depois se trancou numa sala desocupada.

Era como se tivesse um abcesso dolorido no coração, atacado pelos buracos que a vida sempre nos apresenta. Dessa vez não estava em um hospital e temia não ser socorrido a tempo por uma médica de boca perfeita e cabelos platinados curtos. O desespero se avolumava.

Pegou o biologger e fez uma chamada, para um número especial, onde sempre conseguia ajuda. Uma voz quase padronizada respondeu.

— Identifique-se e diga qual é a sua emergência.

— Sou o Comandante Nathan, Alpha Um das FAD. Não tenho uma emergência, mas preciso falar com alguém. Marcela, Marília, o Professor, Pedrinho, quem estiver disponível.

— Esse é um pedido estranho, Comandante. Não atendemos pedidos pessoais, mas considerando seu nível de acesso, vou ver se encontro alguém.

Em poucos minutos, uma voz conhecida retornou:

— Nathan, aqui é Noboiushi. Está com algum problema?

— Desculpe, Professor. Meu problema é de natureza pessoal, acho que nem deveria ter ligado.

— Se ligou, é porque atingiu um nível que não consegue trabalhar sozinho. Já passei por situações assim. Quando envio agentes para missões difíceis e eles ficam incomunicáveis por muito tempo, a ansiedade é terrível.

— É exatamente o que está acontecendo agora. Como consegue lidar com isso?

— Não é fácil, mas eu acredito no meu pessoal. Conheço sua história, Nathan. Sei que acumula três séculos de vivência. Minha experiência é bem maior que isso. Venho de uma época em que as pessoas depositavam a própria vida em coisas que acreditavam. Algumas morriam e muitas se salvavam, apenas por acreditar. Chamava-se fé. Minha própria vida sofreu uma viravolta, por haver pessoas que acreditaram em mim. Pode estar em desuso hoje, mas a fé é um sentimento muito poderoso.

— Desconhecia esse seu lado religioso.

— Não é religião. Não estou falando de divindades, mas de pessoas especiais. Aqueles que ficam do nosso lado, não importa qual é a situação. Os coagos entendem muito disso, já que atuamos em duplas. Antigamente sim, as pessoas acreditavam em divindades, e a coisa funcionava. Tente transformar essa ansiedade que está sentindo em fé nos agentes, e isso vai te trazer alguma esperança.

— Acho que estou entendendo sua lógica.

— Quer que acione nossa rede de monitoramento para encontrar alguém?

— Penso que no momento nem os coagos possam fazer isso. A menos que vocês tenham uma forma de se comunicar com deusas alienígenas.

— Acredito que você está mais perto de conseguir essa proeza do que nós. Embora os lagartanos afirmem existir uma espécie no Primeiro Universo que se comunica com os deuses.

— Seriam aliados valorosos. Foi bom conversar com você, Professor. Já estou me sentido melhor.

— Tenha fé nos seus agentes e nessa deusa que te adotou. Sei que em nossas posições ter amigos é complicado, mas precisamos de alguns. Acho que posso liberar uma dupla para te ajudar, até sua crise passar. Quer a companhia de Marcela e Marília?

— Agradeço muito, Professor, mas não me sentiria bem gastando o tempo delas com alguma coisa que pode ser sem importância.

— Está bem. Sabe como nos encontrar. Pode ligar quando precisar.

Completada a ligação, Nathan se sentia um pouco melhor, embora ainda sem respostas. Decidiu seguir o conselho do Comandante Coago.

Se ajoelhou e rezou, para todos os deuses kerns e humanos.

O piloto estacionado em Dédalos não precisou esperar outra hora inteira.

Trinta minutos depois de falar com Alpha Um, um sinalizador começou a piscar no painel da Ceifadeira. Uma ligação de longa distância implorando para ser atendida. O identificador mostrava ser uma chamada desde Orion, classificada como prioridade máxima.

Trêmulo, apertou o botão para completar a chamada, pensando no que diria ao Rei.

— Ceifadeira a postos!

— Ótimo, Ceifadeira. Aqui é o Comando Verde, Príncipe Arthak, Capitão da Frota Real. A Princesa o está convocando com urgência. Venha buscá-la em velocidade máxima, no Templo da Ravina. Não demore. Está caindo uma chuva torrencial lá, como se a deusa em pessoa estivesse no templo.

O piloto não fez perguntas. Apenas ligou a nave e iniciou as manobras para acessar o hiperespaço em velocidade máxima. A deusa é a única explicação para as cinco esposas desaparecerem naquele asteroide e ressurgirem a mil anos-luz de distância, em apenas uma hora e meia. Antes do mergulho no hiperespaço, ligou para Alpha Um, fazendo o checkpoint pedido.

Nathan agradeceu o comunicado. Encerrou o expediente e partiu para casa, para aguardar as esposas. A noite das revelações começou com o humano mais poderoso chorando copiosamente, sozinho no quarto dele.

Agradecendo e jurando devoção a uma deusa alienígena.

Pró guerra

Arquivo Kappa 2095/60

Transcrição da matéria publicada pela Agência Dinastia de Notícias, após o episódio em que a deusa evitou uma guerra entre os Kerns e a Terra.

A primeira aparição da Deusa da Natureza

A guerreira vista na Terra no ano passado foi identificada como Yvetha, a Deusa da Natureza, uma entidade misteriosa muito conhecida e adorada em todos os reinos Kerns. Existem diversos Santuários espalhados pelo Cinturão de Orion, construídos para homenageá-la.

O primeiro e mais importante deles, é chamado de Templo da Ravina, uma construção colossal visitada por milhares de fiéis todos os anos, sejam kerns ou simpatizantes. É o local onde a deusa foi vista pela primeira vez, há quase 6 mil e 500 anos.

Estudos arqueológicos feitos recentemente nos subsolos do Templo revelaram que na pré-história Kern o local realmente foi uma ravina. Foi onde o Primeiro Sacerdote construiu um pequeno templo, no lugar tido como indicado pessoalmente pela deusa, quando ela explodiu uma parte do barranco, criando uma cratera.

As escavações encontraram uma sala secreta cheia de documentos, muitos atribuídos ao próprio Primeiro Sacerdote. Modernos sistemas de datação indicam que os textos mais antigos foram escritos aproximadamente no ano terrestre de 4320 AC. Historiadores analisaram os documentos, atestando que são originais. Permitiram confirmar algumas informações da lenda, principalmente aquelas que afirmam que a deusa de olhos dourados desde o princípio é acompanhada pelas personificações da vida e da morte, respectivamente o Espírito das Nuvens e o Espírito das Sombras. O primeiro cavalga nuvens e transporta a cura para qualquer tipo de doença. O próprio Primeiro Sacerdote afirma ter sido curado por uma entidade da cor do céu e com nuvens na cabeça. Mas não foi muito claro para descrever o segundo. Afirmou que a morte se esconde nas sombras e só pode ser vista por quem morre, como se a entidade já fosse invisível desde aquela aparição.

As consequências da primeira visita da deusa só ficaram claras vários anos depois do fato. Ela impediu que bandidos violentos exterminassem a caravana que levava três sacerdotes fugindo do massacre da própria aldeia, permitindo que outras aldeias fossem avisadas. Segundo os textos, isso permitiu a união entre poderosos guerreiros montanheses com outras tribos da planície, resultando na formação do primeiro reino Kern realmente poderoso. A outra consequência, ainda mais importante, foi o surgimento de uma religião, promovida pelo Primeiro Sacerdote, um fiel dos mais dedicados, adorando uma deusa guerreira sem escrúpulos para matar, porem que podia curar e sorrir, demonstrando justiça. Foi uma revolução na sociedade kern.

Os historiadores que analisaram os textos ficaram intrigados com algumas frases interessantes. Foram escritas por um adulto, capaz de comandar a construção de um templo, mas tinham observações típicas de uma criança. Deduziram que o Primeiro Sacerdote da Natureza era uma criança quando teve o encontro divino. Isso fixou a Primeira Aparição da deusa numa data aproximadamente trinta anos antes dos documentos. Em 4350 AC, num planetoide posteriormente batizado como Ravina da Deusa.

— Bia, extraiu isso do banco de dados da Watcher?

— Sim, Nathan. Esse e os textos descrevendo todas as outras onze aparições da deusa. Você está na última. A Batalha do Meteoro não consta como uma aparição real.

— Blue, não restam dúvidas. Os relatórios que vocês me apresentaram confirmam tudo isso. Ou você é a deusa, ou ela age através de você. Não tem como tudo ser coincidência.

— Nathan, não me sinto uma deusa. Não tenho poderes. Fico apavorada quando alguma coisa sai do controle.

Bia olhava para a esposa sem piscar, depois que terminou a leitura.

— Mas quando em missão, você resolve. Se livra dos medos e sempre nos surpreende. Blue, você é a deusa nos momentos em que precisa ser ela. Nos outros consegue ser nossa doce esposa, uma Princesa.

— É gentileza sua, Bia querida. Mas isso faz parecer que tenho dupla personalidade.

— Eu não me importo de te amar em dobro. – Shae estava sentada ao lado de Nathan, com a Rapunzel no colo, no sofá duplo.

— Shae, não brinque. Não sei como conviver com isso. Anne, consegue ver alguma solução médica?

Anne e Sue ocupavam o sofá oposto, o triplo, ladeando Blue. Cada uma segurava um par de mãos azuis, descansando sobre as próprias pernas. As cinco ainda estavam vestindo camisolas, depois de uma noite bem dormida e um revigorante café da manhã. Nathan estava apenas com um calção folgado, dispensando o sofá individual que sempre usava, descansando um braço nas pernas da Bia, cruzadas sobre as dele.

— Blue, mesmo que eu fosse psicóloga, não vejo nenhum problema em você incorporar a deusa. Você toma as decisões certas, mesmo quando está sob pressão. Eu vi como você dominou aqueles antigos. Não conheço aquela língua, mas tenho certeza de que você falou a coisa certa. O tradutor falhava um pouco. Foi alguma coisa pensada?

— Não, surgiu naturalmente. Como na noite em que eu disse sim ao pedido do Nathan.

A declaração surpreendeu o marido.

— Seu sim não foi pensado, Blue?

— Sim e não, Nathan. Desculpe. Eu sabia que não podia responder não, mas o sim veio de dentro de mim, como uma coisa involuntária, automática.

— O que disse aos antigos?

— Que respondo desejo de viver com vida e desejo de matar com morte. Não sei de onde tirei isso.

— Eles entenderam. A deusa comanda a vida e a morte. É um poder muito grande. Posso deduzir que a deusa responde amor com amor. Deve ser por isso que ela te escolheu para viver entre nós.

— Acha que a deusa está aqui por causa do nosso amor?

— Adorei essa hipótese. – Shae mostrava um brilho diferente nos olhos, só de pensar na possibilidade.

— Shae, se a deusa te amar do jeito que você diz que a ama, não sobrará nada para as outras.

— Bia, não seja ciumenta. Eu amo você também, com a mesma intensidade.

Anne queria retomar o assunto.

— Meninas, não desviem a conversa. Blue, já te aconteceu algum apagão ou perda de memória?

— Não, Anne, exceto quando estava aprendendo a voar com gravidade negativa. Se quer saber se a deusa me afasta, para tomar o meu lugar, nunca aconteceu. Eu não ouço vozes, só sinto o que preciso fazer. Isso inclui amar o Nathan e todas vocês.

— Blue, você me beijou ontem enquanto eu dormia ou eu sonhei?

— Sim, Sue. Eu fui te dar um beijo de boa noite ontem. Mas não tive intenção de te acordar. Você e a Bia dormiam como duas crianças, enganchadas uma na outra.

— Sério que você foi ao meu quarto e nem me chamou? Eu também gosto de beijos de boa noite.

— Bia, a Sue estava se sentindo mal desde que dormiu comigo. Eu tinha que fazer alguma coisa.

— E fez mesmo. Achei que estava sonhando. Foi um beijo tão apaixonado. Obrigada, querida, acordei bem melhor. Retribuí na Bia.

— Blue, a deusa teve alguma coisa com este beijo?

— Não sei, Anne. Só sei que a Sue estava sofrendo, por excesso de amor. Beijei-a para restaurar o equilíbrio dela.

— Foi a deusa, Blue. Ela está cuidando de todas nós. Ou melhor, você está cuidando de nós, com o poder dela. – As conclusões da Anne raramente eram contestadas.

Nathan assumiu o controle da conversa.

— Meninas, temos muita coisa para pensar. Agora que nos entendemos sobre os meus resgates feitos no passado, ainda bem que terminados, precisamos decidir o que será do nosso futuro.

— Nathan, por falar em trabalho, obrigada pelo presente. Adorei!

— Que presente, Bia? – Anne, falando como a Shae, sem conter a curiosidade.

— Do meu aniversário na semana passada, Anne. Nathan me deu o arquivo dos Coagos, com tudo o que diz respeito a ele.

— O Professor, o comandante Coago, aceitou meu pedido. É uma excelente pessoa. Tem alguma coisa nova, que você não soubesse?

— Tem, algumas coisas. Por exemplo, não sabia que foi você quem os convocou em 2050, para impedir uma sabotagem na Base em Saturno.

— Me lembro disso. Houve três baixas colaterais. Uma enfermeira e dois médicos que eu conhecia.

Bia começou a verificar anotações no próprio biologger.

— Não, Nathan, só foram duas baixas colaterais, segundo os Coagos. A enfermeira e um médico, atingidos por tiros dos polimorfos.

— Bia, teve o outro médico.

— Não foi colateral. O que estava em recuperação foi morto pelos próprios coagos. Estava passando instruções aos polimorfos quando foram surpreendidos.

— Como é? O Doutor Blitskrieg estava com os polimorfos?

— Segundo os coagos, sim. O Doutor Franz Ofenhauser Blitskrieg era o contato dos polimorfos, quem estava organizando o ataque. Foi surpreendido quando planejava a fuga da base, antes de destruí-la.

— É difícil de acreditar. Foi meu médico por muitos anos.

— Investiguei o nome. Foi o fundador das Industrias Ofenhauser Blitskrieg, iniciando a carreira industrial como fabricante de instrumentos cirúrgicos. Os sucessores dele expandiram a empresa para uma Corporação, a COB, entrando no ramo de blindados, armas leves, naves de combate, enfim armamentos em geral.

— Eu usei instrumentos COB durante minha residência. Não tinham muita qualidade, mas o Hospital os comprava por serem mais baratos. – Anne falou como se aquilo fosse em outra vida.

Bia continuou:

— A COB entra em todas as concorrências possíveis para vender armas. Perde a maioria para a divisão industrial da LightYear, que tem qualidade reconhecidamente muito melhor, embora seja mais cara. Fica fácil entender o ódio deles por você Nathan. Um pacifista deve significar muito prejuízo para eles.

— Então, Bia, achamos quem tem interesse em promover guerras. Como você prometeu quando nos casamos. Meus inimigos tem um nome. – Nathan estava com uma expressão triste, pensativo.

— E você tem a nós e tem uma deusa do seu lado. Será divertido acabar com os planos deles. – Sue, pelo contrário, estava sorrindo, com os olhos verdes brilhando.

Epílogo

Ampulheta

Nathan e Sue chegaram depois de um dia de trabalho, um pouco cansados, mas tão alegres que nem percebiam.

As quatro esposas estavam namorando na sala íntima, uma saleta afastada com iluminação indireta difusa e decorada como no Século XX, vestidas apenas com camisolas leves. Blue e Anne abraçadas no sofá duplo, Bia e Shae no sofá triplo, logo abrindo espaço para receber a delta entre elas.

Nathan se alojou na poltrona individual, de frente para as cinco, descalço no tapete felpudo.

— Finalmente, temos novidades. Os tarântulos fizeram milagres. Construíram nossa nova base em apenas seis meses.

— A nova caverna? Já podemos começar a decoração?

— Podem, Shae. Mas, não é só isso. Sue, pode contar.

— Meninas, temos uma nave nova. A Ampulheta é quatro vezes maior que a Ceifadeira. Pode levar a Watcher e dois caças Agulha na área de carga, com lançamento em voo. Equipada com os melhores propulsores, os novos osciladores temporais e armamentos iguais aos da Frota Real.

— Estão me dispensando, Sue?

— De jeito nenhum, Blue. Estamos trabalhando na sua proteção. Uma nave desconhecida nunca será associada com você. Nem as FAD, nem a CEE e nem os kerns conhecem esse projeto.

— Como pode ter certeza?

— Aprendemos com o Professor. Os Coagos são especialistas em operações secretas há séculos, e eles ficaram muito amigos do Nathan. Até aquelas mulatas estranhas estão nos ajudando. Nunca descobri se são irmãs ou primas. Nathan já tem todo o plano desenhado.

Nathan completou.

— Vamos começar pelas entradas e saídas. Analisamos os dados coletados na Operação Meteoro, pela Picard II e pela Watcher. Aprendemos muito. Quero dizer, a Sue aprendeu. A Ampulheta pode fazer voos horizontais no espaço, voos verticais no tempo e combinar os dois modos em voos diagonais. Todos os acessos para entrar e sair da base serão feitos no modo diagonal, usando a confluência das Linhas Ley do Atlântico Norte, no século XIX. Usaremos o local conhecido como Triângulo das Bermudas, quando não haviam satélites espiões.

— Nem o meu pai sabe destas missões, Nathan?

— Não, Blue. Temo que o Rei pode não aceitar muito bem o nosso envolvimento no passado do seu povo.

— Eu posso explicar a ele.

— Quando estiver pronta, iremos com você. Outra coisa. Preciso formar nossa equipe de base e tripulação. Pensei em duas sigmas, duas lambdas, duas kappas, dois kerns e nove deltas, para pilotagem e manutenção das quatro naves. Todos escolhidos a dedo.

— Contei dezessete. Não falta alguém?

— Sim, Shae. Alpha Quatro vai comandar o pelotão. Achei que 18 componentes seria um bom número.

— E você?

— Serei o apoio de retaguarda. Cuidarei da segurança. Agora que sabemos da ameaça da COB, não podemos relaxar. Vocês são importantes demais.

— Porque está fazendo tudo isso, Nathan?

— Acredito em destino, Shae. Não fomos reunidos por mero acaso. Todos nós, eu inclusive, somos parte de algo maior. Se vocês vão sair por aí confirmando a história de uma deusa, que seja em grande estilo.

— Quer dizer que temos autorização para mais dez missões?

— Só tenho uma exigência. Não cheguem atrasadas para o jantar.

Cada uma começou a pensar em quem seria adequado para completar a equipe, considerando todo o segredo envolvido. Mas as convocações podiam esperar. O mais urgente era relaxar e comemorar.

Anne continuou beijando e mordiscando uma orelha azul. Discretamente começou a puxar a saia da Blue para cima, liberando uma visão azul cobalto para o marido.

Blue reagiu, falando baixinho.

— Anne, querida, está me oferecendo para o Nathan?

— Estou! Ele adora isto.

— Certo, pode continuar.

Shae ouviu o cochicho.

— Vocês três aí, vão logo para o quarto e resolvam isso, antes que eu me meta no meio de vocês. Nathan precisa de um banho, ele chegou cansado.

Blue confirmou.

— Amo essa menina. Ela não é só um rostinho lindo. Tem um cérebro que funciona. Vamos!

Levantou-se rapidamente, usando dois braços fortes para carregar Anne. A terceira mão puxou a saia para baixo, num ato reflexo, enquanto a quarta agarrou a do Nathan e o puxou, forçando-o a se levantar. Os três foram na direção do quarto da Princesa, com Anne fingindo que tentava se soltar.

Sue ficou no meio da Bia e da Shae. A loira de olhos azuis comentou, começando um cafuné na morena de olhos verdes.

— Adoro os planos da Shae. Agora temos você só para nós.

— A Anne não vai dar conta daquela dupla. Vamos precisar ajudá-la, principalmente se a deusa se manifestar.

— Depois, Sue. Vamos lhes dar duas horas e depois vamos lá socorrê-la. Você não quer um banho?

— Claro, amor. Vocês duas têm quatro mãos. Acham que conseguem fazer o que a Blue faz?

Shae piscou um olho para Bia.

— Nós somos melhores do que a Blue.

— Como?

— Além de quatro mãos temos duas bocas.

Shae e Bia começaram uma sessão de cócegas na Sue, que conseguiu escapar e sair correndo em direção do próprio quarto, perseguida pelas outras duas, todas as três rindo como crianças.

Assim que a saleta ficou vazia, dois androides domésticos entraram para fazer a arrumação. Os sons abafados provenientes dos dois quartos ocupados mal podiam ser ouvidos, indicando que terminou mais um dia, ou começou mais uma noite, na caverna usada como lar pelas esposas de Nathan, as *Guardiãs da História*.

Um dos androides ajustou o microfone para melhor gravar os ruídos, aguardando ordens, equipado com gravadores da marca COB.

Sobre o Autor

Clovis Nicacio usa a experiência adquirida em noites mal dormidas, com patrões chupando sangue, de quando era Analista de Sistemas, para criar cenários, personagens e situações possíveis, dentro do mundo ficcional.

Além de vampiras, também escreve sobre viagens espaciais, planetas habitados por estranhas criaturas, preconceito, ação, romances inusitados e todo tipo de situação. Algumas personagens fogem do universo onde foram criadas para ganhar vida autônoma em publicações próprias. É autodidata e um eterno pesquisador, sempre aprimorando as técnicas de escrita aplicadas em todas as criações.

clovisnicacio.com

CLOVIS NICACIO

CLOVISNICACIO.COM

Sobre a Casa do Escritor

A Casa do Escritor é uma consultoria que presta serviços e auxilia escritores no processo de autopublicação e divulgação de seus livros.

Saiba mais e conheça os livros lançados em **casadoescritor.com.br**

CASA DO
ESCRITOR

www.casadoescritor.com.br